순결한 탐정 김재건과

초능력자의 섬

순결한 탐정 김재건과 초능력자의 섬

박하루
탐정소설

엘릭시르

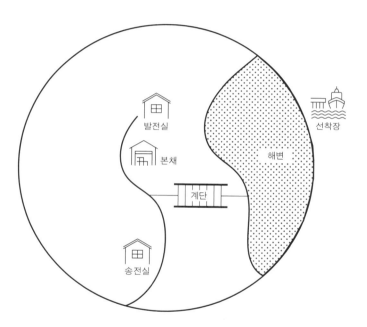

구루섬 약도

발전실

본채

송전실

계단

해변

선착장

저택 단면도

1F

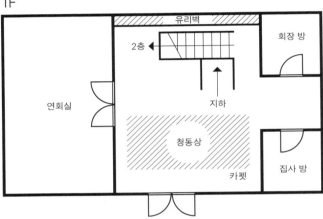

- 유리벽
- 2층 ←
- 회장 방
- 연회실
- 지하
- 청동상
- 집사 방
- 카펫

2F

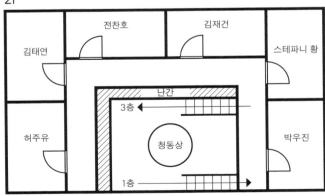

- 전찬호
- 김재건
- 김태연
- 스테파니 황
- 난간
- 3층 ←
- 허주유
- 청동상
- 박우진
- 1층 →

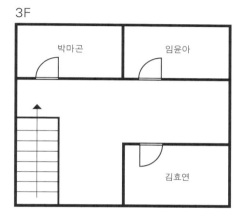

3F

박마곤

임윤아

김효연

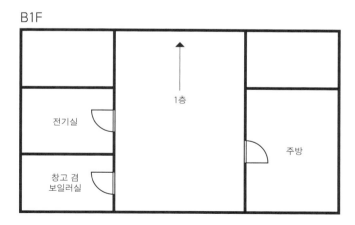

B1F

1층

전기실

주방

창고 겸
보일러실

등장인물

김재건

상식 외 사건의 전문가로 자칭하는 직업 탐정. 본인이 초능력자라고
주장한다.

박마곤

재건의 사랑스러운 조수이자 식객. 중학교 2학년 정도의 나이지만
학교는 다니지 않는다. '시선을 피하는 능력'의 소유자.

김태연

조금 신경질적인 성격의 구루회 참가자. 자칭 투시 능력자.

허주유

하얀 얼굴에 어려 보이는, 어쩐지 수상한 분위기의 구루회 참가자.
자칭 '유령처럼 스며드는 능력'의 소유자.

스테파니 황

소심한 성격의 구루회 참가자. 자칭 염동력 능력자.

박우진

작은 체구에 큰 눈을 가진 구루회 참가자. 자칭 강령술 능력자.

전찬호

말 많은 참견쟁이 구루회 참가자. 자칭 독심술 능력자.

한설

구루섬 저택의 일 전반을 관리하는 집사. 지극히 전형적인 집사의 외형을 갖추고 있다.

임채호

CH그룹 회장. 구루회라는 초능력자 검증 모임을 주최하고, 막대한 상금과 보물을 포상으로 내걸었다.

임윤아

임채호 회장의 사생아. 재벌가의 자식치고 타인에게 경계심이 없다.

김효연

윤아와 같은 고등학교 출신인 친한 언니. 방학을 맞이해 구루섬의 저택에 놀러왔다.

일러두기

이 책에 실린 탐정 김재건의 모험은 과거와 현재, 탐정과 조수의 시점 등을 오가며 묘사됩니다. 멀미와 방심, 뒤통수를 조심하세요!

차례

1 표류

온통 불만을 품은 것 같은 하늘이었다.

어제의 비바람은 시치미떼듯 잠잠해졌지만 회색빛 하늘은 심상찮은 전조를 몰고 올 듯해 아직 그곳이 태풍 한가운데라는 점을 일깨워주고 있었다.

태풍의 눈.

사람들은 이 기묘한 현상을 구경하러 해안가로 부둣가로 창가로 나와 있었다. 이렇게 명료한 태풍의 눈을 머리 위로, 그것도 사방이 훤히 내다보이는 바다 한가운데에서 목격할 기회는 그리 많지 않았다. 여기 모인 사람들은 대다수가 도시 출신이라 태풍이 섬과 맞붙을 기세로 가까워지던 시점에는 건물 안에서 숨죽인 채 완전히 지나가기를 기다리고 있었다.

이곳은 남해의 외딴섬이다. 바다 너머로 육지와 드문드문 떨어진 섬들이 보이긴 했지만 비정기 연락선을 타지 않고서는 닿을 수 없는 곳이다. 더군다나 지난밤에는 태풍에 직격당하지 않았는가. 이런 상황에서 누군가가 바다를 건너왔을 수도 있다고 생각하는 게 이상한 일일 것이다.

그렇지만 해안가에 미역처럼 널브러져 있는 것은 사람이 틀림없었다. 방문객 중 하나가 그를 발견하고 비명을 질렀다. 손바닥만한 섬에 있던 사람들 모두가 그 소리를 들었다.

다들 그 남자를 둘러싸고 서로 눈치만 보며 발을 구르고 있을 때, 섬의 임시 관리인이자 집사인 한설이 뒤늦게 달려와 쓰러진 남자를 살폈다. 희미하게 숨을 쉬고 있지만 의식이 없는 상태였다. 집사는 능숙한 자세로 심장마사지를 시작했다. 남자는 곧 물을 토해내고서 눈을 깜빡이더니 이내 다시 정신을 잃고 말았다.

재건은 정신을 차렸다. 아직 자신의 상태가 정확히 인지되지 않았다. 여기는 어디인가? 나는 누구인가? 컴퓨터 시스템을 부팅하듯 자신의 마지막 기억과 몸 상태를 하나하나 점검해보았다. 소금기를 머금은 냄새, 코끝을 스치는 바람, 낯선 그림자들. 의식이 점점 명료해지자 재건은 자신의 상태를 정확히 유추해낼 수 있었다.

"낯선 천장이다."

서까래와 지붕을 받치는 나무 골격이 그대로 드러나는 천장이었다. 흔히 볼 수 있는 건축구조는 아니다. 그렇다면 역시 제대로 도착한 것이다. 이런 목조 집이라면 별장이거나, 외딴섬의 별장이거나, 갑부가 취미 삼아 지어둔 외딴섬의 별장임이 분명하다.

"정신이 드시는지."

파이프를 통해 말하는 것처럼 굵은 목소리가 들려왔다. 재건은 고개를 돌려 침대 옆 의자에 앉아 있는 남자를 보았다. 머리를 깔끔하게 빗어 넘긴데다 몸에 맞춘 듯한 턱시도를 입고 있었다. 그런 외형과 연결되는 스테레오타입 때문에 재건은 자기 기준으로도 엉뚱한 생각을 해버렸다.

"설마? 아닐 거야. 이 대한민국이라는 현실 세계에 집사 같은 게 존재할 리가 없어. 분명 겉멋만 든 컨셉쟁이겠지."

그랬더니 남자가 말했다.

"전 집사가 맞습니다."

"으에엑! 정말 집사란 말이야?"

"그렇습니다."

"정말로 지하에 와인 저장고가 있나요?"

"네."

"정말로 부자 양반한테 주인님이라 부르나요?"

"그러진 않고 회장님이라 부릅니다."

"정말로 특수부대 출신인가요?"

"……일단 그렇습니다."

"정말로 지하에 배트모빌이나 슈퍼 카 같은 것들을 숨겨놨나요?"

"……"

"이렇게 놀라울 데가! 기념으로 우리 악수나 할까요? 집사님도 탐정 같은 거 본 적 없죠?"

재건은 자기가 방금 전까지 쓰러져 있었다는 사실도 잊어버리고 벌떡 일어나 집사에게 손을 내밀었다. 집사는 얼떨결에 재건과 손을 맞잡았다.

"내 이름은 김재건. 탐정이죠."

"한설이라고 합니다."

"뭔가 으리으리해 보이는 집, 섬, 집사 캐릭터까지. 그렇다면 내가 잘 찾아온 것 같군. 여기가 바로 구루섬이겠죠?"

그때 소란을 들은 건지 누군가가 달려왔다. 재건은 타박거리는 발소리를 듣고서 복도 바닥이 나무 재질이라는 것을 파악할 수 있었다. 두 명의 여성이었다. 둘 다 이십대 정도로 나이가 비슷해 보이고 체구도 나란히 작아서 얼핏 자매 같기도 했지만, 인상은 제각기 달랐다.

"깨어났어요? 여긴 어떻게 온 거래요? 배가 뒤집히기라도 했어요?"

머리가 길고 안경을 쓴 여자가 말했다. 눈이 작고 눈매가 날카로워 드세 보이는 인상이다. 재건은 그들을 돌아보고서 침대에서 완전히 내려와 일어섰다.

"성질도 급하시군. 그런데 기왕이면 자기소개는 모두 모인 자리에서 하는 게 어떨까요? 여기 몇 명이 와 있는 거죠? 이렇게 한 명 한 명 나타날 때마다 소개하는 건 좀 그런데."

재건이 하는 말에 여자는 조금 당황한 듯 옆에 있던 사람을 돌아보았다. 긴 머리 여자의 오른편에 서 있던 단발머리가 말했다.

"그, 그러는 게 좋겠죠? 여기가 어딘지는…… 알고 오신 건가요?"

"물론!"

벌써 기운이 되돌아온 건지 재건은 허리춤에 양손을 올리며 유쾌하게 대답했다.

"생사의 결계를 넘어서 마침내 이 몸이 이곳에 도착했단 말씀! 이야, 정말로 죽는 줄 알았네."

"아, 저기……"

둘 중 머리가 긴 쪽이 재건을 저지하려 했지만 기분이 최상인 재건을 막기엔 역부족이었다.

"만일 내가 사이어인이었다면 전투력이 치솟았겠지. 하지만 태풍이 불 때 바다를 건너는 건 다시는 하고 싶지 않단 말이야. 하핫!"

"저기요!"

긴 머리가 다시 외친다. 단발머리 쪽은 고개를 돌린 채 손으로 얼굴을 가리고 있다.

"그런데 지금 몇시지? 아직 태풍이 다 안 지나가서 그런가 시간을 짐작할 수 없네. 배고프군! 밥 먹을 때 안 지났죠? 그런데 왜들 그러시나? 응?"

한설이 다가와 재건의 앞을 막아섰다. 재건보다는 키가 작았지만 탄탄하고 두꺼운 몸이다.

"여성분들 앞에서 이게 무슨 실례입니까."

재건은 그제야 다리 사이가 허전함을 느끼고 아래를 내려다보았다. 그러고 나서야 자기 옷차림이 기억과 다르다는 사실을 깨달았다. 원래 입고 있던 옷은 흠뻑 젖었을 테니 집사라는 사람이 갈아입혔을 것이다. 고로 지금 재건이 입은 것은 앞섶이 풀어헤쳐지고 속살이 그대로 내비치는 가운 한 장뿐이다.

"흐끼야아아아아아아아아!"

형언할 수 없는 좌절감을 느낀 재건은 차마 문자로는 제대로 담아낼 수 없는 비명을 길게 내질렀다.

1층 연회실. 늦은 아침을 겸한 점심식사는 간단하면서도 본격적이었다. 전날 밤의 폭풍우 때문에 잠을 못 이룬 사람과 재건을 만나 입맛을 잃은 사람과 원래 아침을 거른다는 사람 등등이 식사를 마다하다보니 아침은 아무도 먹지 않게 되어, 아예 브런치 타임에 제대로 된 식사가 나오게 되었다. 요리는 전담 요리사가 책임지고 있지만 연회 때가 아닌 평소에는 집사가 직접 식사를 만든다고 했다.

"세상에나! 날물고기에 뭐가 묻어 있어! 뭐지? 이건 식물 조림인가! 뭐가 이렇게 많아?"

"약식 가이세키입니다. 근방에서 공수 가능한 재료와 한국식 밑반찬을 조합해 만든 메뉴입니다."

원형 테이블 옆에 서서 식사를 보조하고 있던 한설이 정중하게 말했다. 하지만 낮게 가라앉은 그의 목소리도 재건의 제멋대로 들뜬 목소리를 중화할 수 없었다.

"우걱우걱. 일식인가. 일식이었나. 어리석게도 내가 일식은 본격적으로 먹어본 적이 없어서. 이렇게 죽다 살아나자마자 맛있는 걸 먹다니 난 정말 행운아군. 하늘은 역시 나의 편이라는 말인가!"

"본래는 연회용 요리고, 주로 저녁때 내오는 거죠. 지금 드신 건 스노모노라고 하는데, 가지를 식초에 절인 겁니다."

재건의 옆자리에 앉은 남자가 빤질빤질하게 웃으며 설명했다. 그는 귀밑까지 듬성듬성 수염이 나 있었다.

재건은 진심으로 놀라며 외쳤다.

"가지! 이게 정말 가지란 말인가! 내가 어떻게 가지를 먹을 수 있는 거지? 이거 사기 아닌가? 설마 누가 벌써 초능력을 쓴 거야?"

"그런데 여긴 어떻게 온 거예요? 여긴 초대받은 사람만 올 수 있는데."

조금 전 해프닝의 불쾌감이 아직 가시지 않은 긴 머리 여자가 안경을 고쳐 쓰며 물었다.

"초대! 물론 나도 초대받아서 이 자리에 왔지요. 어딜 가나 불청객 취급을 받긴 하지만 이번엔 아니란 말씀. 여기 초대장 보이죠?"

재건은 젖어서 꼬깃꼬깃해진 종이를 들어 보였다.

"물에 빠져서 다 젖어버렸지만 이것도 엄연한 초대장."

"어젠 배가 뜨지 않았을 텐데……"

재건의 건너편에 앉은 남자가 의아한 듯 말했다. 말끔한 상고머리를 한 그는 작은 체구를 긴장한 듯 웅크리고 큰 눈을 조심스럽게 굴리며 좌중을 계속 두리번거렸다.

"물론! 그래서 직접 보트를 타고 왔지."

"아니, 저 태풍을 뚫고 말이에요?"

재건 옆의 남자가 질문했다.

"배가 뜨지 않으니까."

재건은 당연하다는 듯이 답했다.

자리에 앉은 사람들은 이 거침없이 지껄여대는 사내가 유발하는 혼란스러움을 숨기지 못했다. 이대로 놔뒀다가는 이야기가 끝도 없이 삼천포로 빠질 것이라 예감한 한설은 틈을 노려 입을 열었다.

"자, 자. 식사들 하시면서 이야기를 진행해보는 게 좋을 것 같군요. 다들 이 모임이 어떤 모임인지는 아시리라 생각합니다. 아시다시피 이 모임은 구루회로, CH그룹의 임채호 회장님이 후원하는 행사입니다. 오늘로 3회째를 맞이하고 있는 이 모임의 목적은……"

"초능력자 검증 모임. 심사위원은 임채호 회장. 만일 회장님을 성공적으로 설득하면 상금과 시크릿 보물을 받을 수 있다. 맞죠?"

수염 난 남자가 말했다. 재건은 그를 힐끗 쳐다보았다. 나이는 삼십대 초반으로 재건과 비슷해 보였다. 조금 전에도 끼어들더니만…… 재건은 그 사람의 특징을 잘 기억해두었다.

"네, 맞습니다. 회장님은 은퇴하신 후로 평소 관심을 가졌던 각종 소문과 도시전설을 연구하고 계셨습니다. 그러다가 단지 소문만으로 치부할 수 없을 법한 몇몇 사건을 접하게 되었고, 이렇게 모임을 주최해 그런 존재들이 실재한다는 걸 밝혀내려 하신 거죠. 할일 없는 부자 좋은 게 뭡니까."

이목을 잡아끌 정도로 매력적인 목소리에 적절한 농담까지 곁들여지니 좌중은 대번에 그의 브리핑에 빠져들었다.

"이 자리에 모인 분들은 저를 제외하고는 모두 범상치 않은 능력을 지녔다고 주장하시는 분들입니다. 상금은 관례에 따라 백만 달러. 우리 돈으로 십억이 넘겠지만, 세금을 제하면 그보다는 조금 적어지겠지요. 여기에 회장님이 평생 수집하신 보물 중에서 가장 특별한 것 하나도 함께 받을 수 있습니다. 아마 소문을 들은 분도 계시겠지만……"

한설은 무슨 말을 더 하려다가 이내 그만두었다.

"보물에 대한 정확한 사항은 회장님만이 아십니다. 회장님은 연로해서 방밖으로 거의 나오지 않으실 겁니다. 그러니 여러분이 능력을 증명할 기회는 저녁식사 이후 회장님이 나오시는 모임 시간뿐입니다. 모임은 오늘 저녁과 내일 저녁, 두 번입니다. 모레는 연락선이 오니 그걸 타고 육지로 돌아가셔야 합니다. 그러니까 기회는 단 두 번뿐이라는 사실을 명심하시길 바랍니다. 혹시 질문 있으신 분?"

"저요!"

재건은 손을 번쩍 들었다.

"증명이란 건 어떻게 하는 거죠? 이건 실상 심사위원 맘대로 아닌가요? 아무리 초능력을 보여줘도 아니라고 하면 그만

인데!"

"그야 증명하기 나름이라고 생각합니다. 누구라도 납득할 수 있게 상식적인 차원에서 보여주면 되지 않을까요? 정말로 초능력이 있다면 말입니다."

"그럼! 만일 만일, 여기서 속임수 같은 것으로 회장님을 감쪽같이 속인다면! 그래도 상금을 받을 수 있나요?"

"물론이죠."

한설은 부드럽게 웃으면서 말했다. 아직은 젊은 나이라 할 만한 그의 입가에 살짝 주름이 잡혔다. 재건은 한설을 보며 습관적으로 웃는 사람은 아니겠다고 생각했다.

"하지만 쉬운 일은 아닐 겁니다. 여러분은 맨몸으로 굴지의 기업을 일으킨 거인을 상대하게 될 것입니다. 그분이 그 자리까지 올라간 것이 허명이 아님은 다들 아시겠지요."

"그럼, 상금을 받고 나면 어떻게 되나요? 초능력자라는 게 다 드러날 텐데, 어디랑 인터뷰라도 해야 되나요?"

긴 머리 여자가 말했다.

"그 점은 차후에 이야기해볼 수 있을 겁니다. 만일 비밀 보호를 원하신다면 그룹에서 최선을 다해 여러분을 지켜드릴 것이고, 만일 뜻이 있다면 함께 프로모션이나 연구를 진행할 수도 있고요. 정해진 것은 아무것도 없습니다."

"이번이 3회라는 건……"

수염 난 남자가 말했다.

"지난 두 회차 동안 모였던 녀석들은 전부 사기꾼이었다는 거겠죠?"

그러자 한설은 천천히 고개를 끄덕였다.

"그렇겠지요."

"헤, 회장님은 정말로 상금을 줄 생각으로 이런 모임을 여시는 거겠죠?"

재건이 질문했다.

"회장님은 마음에 없는 소리를 하시는 분이 아닙니다."

"그럼 그쪽은 어떤가요?"

순간 싸늘한 목소리가 끼어든다. 재건의 왼편으로 한 자리 건너 앉아 있는 남자다. 이 섬에 먼저 방문한 세 남자 중에서 제일 어려 보이는 사람이다. 마치 아이돌처럼 투명한 미소를 짓고 있던 사람.

"집사님은 이 행사에 대해 어떻게 생각하시나요? 정말로 초능력자가 있다고 믿나요?"

한설은 잠시 그를 바라보다가 대답했다.

"제 의견은 그다지 중요하지 않은 것 같습니다. 전 이번 행사에서 최선을 다해 여러분을 보조하겠습니다. 만일 필요한 것이 있다면 바로 저를 불러주십시오. 저의 주 업무는 회장님을 보필하는 것인 만큼 호텔 지배인처럼 대하는 것은 삼가주시기를. 하지만 환자 발생과 같은 위급 상황에서는 곧바로 호출해주시길 바랍니다. 저는 인명구조요원 자격이 있고, 위급 상황에서의 대처 방법 역시 잘 알고 있으니 이 점 참고해 많이 의지해주시기를 바랍니다.

마지막으로 새로 오신 분께 한 가지 당부 말씀 드리자면, 3층은 관계자 외 출입이 금지되어 있으므로 올라가지 마시길 부탁드립니다. 질문 더 없으신가요?"

"질문은 이제 됐고, 자기소개나 하는 건 어때요? 아직 통성명도 다 안 했는데."

수염 남자가 건의했다. 한설은 고개를 살짝 기울이며 입가를 살짝 올리더니 말했다.

"저는 여러분의 이름을 알고 있으니 통성명은 각자 자유롭게 해주시면 될 것 같습니다."

"이렇게 하죠. 그쪽 말 많은 아저씨부터 왼쪽으로 돌아가면서 각자 자기소개."

수염 남자는 재건을 가리키며 말했다.

"나?"

재건은 그렇게 말하며 벌떡 일어난다.

"뭐하는 분인지는 몰라도 주인공을 알아보다니 대단하군. 호러 영화라면 똑똑한 사람이 가장 오래 살아남지. 아, 아니다. 자기소개를 맨 마지막으로 하려는 수작인가? 뭐 어때. 하여튼, 자연스러운 대화의 흐름에 따라 제 소개를 먼저 하지요. 저는 김재건이라고 합니다. 직업은 탐정. 나이는 비밀. 종부세는 내지 않습니다. 그 밖에 여러분이 알아야 할 정보가 또 있을까? 아, 전 가지를 끔찍하게 싫어합니다. 어릴 적 어머니가 삶는 가지 냄새를 맡고 토한 적이 있지요. 그런데 이 가지는 먹을 수 있어요! 이 얼마나 놀라운 과학의 신비인가!"

"자, 자, 다음! 옆자리 계신 분께로 넘기기로 하죠!"

수염 남자는 자연스레 사회를 맡게 되었다. 재건은 불만스러운 표정으로 다시 앉았다.

재건의 옆자리에는 조금 전 재건의 방을 찾아왔던 단발머리 여자가 앉아 있었다.

"예? 아, 저는 스테파니예요. 어, 영문학과 나왔고, 번역가가 꿈이에요. 어릴 적에 미국에서 살았어요. 에, 싫어하는 음식 같은 것도 말해야 되나요?"

"그런 건 굳이 안 따라 하셔도."

긴 머리가 말했다. 고개를 숙이는 스테파니의 머리카락 사이로 살짝 붉어진 얼굴이 보인다.

"아, 예. 제 초능력이 뭔지 지금 말해도 되나요?"

스테파니는 이번엔 한설을 슬며시 돌아보며 묻는다.

"편할 대로 하세요. 다만, 경쟁자들에게 미리 말하는 편이 유리한지 아닌지는 본인이 판단하심이 좋을 듯합니다."

"예. 그럼 이야기할게요. 어차피 나중에 밝힐 거니까. 저는 정신력으로 물건과 사람 마음을 조종할 줄 알아요."

"정신력!"

재건은 확실한 리액션을 보여주었다.

"세상에, 그거 되게 본격적인데요? 혹시 잠깐 보여줄 수 있어요?"

긴 머리 여자가 묻자 스테파니는 몸을 움츠렸다.

"아, 그건, 나중에⋯⋯"

"재밌는 건 뒤로 미루는 게 좋겠죠? 그럼 다음 분?"

수염 남자가 진행하자 옆자리에 있던 어려 보이는 남자가 말을 받았다. 그의 목소리에는 깊은 관심과 공손함이 담겨 있었지만 어딘지 모르게 차가웠다. 성우가 아닌가 싶을 정도로 안정적이고 이목을 끌어들이는 목소리였다.

"저는 허주유라고 합니다. 나이는 스무 살이고요. 특별히 소개할 사항은 없습니다. 차차 알아가면 좋겠네요."

그가 말을 마치자 마이크가 뮤트되듯 발언권이 옆으로 넘어갔다. 재건의 맞은편, 체구가 작고 눈이 크고 소심해 보이는 상고머리 남자가 앉아 있다.

"전 박우진이라고 해요. 스물여덟이고 아현동에서 작은 식당을 하고 있어요."

"어? 아현동? 나 그쪽 자주 가는데. 회사 거래처가 그쪽에 있어서요."

수염 난 남자가 말했다.

"그러세요? 혹시 '미향 칼국수'라고 들어보셨나요?"

"음, 그건 못 본 거 같아요. 나중에 서울 가면 들를게요. 이따 위치 알려줘요."

"네에. 부모님께서 시작한 가게인데요, 어머니께 맛 내는 법 하나는 확실히 배웠다고 자부하거든요."

"오오, 전통 있는 가게 좋아요."

박우진의 옆자리에 앉은 머리 긴 여자가 말했다.

"저도 능력 말씀드릴게요. 이따 따로 얘기하기도 뭣하고. 전 강령술을 써요."

"강령술? 신기라든지, 막, 그런 거 말하는 거예요?"

스테파니가 물었다.

"네. 그런데 무속은 아니에요. 의식 같은 게 필요하진 않고요. 문제는 어떤 영혼이 올지 모른다는 거지만."

"호옹. 그렇단 말이죠."

재건은 할말이 있다는 듯 여지를 남기며 말했다. 우진은 무어라 대꾸하려다가 말았다.

다음은 긴 머리 여자 차례였다.

"제 소개를 할까요? 전 김태연이라고 해요. 스물아홉이고, 하는 일은 굳이 밝히지 않을게요. 능력은, 뭐, 미리 말해두지 않으면 기분 나쁠 수도 있을 것 같아서. 투시예요."

"이열. 그럼 목욕탕 같은 것도 훔쳐볼 수 있겠네요?"

옆자리의 수염 남자가 말했다. 태연은 언짢다는 듯 안경 틈새로 그를 힐끗 보더니 말한다.

"슈퍼맨처럼 여기저기 다 볼 수 있는 건 아니고요. 보고 싶은 대상이 있으면 집중해서 그걸 떠올릴 수 있어요."

"투시력 없어도 볼 건 다 봤으면서."

재건의 말에 태연은 얼굴을 붉히며 눈꼬리를 치켜올렸다.

"아까 그냥 잘라버릴 걸 그랬나봐요."

"다시 말하는데 그건 실수! 누가 옷 갈아입혔을 줄 내가 알았나, 뭐."

"뭘 봤다는 거죠?"

아직 이름을 밝히지 않은 수염 남자가 묻는다.

"물론! 나의 소중한……"

"소중한 추억으로 만들어드릴까? 다시는 돌아오지 않을!"

"죄송합니다!"

재건은 고개를 세차게 꾸벅꾸벅 숙였다. 옆자리의 스테파니는 고개를 숙인 채 얼굴만 붉히고 있었다.

"다음으로 넘어가죠. 그쪽 혼자 남았어요."

태연이 말했다.

마지막으로 남은 남자는 곁눈질로 태연을 쓱 보더니 말을 시작한다.

"저는 전찬호라고 하고요. 서울 살고, 작은 사업을 하고 있어요. 육군훈련소 분대장을 했어서 규칙이나 질서에 엄격한 편이에요. 아, 물론 나한테 한정해서. 요새 남들한테 이래라저래라 하면 한소리 듣잖아요?"

"그래서, 무슨 초능력을 가지고 오셨나요?"

재건은 말을 자르려는 듯, 찬호의 말이 끝나는 정확한 타이밍에 끼어들었다.

"아, 저도 미리 말씀드려야 할 것 같은데요. 전 마음을 읽습니다. 아아, 너무 걱정하지 마세요. 저도 아무거나 다 읽는 게 아니라 누군가가 집중해서 떠올린 구체적인 이미지밖에 못 읽어요. 그러니까 제 욕을 속으로 하고 싶으면 그냥 해도 된다는 말씀. 좀 더러운 생각 같은 것도요."

그는 태연 쪽을 슬쩍 돌아보며 웃었다.

"하, 그렇군. 그렇단 말이지!"

재건은 좌중을 둘러보며 말했다.

"얘기들 들으면서 생각해봤는데, 아무래도 여기서 제 능력은 비밀로 하는 게 좋을 것 같군요. 그래야 재미있을 것 같으니까! 어쩌면 상금을 받는 건 내가 아니게 될지 모르겠네요."

"자신이 없단 말이에요?"

찬호가 물었다.

"자신은 있지만. 그런데 집사님, 만일 여기 능력자가 둘 이상이면 상금은 어떻게 되는 거죠?"

재건은 문가에 서서 부동자세로 그들을 지켜보고 있던 한설에게 말을 걸었다.

"그럴 경우 상금은 인원수에 따라 나뉩니다. 그런데 보물은 어떻게 될지 모르겠네요. 회장님 마음에 드는 분께 돌아가지 않을까 싶습니다."

그는 말을 마치고 핸드폰을 꺼내 메시지를 확인했다. 직후, 그의 낯빛은 전과 같은 무표정임에도 미묘하게 흔들렸다.

"음."

"음? 무슨 일이라도?"

태연이 한설의 변화를 알아채고는 물었다.

"방금 회장님이 이번 모임에 초대한 사람은 모두 다섯이라고 말씀하셨습니다. 이중 김재건님은 초대한 적 없는 참가자라고 하시는데요."

일동의 시선이 재건에게로 쏠렸다. 재건도 의아하다는 표정이었다.

"에엥? 난 분명히 이걸 받아서 왔는데? 이거 봐요. 님들이랑 똑같은 초대장인지."

재건이 자신의 초대장을 흔들자 찬호가 낚아채서는 살펴보았다.

"제가 받은 거랑 똑같은 건데요? 여기, 도장도 봉인도 다같
은데."

"그럴 수밖에요."

한설이 말했다.

"제가 직접 보냈으니까요."

"네엣?"

재건은 큰 소리로 외치고 말았다.

"잠깐, 그렇다면 집사님은 직접 저에게 초대장을 보냈지만
초대 인원을 결정하는 회장님 선에서는 모르는 일, 이라는 건
가요?"

"그렇습니다."

재건은 아예 의자 위로 올라서서는 외쳤다.

"사건이군요! 시작부터 이런 미스터리라니, 이거 심상찮은
일이 일어날지도 모르겠는데요?"

"으음, 일단 이야기는 자리에 앉아서 해주심이……"

한설이 만류하려 했지만 재건의 폭발하는 에너지는 누구도
억제할 수 없었다.

"태풍 한가운데 있는 고립된 섬! 수상한 초대장! 그리고 환
상과 현실을 이어주는 오메가 크리티컬 초월 탐정! 마치 모든
것이 계획하에 준비된 것 같군!"

테이블에 앉은 사람들은 멍하니 독백을 쏟아내는 재건을

쳐다보기만 할 뿐이었다. 당연하게도, 여기에 있는 그 누구도 이런 사람을 본 적이 없었다.

가장 먼저 정신을 차린 사람은 역시 한설이었다. 그는 직업 의식을 발휘해 흔들림 없는 목소리로 말했다.

"내려와 앉아주십시오."

재건의 끓어오르던 열기도 단호한 한마디에 푹 식어버렸다. 재건은 헤헷, 웃으며 폴짝 뛰어올라 엉덩이부터 의자에 착지했다.

"자, 식사 마저 할까요?"

재건은 뻔뻔스럽게도 말했다.

2 초대장

그날도 탐정 김재건의 사무소는 한가했다. 마곤은 소파에 드러누워 닌텐도 버튼을 두드리고 있었고 재건은 의자가 휘어져라 책상 위에 발을 올린 채 앉아서는 창밖에서 불어오는 바람에 웬 종잇조각을 이리저리 흩날려보고 있었다.

"그게 뭔데 그렇게 들여다보는 거예요?"

플레이하던 게임의 한 스테이지를 클리어한 마곤은 자기가 게임을 시작하기 전 보았던 모습 그대로 이구아나처럼 멈춰 있는 재건을 올려다보며 물었다.

"이거? 초대장. 어째서인지 난 초대장을 많이 받는 것 같군. 두 번뿐이지만. 아, 전번 건 널 만나기도 전 일이지. 어쩌면 태어나기도 전일지도? 아닌가? 음. 몇 년 전인지는 까먹었지만."

"지금 들고 있는 거 얘기만 하라고요."

"어쩌고저쩌고, 블라블라, 귀하를 이 행사에 모시고자 하오니 부디 참석하시어 이 자리를 빛내주시길 바랍니다. 펜으로 일일이 쓴 글씨야. 도장도 찍혔고, 겉에는 서양인 흉내 내고 싶었는지 봉인도 찍혀 있어. 무려 촛농으로! 이런 건 처음 본단 말이야. 어지간히도 격식에 신경쓰는 사람이 아니면 이렇게까지 하진 않겠지."

"그러니까 그 블라블라 부분이 뭐냐고요!"

재건은 다리를 휘휘 젓더니 의자와 함께 몸을 뱅그르르 돌려서는 자리에서 벌떡 일어난다. 그러고는 책상 위로 뛰어올라가 귀퉁이에 앉은 뒤 책상에 붙은 소파 위로 발을 떨어뜨렸다.

"맘에 안 들어."

"뭐가요!"

마곤도 몸을 벌떡 일으킨다. 그대로 있으면 재건의 맨발바닥을 보며 이야기해야 했기 때문이다.

"지난 사건 말이야. 난 분명히 미스터리의 정석대로 착실하게 수사를 하고 단서를 모아서 결론에 도달했단 말이야. 물론 단서가 부족해서 딱 알 수 있는 데까지밖에 말할 수 없었지만."

"지금 딴소리하는 거죠?"

"그런데 무슨 예측 가능한 결말이었다느니 뭐니 하는 소리를 대체 왜 하는 거야? 내 입장이 돼봤어? 바닥에서부터 차근차근 단서 모으고 합당하게 추론해서 하는 말이냐고. 그냥 대—충 때려 맞히고선 '에이, 뻔한 결말이네' 하는 건 좀 비겁한 거 아니냐고. 말하자면, 어? 그 뭐냐, '저놈이 범인 아닌 것처럼 몰아가는 거 보니 쟤가 나중에 범인이겠네' 하는 때려 맞히기 아니냔 말이야."

"지금 누구한테 화풀이하는 거예요? 그런 소리를 누가 한다고 그래?"

"아, 그런 사람 있어."

"그거 살아 있는 사람 맞죠? 괜히 작가가 전작 안 팔린다고 뒤끝 보이는 거 아니죠?"

"자꾸 이야기를 메타픽션으로 끌고 가려 하는군. 안 좋은 습관이야."

"지금 그렇게 하는 게 누군데!"

"더불어 난 이야기에서 스토리랑 상관없는 주제를 떠들어대는 걸 별로 안 좋아하지. 그건 그냥 장황한 논설문이라고. 우리는 자연계의 꼭두각시 아닌가! 나는 단수가 아니다!"

"그러니까 그게 지금 메타픽션이라고요. 계속 은근슬쩍 논란될 소리 끼워넣고 있네!"

재건은 들고 있던 종이를 살며시 놓았다. 종이는 바람을 타고 기우뚱거리다가 마곤의 얼굴로 날아가 달라붙었다. 마곤은 팔을 허우적대다가 그것을 떼어내 얼굴을 찌푸리며 들여다보았다. 무려 손글씨로 쓰인 편지였다.

"일단 그것부터 읽어보라고. 지금 하는 얘기가 모두 거기서 비롯된 거니까."

"아, 제발 본론부터 들어가자고요."

마곤은 투덜대면서도 편지를 읽기 시작했다.

안녕하십니까.

CH그룹 임채호 명예회장 비서실입니다. 대한민국의 경제 발전을 이끌어가는 우리 CH그룹은 국민들로부터 많은 응원과 양보와 희생을 빚지고 그 위에서 성장해왔습니다. 그를 잊지 않고자 우리 그룹은 꾸준히 사회공헌사업을 진행해왔으며, 여기에는 그룹의 공식적인 활동과 임원 개개인의 비공식적 활동을 아우르고 있습니다.

임채호 전 회장 역시 그동안 쌓아올린 부가 순전히 개인만의 것이 아니라는 인식 하에 개인적으로 다방면에서 이를 사회에 환원하고자 노력해오셨습니다. 이번에 귀하를 초대하려는 모임도 그러한 차원에서 준비되었습니다.

우리는 그동안 인간의 무한한 가능성을 믿고 인적자원을

개발하는 데 아낌없는 투자를 해왔습니다. 그러다 최근, 회장님은 지금까지 인간이 도달한 적 없는 새로운 경지에 관심을 갖게 되셨습니다. 바로 인간의 정신력에 관한 것입니다.

단도직입적으로 말해서 회장님은 물리법칙을 초월하는 새로운 능력에 관심이 있으십니다. 실례를 무릅쓰고 말하자면 우리는 귀하에게 남다른 재능이 있다는 사실을 접하게 되었고, 그것이 바로 귀하를 이 자리에 초대하는 동기가 되었습니다. 나라를 떠들썩하게 했던, 이른바 '꼭두각시 사건'이 그 계기입니다. 이 사건에서 여러 설명하기 어려운 현상이 목격된바 있는데, 우리는 이 일에 귀하가 깊이 연관되어 있다는 사실을 발견하였습니다. 더불어 귀하께서 특별한 능력을 지녔다는 사실을 귀하의 홈페이지를 통해 알게 되었습니다.

우리 모임의 통칭은 구루회로, 남해의 작은 섬인 구루섬의 별장에서 개최됩니다. 이 자리에는 통상 자원자들이 참여하여 회장님 앞에서 자신의 특별한 능력, 말하자면 초능력을 증명합니다. 만일 증명에 성공한다면 상금으로 십억 원을 받게 되며 회장님의 개인 재단으로부터 연구 협조를 조건으로 지속적인 지원을 받게 됩니다. 물론 연구 협조는 선택 사항입니다. 이 행사에 귀하를 모시고자 하오니 부디 참석하시어 이 자리를 빛내주길 바랍니다. 참가를 원하신다면 편한 경로로 응답 부탁드립니다.

구체적인 일시와 참가 방법은 다음 장에 별첨하겠습니다. 참가자 전원에게 여행 경비와 소정의 참가비를 지급하고 있으며 체류 기간 동안의 숙식 또한 걱정하지 않으셔도 됩니다.

"이건!"

마곤은 코가 뚫리는 듯한 기분이 들었다.

"그래! 드디어 이 김재건님에게도 광명이 온 거야!"

"CH그룹이라면 재계 10위권 안에 드는 거대 그룹! 게다가 그 임채호 회장이라니! 이거 조작은 아니겠죠?"

"물론이지! 혹시 몰라서 확인 전화까지 해봤다고!"

"초능력! 이거 우리 있잖아요!"

"당연! 독자가 헷갈리지 않게 이번엔 제목에도 초능력자를 집어넣었다고!"

"개소리 그만하고! 거기 가면 그건 따놓은 당상 아니에요!"

마곤은 흥분해서 재건의 헛소리조차 너그럽게 넘겼다.

"그래, 그거!"

재건은 벌떡 일어나서 외쳤다.

"십억!"

마곤도 소파 위로 올라가 펄쩍 뛰며 말했다.

"공짜 밥!"

"……"

마곤은 일어선 채로 굳어버리고 말았다. 잠시 정신적 동요를 진정시킬 필요가 있었다. 긴 시간이 필요하진 않았다.

"아니, 지금 공짜 밥이 대수냐고!"

"무려 회장님이 대접하는 밥이야! 우리가 지금까지 먹어보지 못한 으리으리한 게 나올 거라고!"

"십억이 있으면 으리으리한 밥 같은 건 마음껏 사 먹을 수 있다고요!"

"헹. 그걸 진짜로 준다면 말이지."

"네에?"

마곤은 소파에 다시 앉으며 말했다.

"이게 사기란 말이에요?"

"사기? 사기라. 엄밀히 정의하자면 사기는 아니겠지. 돈을 내줄 생각이 없다면 사기겠지만 이건 '설마 상금 타갈 사람이 나오겠어?' 하고 하는 것일 테니."

"엥? 진심으로 하는 게 아니라고요?"

"당연하지! 세상에 초능력이 어디 있다고."

"저기요, 본인이 초능력자잖아요."

"그건 내 주장일 뿐!"

재건은 오른손 손가락을 팔과 함께 쭉 뻗어 마곤을 가리키며 말했다.

"아니, 증명하면 되잖아요."

"그런 문제가 아냐. 내가 가서 증명해내면 아마 당황하겠지. 그보다 난 다른 데에 더 관심이 많다고."

"또 얘기 새게 하지 말고 똑바로 말해봐요. 초능력자가 없다니 무슨 뜻이에요?"

"말 그대로! 우린 어디까지나 예외적인 존재. 비공식적인 존재지. 공식적인 이 플레인─얼쓰 월드에서 초능력은 세계관 외 개념이야."

"그걸 믿는 사람도 있잖아요."

"후후훗. 사람들은 이상한 것을 왜 믿을까? 거기서부터 생각해봐야지. 이상한 것이 만일 일상적이고 당연하고 지배 이념에 충실하다면 사람들은 그것을 굳이 찾아가 믿을까?"

"지배 이념은 굳이 찾아서 믿는 게 아니란 말이에요?"

"비슷해. 얼추 말귀를 알아먹는군. 지배 이념은 공기처럼 들이켜는 거야. 굳이 의식하지 않아. 이건 믿음 이전의 문제라고. 믿음이라 부르기에도 과분한 비의식의 세계!"

마곤은 잠시 생각을 정리한 뒤 말했다.

"아하. 사람들은 초능력이 없는 세계를 당연하게 여긴다는 말이군요."

"그래. 초능력은 이 자연과학적이고 합리적인 세계관 위에 껴 있는 얼룩 같은 거야. 사람들은 일부러 그것을 생각하지 않고는 인지할 수 없어. 인지조차 필요하지 않은 기본 월드랑

엄연히 다르지. 옛날엔 어땠을지 몰라도 적어도 현대 한국에선 초능력이라든가 여타 신비로운 현상들은 '말해져야 아는 것'이야. 플레인 월드를 거치지 않고선 누구도 그것을 상상하지 못해."

"결국 그 회장님도 초능력을 안 믿는다는 말이에요?"

"이렇게나 거액이 걸린 공모는 베팅의 일종이라고 봐야 한다는 거야. 아무리 할일 없는 은퇴 갑부라 해도 상금을 확실하게 받을 수 있는 대상이 있다고 믿는다면 섣불리 십억씩이나 내놓진 않겠지. 부자가 왜 부잔데? 확률적인 유리함을 확신하지 않으면 움직이지 않는 게 부자들의 생활 습관이란 말이야. '십억을 가져갈 용사여, 난 그대의 존재를 간절히 바라오니 냉큼 나타나 챙겨가시오!' 하고 내놓은 건 절대 아니란 말이야. 뭔가 꿍꿍이가 있어."

"그래도 우리가 가서 증명해버리면 별수없겠죠? 설마 이렇게 초대해놓고 정말로 초능력자가 나타날 줄 몰랐다! 이러진 않을 거 아니에요."

"그거야 모르는 일이지만. 뭣보다 이 공모전 얘기를 듣고서 뭐 생각나는 거 없느냐, 제자여."

"여기서 내가 뭘 떠올려야 되는 거죠?"

"음, 아, 너 태어나기도 전이겠네. 한국에도 왔었는데. 티브이 프로그램에서 한바탕하고 가셨지. 그게 누구냐 하면 마술사 제임스 랜디."

"아! 들어봤어요!"

"그래. 랜디는 백만 달러를 내놓고 전 세계를 상대로 내기를 했어. 내 앞에서 초능력을 입증하라. 그러자 유리 겔러를 비롯해서 무수한 초능력자가 도전을 해왔지만 단 한 명도 랜디 앞에서 초능력을 증명해내지 못했어. 마침 이 회장님이 내놓은 십억 원도 그쪽 가치로 친다면 백만 달러쯤 되지. 이게 우연은 아닐걸?"

"아니, 정말 증명한 사람이 한 명도 없어요?"

재건은 훌쩍 뛰어올라 마곤의 맞은편 소파에 등짝으로 착석했다. 수십 번 연습해 완벽해진 자세였다. 스프링이 지르는 비명이 사무실 구석까지 퍼졌다.

"단 한 명도! 바로 그게 내가 초능력자가 존재하지 않는다고 말하는 이유야."

"네에? 단지 증명 못했다는 이유로? 실제 초능력자가 한 명도 거기 안 나갔대요?"

"나간 사람이 있었겠지. 분명히 있었을 거야. 하지만 그 쇼의 목적은 사기꾼들을 골라내는 것이었거든."

"아니 지금, 무슨 말을 하는지 하나도 모르겠는데요."

"랜디의 신념은 확고했어. '이 세상에 과학적으로 설명하지 못할 일은 없다.' 그런데 사람들은 초능력자라는 희한한 존재에게 홀려서 엉뚱한 짓을 하거나 돈을 낭비하거나 심하면 목숨까지 내던지지. 프로 마술사였던 그가 보기에 그건 단지 마술로 사기를 치는 거야. 마술은 눈속임을 전제하는 쇼잖아. 그런데 초능력은 그게 진짜라고 믿게 하는 거지. 사기란 말이야. 직업인으로서 자존심 상할 수밖에 없는 일이야."

"그러니까, 그런 사기꾼이 많다고 해도 우리 같은 사람이 없는 건 아니잖아요."

"생각해봐. 만일 여기서 단 한 명이라도 초능력을 증명해버리면 어떻게 되겠어?"

"그야, 상금 받고 뭐……"

"그게 다가 아냐."

재건은 바닥에 깔린 오른팔에서 검지를 겨우겨우 끄집어내 좌우로 까닥였다. 썩 봐줄 만한 꼴은 아니었다.

"다가 아니면?"

"사람들이 왜 초능력을 믿을까? 실제로 자기가 확실한 현상을 체험한 것도 아닌데 말이야. 1984년, 유리 겔러가 한국에 왔을 때의 에피소드가 있지. 실제로는 형상기억합금 수저로 사기를 치고 있었지만, 그자가 숟가락 휘기 쇼를 보여주면서 시청자도 따라 해보라고 부추기자 그날로 전국에서 난리가 났어."

"어떻게요?"

"너도나도 유리 겔러의 영향을 받아서 숟가락을 휘었다, 숟가락으로 사람을 들었다, 고장난 초침을 돌렸다 등등 호들갑을 떨어댔단 말이야."

"네? 정말이에요? 1984년이면 탐정님도 아주 어렸을 때였겠군요."

"그렇지. 순진했던 시절이었…… 아니, 너 날 몇 살이라고 보는 거냐? 난 그때 태어나지도 않았다고!"

"헤, 이런 초능력이군요."

마곤은 장난스레 웃으며 말했다.

"그래. 사람의 인지능력은 의외로 몹시 취약하거든. 나처럼 수퍼―버브! 한 경우가 아니라면 말이야. 한 명이라도 확실하게 초능력자라는 게 입증된다면, 사람들은 이제 지금까지와는 전혀 다른 지배 이념 속에서 살게 되는 거야."

"어쨌거나 초능력이 존재하는 세상."

"그래. 어쨌거나 초능력은 확실히 있는 거고, 내가 그 주인공이든 아니든 가능성 자체는 존재하는 거니까, 이제 '혹시나?' 하는 마음은 더욱 커질 테고, 사기꾼은 다시 활개치기 시작할 거야. 랜디는 그걸 막아야 할 의무가 있었어. 방어율 0.00점을 유지해야 할 필요가 있었다고."

"그럼, 그런 경우 뒷거래로……"

"그랬을 거야. 내가 확인한 자료에 따르면 말이야, 초능력자가 확실했던 사람이 적어도 한 명은 있었거든."

"라스푸틴?"

"아니. 미하일 프로호로프."

"그 사람은 또 누구예요?"

"별로 중요한 사람은 아냐. 미소 초능력 경쟁 시기에 잠깐 등장했던 사람인데, 정황상 랜디가 그를 몰랐을 리는 없어. 소련 대표로 미국을 방문했거든. 랜디랑 만났는지 안 만났는지는 모르지만. 그 사람은 도저히 트릭을 쓰는 게 불가능한 것을 능력으로 내세웠는데, 바로 '사랑을 느끼면 주변 사물이 춤을 추게 만드는 능력'이야."

"에엥? 되게 뜬금없는 능력이네요."

"그렇지. 보통 사기꾼들은 구현하기 쉬운 거, 숟가락 휘기라든지 투시력 같은 걸 내세우거든. 그런데 이런 터무니없는 능력은, 너도 많이 봤잖아? 검증도 간단하고 조작도 어렵지. 내가 어렵사리 확인한 기사로만, 심지어 잘하지도 못하는 러시아어를 여기저기서 번역 동냥해서 얻은 정보로 보건대, 돌발적 상황, 까다로운 검토자 등등까지 다 고려해보면 능력을 조작했을 가능성은 적다고 봐."

"그런데 왜 안 알려진 거죠? 정말 검증이 됐다면 지금쯤 전 세계가 알아야 하지 않아요?"

"그야 당사자는 미국 방문 도중 급사했고 미국은 사기였다고 결론지었으니까."

"흠. 살해당한 건가요?"

"사인은 심장마비. 살해의 흔적은 없어. 적어도 겉으로는."

"그러면 혹시……?"

"무슨 바보 같은 생각을 하는지 몰라도 앞선 전제를 까먹지 말아다오. 그 사건의 진상은 전혀 중요한 게 아니야. 우리가 초능력자든 아니든 이 세계관은 달라지지 않는 것처럼."

"으음. 모르겠어요."

"확실한 것은 랜디의 방어율이 0.00점이란 것. 이건 불변하는 사실. 다른 곳에서도 마찬가지야. 이 지구상 어느 곳에서도 공식적으로 초능력이 증명된 적은 없어. 여전히 플레인─얼쓰를 지배하는 지배 이념은 이 심심하고 하품 나오는 세계관이라고."

"음, 뭐……"

마곤은 그리 탐탁지 않은 듯한 표정이다.

"그래도 직접 보지 않으면 모르는 거잖아요. 그 사람이 무슨 생각인지, 진심인지 어떤지."

"그래서 이 몸이 출동하겠다는 거지. 공짜 밥 먹는 김에. 그런데 이 모임에는 또다른 미끼가 있어."

"미끼?"

"편지에는 안 나왔지만 말이야. 이건 임 회장이 직접 공표한 건데, 이 모임, 호사가들한테는 소문 다 나 있었다고."

"그게 뭐냐고요."

재건은 벌떡 일어나 캐비닛에서 서류철 한 권을 찾아냈다. 거기에는 한글 내림차순으로 재건이 조사한 각종 심상치 않은 사건들이 스크랩되어 있었다. 재건은 그 사이에서 임채호 회장 항목을 찾아내 한 장을 꺼내왔다.

"임채호 회장은 보물 수집가로도 유명하지. 전 세계의 희귀한 유물이나 보물, 프리미엄이 붙은 물건들을 수집하고 있었단 말이야. 한평생. 그런데 그 사람이 이렇게 말했다는 거야. 내 앞에서 초능력을 증명하면 내가 모은 보물 중 가장 값어치 있는 것을 내주겠다고."

재건이 내민 종이는 기업 내에서 돌려보는 듯한 사보의 복사본이었다. 제목은 '임채호 명예회장 돌발 발언, 보물의 상속은 누구에게?'였다.

"너도 들은 적 있지? CH그룹이 후계자 다툼으로 분열하고 내전이 일어나 서로 터뜨리고 고소하고 난리 피우는 와중 임채호 회장이 홧김에 은퇴해버린 거."

"알죠. 현대판 왕자의 난이다 뭐다, 한참 떠들썩했잖아요."

"경영권은 결국 장남한테 넘어갔지만, 장남 임비호는 지금 뇌물, 탈세 등이 걸려서 감옥에 가버렸고. 난리도 아닌 일이었지. 사보에서는 어수선한 분위기도 수습할 겸 이런저런 무해한 뉴스거리를 찾아다닌 모양인데 공교롭게도 임 전 회장이 적당한 소스를 종종 제공한 모양이야. 이걸 보면 회장의 세계관이라든가 초능력자에 대한 생각이라든가, 이것저것 알 수 있지."

"에이, 뭐야? 결국 사전 정보가 있었단 말이잖아요. 뭘 믿고 그렇게 장담하나 했네."

"이거 보라고. 후훗. 그게 바로 초능력 사기의 본질이야. 사람은 말의 순서만 바꿔서 들려줘도 홀라당 속아넘어가고 신비로운 환상에 빠져버리지. 불가능한 사건도 마찬가지. 완전범죄, 밀실 살인. 내가 해결한 수많은 불가능 사건은 사실 그런 인식상의 오류 탓에 그렇게 보이는 것뿐.

탐정은 합리성과 지루한 일상의 변호인이야. 신비가 가득한 마술적 세계를 지루해빠진 플레인—얼쓰로 되돌리는 사람이라고. 그러니 이번 일에서 탐정이 빠지면 섭섭하지! 내가 왜 탐정인지 보여줄 때란 말이야."

"해결한 사건이 뭐가 있다고 그래요? 맨날 엉망으로 망쳐놓기만 하면서."

"그래서! 이번에야말로 이 슈퍼 울트라 탐정님께서 나설 차례가 아니겠는가! 남해의 외딴섬! 살인사건이 일어나기 좋은 최적의 무대!"

"저기요, 정말로 살인사건 같은 걸 바라는 건 아니죠?"

"모르는 일이지. 정말로 거기 있는 게 단지 십억 원을 노리는 사람뿐일까? 난 이 회장의 시크릿 보물이야말로 진짜 미끼라고 생각하는데. 그게 무엇인지는 알려져 있지 않지만, 일각에서는 그 보물이야말로 회장이 가진 가장 가치 있는 물건이라고도 하더라고. 평소 초능력에는 관심도 없었지만 보물을 노리고서 주변 사람들이 몰려들 수도 있다는 말이야. 살인 사건이 일어나기 딱 좋은 조건이지."

"살인을 저지르면 보물도 날아가는 거 아니에요?"

"그야 모르지! 이런 건 어때? 보물을 탐내는 사람이 다른 누군가가 보물을 가져가는 것을 막기 위해 서둘러 살해해버린다든지."

"그러니까 그런 사건을 바라고 있는 거 아니냐고요."

"가주지! 수라의 길로. 그것이 내 운명이라면."

"아니, 지금 목적이 완전히 틀려먹었거든요!"

재건은 신이 나서는 다섯 살 꼬맹이처럼 사무실 안을 뛰어다녔다.

"나에게 어마어마한 작전이 있지!"

순간 멈춰 선 재건은 마곤을 향해 고개를 홱 돌리고는 말했다.

"이 행사에 초대받은 건 나뿐. 이 맹점을 노리고 네가 잠입하는 거야."

"능력을 써서요?"

"그래! 넌 공식적으로 그 섬에 들어가지 않은 거야. 마음껏 돌아다니면서 뭔가 단서가 될 만한 걸 찾아봐. 회장님의 은밀한 사생활이든, 비서랑 나누는 대화든 뭐든 정보를 긁어모아서 그 보물의 정체를 알아내는 거야. 내가 보기에 이 이벤트의 핵심은 바로 보물이야. 그 정체 모를 보물에 대한 소문만 내가 알아낸 게 서너 개야. 아마 그룹 내에서만 도는 도시전설 비슷한 것 같아. 뭔가가 있어. 이 과시적이고 뜬금없는 현상금 공모를 하는 진짜 목적. 그게 바로 그 보물이란 말이야."

"증거는 있는 건가요?"

"없지! 그러니까 이러는 거 아니겠니. 거긴 고립된 섬이니 우리가 접촉하거나 하면 금방 티가 나고 말 거야. 그러니까 넌 나도 모르게 움직여야 해. 능력을 항상 써서 나조차도 네 존재를 잊어버리도록, 은밀하게."

이 작전만 해도 충분히 황당했지만, 마곤은 2인승 모터보트를 타고 태풍이 몰아치는 바다로 돌진하게 될 줄은 꿈에도 알지 못했다.

3 윤아

머리가 차원의 터널 속으로 빨려들어가는 느낌이었다.

이런 비유를 들다니, 내가 정말 몹쓸 물이 들었구나.

폭풍 속으로 모터보트를 타고 돌진하다니. 댁이 양육권자였으면 바로 친권 박탈이야.

망할 자식. 어쩌다 내가 이딴 놈한테 주워져가지고.

마곤은 어수선한 생각을 밀어내며 간신히 몸을 일으켰다. 이대로 더 기절해 있고 싶었지만, 여기가 어디인지 알 수 없는 상황에선 위험한 일이다.

하지만 위험에 처했다기엔 목덜미에서 느껴지는 감촉이 부드럽고 푹신했으며 몸은 가볍지만 따뜻한 무언가에 감싸여 있었고 허리도 편하기 그지없었다. 그리 눈부시지 않은 햇살이 쏟아졌다. 적어도 바위 위나 차가운 바다 밑바닥에 누워 있는 건 아니다.

"어? 깨어났어?"

여성의 목소리였다. 마곤은 스승의 가르침을 떠올렸다. 감각이 제한된 상황에서는 주어진 정보만으로 대상을 파악하라. 그리 높은 연령대 같진 않았다. 십대의 목소리와 삼십대의 목소리는 다르다. 상대는 최소한 이십대 이하의 여성. 그리고 제 몸이 뉘어 있는 곳은 침대 위가 틀림없다. 그것도 평소라면 마곤이 감히 상상도 못할 정도로 고급 침대. 최소한 천국이라든가 수상한 조직의 창고 따위에 던져진 것은 아닌 모양이다.

"여기는……"

마곤은 힘겹게 목소리를 냈다. 목에는 여전히 소금기가 남아 있었다.

"서, 섬인가요?"

빛에 눈이 적응되자 곁에 서 있는 여성의 얼굴이 보였다. 잘 빗어 내린 머릿결이 수채화 같은 사람이었다.

"태풍 부는데 어떻게 여기까지 온 거야? 배가 침몰하기라도 했어?"

그의 눈에는 호기심과 걱정이 반반 섞여 있었다. 마곤은 상대방이 그렇게 말하는 것을 보니 내가 제대로 도착했구나, 생각했다.

"침몰이라면 침몰이랄까. 아니, 당연한 일이었을까요? 배의 목적이 떠다니는 거라면 '그것'의 목적은 물에 빠져죽으려는 것이라고밖엔…… 이 물고기밥이 될 놈 같으니."

여자가 뭐라고 대답해줘야 할지 모르겠다는 얼굴로 내려다보자 마곤은 황급히 변명하듯 말했다.

"아, 절 그 태풍 속 바다에 던져놓은 놈 얘기예요."

"정말이야? 대체 누가! 혹시 부모님은 아니지? 아니면 납치라도 당한 거야? 내가 신고해줄까?"

여자는 침대 위로 올라오다시피하며 호들갑스럽게 말했다. 마곤은 표현을 살짝 잘못 골랐다는 것을 깨달았다.

"그건 비유……도 아니고, 사실이긴 한데, 그, 뭐라고 해야 할지……"

마곤은 한참을 쩔쩔매다가 간신히 자신과 재건이 이 섬에 오게 된 사정을 설명했다. 자신의 목적은 숨긴 채. 마곤은 재건도 알지 못하도록 은밀히 임무를 수행해야 하니까.

그러니까 초대장을 받아서 수상한 모임에 참가하려는데 마침 태풍이 불어서 배편이 모두 끊기는 바람에 근처 보트 대여소에서 임채호 회장의 이름으로 2인승 모터보트를 빌린 뒤 무모하게 바람과 파도를 돌파하려다 이 모양이 되었다는 이야기. 여자의 얼굴에 당혹스러움과 감탄과 공포가 뒤섞여갔다. 마주보는 마곤이 다 미안해질 정도였다.

"맞아. 그러고 보니, 아저씨한테서 들었어. 참가자가 표류해 왔다고. 그 사람이 너랑 같이 온 사람인가보다."

"역시 살아 있었나보네요. 그 바람에 바다에 나서는 멍청이가 또 있지 않다면. 아, 음……"

마곤은 잠시 주저하다가 물었다.

"저, 혹시 이 섬에서 절 본 사람이 또 있나요?"

원래의 계획은 아무에게도 들키지 않고 섬에 숨어 있는 것. 이렇게 처음부터 들켜버렸으니 계획을 수정하지 않을 수 없다. 하지만 한 명에게 들킨 것과 자신이 섬에 온 사실이 널리 알려지는 것은 전혀 다른 상황이다.

"응."

혹시나 하는 물음이었지만 그는 무참히도 기대를 깨버렸다. 하지만 상황은 그리 심각해 보이지 않았다.

"나랑 또 한 명 있어. 내 친군데, 휴가 겸 놀러와 있어."

"그럼! 두 사람 말곤 다른 누구도 제가 여기 있는 걸 모르는 거죠?"

"으응. 아빠한테 말할까 했는데 아침부터 바쁘셔서."

"저, 부탁해요! 제가 여기 온 거 아무한테도 말하지 말아주세요!"

두 사람뿐이라면 나쁘지 않다. 부탁을 들어줄지는 모를 일이지만 어쨌든 노출을 최소화할 수 있는 상황이다.

"응? 아빠한테는 말하는 게 좋지 않을까?"

"그, 그게, 사정이 있거든요. 전 사실 여기 오면 안 됐어요. 그러니까, 아무도 모르게 들어오려고 했거든요. 초대받은 건 탐정님인데……"

"탐정?"

"아, 네. 원랜 아무한테도 들키지 않으려 했는데, 이렇게 구해주시고 그래서 정말 고맙긴 하지만, 뭐랄까……"

"응. 알았어."

그는 간단히 대답했다.

"네?"

"아무한테도 말 안 하면 되지? 아빠한테도. 내 친구한텐 이미 들켰지만. 널 둘이서 같이 들고 왔거든."

"아아."

"걱정돼? 그럼 약속!"

그는 새끼손가락을 내민다. 마곤은 소심하게 손가락 끝을 마주 걸고선 달팽이처럼 이불 속으로 숨어들었다.

너무나 흔쾌한 수락에 마곤은 오히려 당황하고 말았다. 자기가 더듬더듬 떠든 문장들에 아무런 설득력이 없었다는 것을 알고 있기 때문이다. 하지만 어쩌겠는가. 그 마음 받아주는 수밖에. 따지고 보면 보물을 찾는다고 해도 훔쳐가겠다거나 하는 건 아니다. 단지 회장의 꿍꿍이가 뭔지 알고자 하는 것뿐이니까. 하지만 그게 떳떳한 일인가 따져보면, 당연히 그렇지 않다.

저 사람은 남을 잘 믿는 성격인 걸까? 타인을 불신하기로 마곤을 능가할 사람은 없을 것이다. 그렇기에 마곤으로서는 이렇게까지 선뜻 남을 믿는 것이 잘 이해되지 않았다.

하지만 어떤가. 이 마음을 받아주지 않고서 집으로 돌아가 버릴 것도 아니고.

마곤은 이불 밖으로 내밀었던 얼굴이 살짝 붉어지는 것을 느끼고는 고개를 숙인 채로 말했다.

"누나, 어, 누나 맞죠? 아, 전 박마곤이라고 해요."

"난 임윤아. 열아홉 살. 넌 초등학생이야?"

"중학생이에요! 학교는 안 다니지만."

"그래? 미안. 나이보다 어려 보여가지고."

그렇게 말하는 윤아도 중학생이라고 해도 믿을 만큼 어려 보였다.

"저, 누나. 아버지라면? 누나도 구루회인가에 참여하러 온 거예요?"

마곤은 적당히 짐작하고는 물어보았다.

"아니? 음, 난 여기서 살아."

"네에? 산다고요?"

"응. 아버지가 여기 섬 주인이거든."

윤아는 담담하게 말했다. 하지만 그 말은 결코 가볍지 않았다. 조금 전의 황당하도록 단순한 약속이 갑자기 묵혀두었던 빚처럼 어깨 위로 떨어졌다.

"그렇다면, 설마 임채호 회장?"

"응. 내가 딸이야. 일단은."

"일단은?"

"혼외자식이거든. 사생아랄까."

"에엑!"

마곤은 대수롭지 않다는 식의 대답에 놀라 상체를 등받이까지 끌어올렸다.

놀람의 연속이었다. 조금 전만 해도 태풍 몰아치는 바다를 건너다 표류한 자기 이야기를 듣고 놀라지나 않을까 걱정하던 마곤이었다. 분하지만 지고 말았다. 저쪽은 지난밤의 모험을 듣고도 그러려니 했고 마곤은 고작 상대의 신분을 듣고서 등골까지 소름이 오를 정도로 놀라고 말았다.

임윤아는 도저히 재벌집 딸로는 보이지 않는 인상이었다.

물론 과보호를 받으며 자란 듯한 분위기는 있다. 남을 잘 믿는 것도 세상 물정 모르기 때문은 아닐까. 아니, 요즘 어느 부잣집이 그러나. 어릴 때부터 사회의 룰을 차곡차곡 쌓아가서 사회에 나올 때쯤이면 오십 살은 먹은 어른인 것처럼 능글맞

게 되는 게 보통 아닌가? 적어도 마곤이 이해하기론 그랬다.

"저어, 그렇게 말해도 되나요? 저기, 그……"

마곤은 뭐라고 대답해야 할지 몰라 쩔쩔맸다.

"괜찮아. 모르는 사람들 관심받는 거야 익숙하고, 가진 사람이면 논란 정도는 감수해야 하니까. 일부러 놀리지만 않으면. 아, 안 놀릴 거지?"

윤아는 웃으면서 말했다. 흰 얼굴이 햇빛을 반사해 달처럼 빛났다.

"무, 물론이죠! 평생 비밀로 가져갈게요!"

윤아는 픕, 웃음을 터뜨렸다.

"고마워. 일단 뭐 좀 먹을래? 아침에 남겨둔 게 있을 거야."

점심시간은 좀 지난 시각이었다.

"아, 네."

"그런데 괜찮겠어?"

윤아는 걱정이 묻어나는 투로 말했다.

"네? 뭐가요?"

"보호자한테 말 안 해도 괜찮겠어? 그분도 걱정하시지 않을까?"

"보호자라뇨. 그런 물에 빠져죽을 인간……"

마곤은 욕을 하려다가 참았다. 여기서 재건을 부각시켜봐야 좋을 것도 없을 테니까.

"음, 그냥 메시지 보내놓으면 될 거예요. 아 맞아. 폰은 되려나?"

마곤은 주변을 더듬거리며 핸드폰을 찾았다. 윤아가 협탁 위에 두었던 핸드폰을 건네줬다.

"이거? 전원 끄고 말려놨어. 작동이 될지는 모르겠네."

방수가 되는 기기였지만 안심할 수는 없었다. 전원을 켜봤지만 실패했다. 배터리 문제인가 싶었는데 윤아가 친절하게도 충전기를 빌려줘서 켜볼 수 있었다. 다행히 전원은 들어왔다. 손목시계도 제대로 작동했다. 재건에게는 생존 메시지 하나만 보내놨다. 금방 확인할 상황이 아닌지 메시지 옆 숫자가 사라지진 않았지만, 조금 전 들은 말을 토대로 판단하건대 죽지는 않은 것 같으니 잊어버리도록 하자.

"얘! 깨어났구나!"

누군가가 호들갑스럽게 외치며 달려왔다. 윤아보다는 키가 작고 짧은 머리를 한 여자다. 차분한 분위기의 윤아와는 달리 표정에서부터 들썩거리는 것이 느껴지는 것이 꽤나 시끄러운 사람일 것이리라는 예감이 먼저 들었다. 나이가 비슷해 보이는 것을 봐서는 조금 전에 말한 친구인 모양이었다.

"그렇게 갑자기 나타나면 어떡해."

"응? 아, 미안, 미안. 지나가다가 일어난 것 같아서. 괜찮은 거지? 뭔가 잘못돼서 깨어난 거 아니지?"

"잘못돼서 깨어나다니요. 하하."

마곤은 이불 속으로 몸을 웅크리며 말했다.

"이쪽이 내가 말한 친구야. 이름은 김효연. 대학생인데, 지금 방학이라서 놀러왔어."

"박마곤이에요……"

마곤은 이불을 콧잔등까지 덮고서 말했다.

"얘 왜 이래? 역시 몸이 안 좋은 거 아니야? 미역 같은 거 삼켰니?"

효연은 말했다.

"바다에 빠졌었는데 괜찮을 리가 없잖아. 좀 쉬고 싶대. 그리고 여기 있는 것도 비밀로 해달래. 보호자가 구루회 참석중이라고 하네."

"그래? 뭐가 뭔지 하나도 모르겠네. 보호자가 애를 바다에 집어던지기라도 했단 말이야?"

"그, 그게 아니라……"

마곤으로서도 자초지종을 뭐라 설명해야 할지 난감하기만 했다.

"뭐, 아무래도 상관없겠지. 나도 조용히 쉬려고 이 섬에 왔거든. 그런데 구루회인가 뭔가 하는 이상한 거 때문에 집사도 요리사도 좀 정신이 없단 말이야. 회장님도 같은 건물에 있을 줄 몰랐고. 편히 쉬어! 심심하면 방에 찾아오고. 난 저 건너편

방에 있으니까."

효연은 기운차게 말하고는 기세를 몰아서 자기 방으로 되돌아갔다.

그가 잔상을 남긴 듯한 자리를 향해 윤아가 말했다.

"저 언니 재밌지?"

"에, 네에. 언니, 인가요?"

"응. 같은 학교 나왔는데 한 학년 위였어. 학교 다닐 때 친구가 별로 없어서 맨날 저 언니랑 놀고 그랬어."

"그렇군요."

학교 이야기가 나오면 마곤은 할말이 없어진다. 마곤은 화제를 돌리려는 듯 방안을 한번 둘러보았다. 나무로 만든 바닥, 나무를 쌓아 만든 벽. 노골적으로 드러나 있는 서까래와 대들보. 지붕의 경사면을 그대로 활용한 천장. 어릴 적 고아원에서 읽었던 미국 동화나 위인전에서나 나올 법한 집이었다. 한국의 집은 아이들이 모험하기엔 너무 비좁다. 그러나 이 집은 밤이면 유령 같은 게 나올 법하고 바닥엔 비밀 금고라도 숨겨져 있을 법했다.

"아 참, 먹을 거 좀 갖다준다고 했지? 조금만 기다려."

윤아는 그렇게 말하고 방을 나갔다.

일단 윤아는 믿을 만한 사람으로 보였다. 재벌집 막내딸이라고 하면 뭔가 편견이 생길 법도 했지만 일단 겉보기로는 그리 나쁜 사람 같진 않았다.

몸이 뻐근했지만 편히 쉴 수 있을 만큼 여유로운 일정은 아니었다. 마곤은 몸을 일으켜보았다. 다행히 옷은 입고 온 그대로였다. 얼굴은 티슈 같은 것으로 닦아준 모양이었지만 머리카락엔 말라붙은 염분이 부석거렸다. 머리맡의 의자에는 적당한 사이즈의 파자마가 정확한 각도와 두께로 개어져 놓여 있었다. 침대에서 나와 내려다보니 맨발이었다. 양말과 신발은 베란다에 걸려 있었다. 아직 덜 마른 것을 보아하니 빨래까지 한 모양이었다. 이렇게까지 해줄 필요는 없는데. 조금 미안했다. 마곤은 윤아에게 거짓말을 해야 했고, 아무도 모르게 이곳저곳을 돌아다닐 생각이었다.

윤아가 갖다준 이런저런 먹을거리를 먹고서 씻고 파자마로 갈아입었다. 여성용인 것을 보면 윤아가 어릴 적 입던 것이 아닐까 싶었다. 파자마를 입은 유령이라니! 마곤은 묘하게 기분이 좋아져 속으로 외쳤다. 나는 바다 한가운데에 지어진 목조 저택을 떠도는 파자마 입은 유령이다! 공기는 눅눅했지만 시원해서 기분좋았고 막 태풍이 지나가 아직 꾸물거리는 하늘은 썩 취향에 맞았다. 마곤은 지금 자기가 있는 곳이 태풍의 눈 한가운데라는 것은 알지 못했다.

마곤은 능력을 쓰고서 완전한 은신에 들어갔다. 재건이 '시선을 피하는 능력'이라고 이름 붙인 능력이다. 이 능력을 쓰면 마곤은 상대의 인식 속에서 사라진다. 존재하지만 인지할 수는 없게 되는 것이다. 마치 길거리의 돌멩이처럼. 적용 범위는 제법 넓은 듯하다. 일단 마곤을 눈으로 볼 수 있는 거리라면 적용되는 것 같다.

그렇지만 단지 인식에서 사라질 뿐 존재를 감추는 것은 아니다. 부딪치면 부딪히고 밟으면 밟힌다. 마곤이 있다는 사실을 의식하고 정신을 고도로 집중하면 능력을 깨뜨릴 수도 있다. 보통은 마곤의 존재조차 잊어버리기 마련이지만 인식상의 부조화가 깊어지면 문득 깨달아버리기도 한다. 완전한 유령, 투명 인간이 될 수는 없다.

재건조차 마곤의 존재를 잊어버리도록 하는 것. 그것이 작전이었다. 가장 뛰어난 스파이는 아군의 눈마저 속일 수 있는 자이리라. 마곤이 하려는 것이 바로 그것이었다. 이 작전의 입안자인 재건조차 마곤이 여기 있다는 사실을 알지 못할 것이다. 설령 재건이 적에게 붙잡혀 고문받는다 하더라도 아무것도 실토하지 못할 것이다.

문제는 여기 오기까지의 과정이었다. 모터보트를 타고 태풍 한가운데를 통과하려는 사람이 어디 있단 말인가. 재건은 처음부터 일기예보도 보지 않고 근처에서 적당한 배를 빌릴 계획이었다. 덕분에 마곤은 정말로 죽을 뻔한데다 계획과는 달리 얼굴까지 노출해버렸다. 다행히 윤아와 효연은 좋은 사람으로 보였지만.

마곤은 방문을 조심스레 닫고서 바깥으로 나섰다. 바닥 역시 나무 재질이었고 조심스레 디디지 않으면 삐거덕거리는 소리가 날 것만 같았다. 그곳은 속세와는 물리적인 거리로 떨어져 있는 고립된 공간이었다. 작은 소리만 해도 그 존재감은 이루 말할 수 없이 컸다. 침대 밑에 있던 털 슬리퍼가 아니었으면 걷는 것부터가 거슬러서 제법 고생했을 것이다.

다락처럼 지붕을 떠받드는 공간이 있고 한쪽 끝에 한 명이 간신히 내려갈 수 있을 만한 계단이 있었다. 머리 위로는 천장 대신 비스듬한 지붕이 있고 머리 바로 위에 대들보가 있었다. 재건 정도의 키였다면 걸어다니기 불편했을 것이다. 계단을 가리키는 나무 팻말에 '2F'라 적힌 것을 보아 여기가 3층임을 알 수 있었다. 방은 모두 세 개. 계단과 가장 가까운 방이 마곤의 방이고 오른쪽 귀퉁이에 있는 것이 아마도 윤아의 방, 마주보는 쪽이 효연의 방일 것이다.

마곤은 집 구조부터 살피기로 했다. 2층은 3층보다는 넓어 보였고 중앙은 바닥이 없이 트여 있어서 1층이 곧장 내려다보였다. 가운데 천장에는 눈보다 조금 위쪽 높이에 샹들리에가 달려 있었고, 방 여섯 개가 난간을 따라 샹들리에를 둘러싸고 있었다. 마곤은 아마도 여섯 개의 방 중에 재건에게 배정된 방이 있을 것이라 생각했다.

다들 자기 방에 들어가 있는 걸까? 지금의 마곤이라면 몰래 들어가봐도 들킬 염려가 없다. 마곤은 작전 내용을 상기했다. 재건조차 알아차리지 못하도록 은밀히 보물을 탐색할 것. 그렇다면 작은 장난 정도는 허락된다는 말이겠지. 밤에 잘 때 와서 얼굴에 그림이라도 그려놓을까? 그러면 이 탐정은 얼굴에 낙서한 범인을 찾는다고 한바탕 난리를 피울 게 뻔하다.

그런 상상을 하며 키득대던 차에 1층에서 발소리가 들려왔다. 마곤은 난간을 잡고서 아래를 내려다보았다.

발소리의 주인은 집사였다. 만약 집사가 아니라면 부자의 기괴한 취미에 어울려주느라 유급 코스프레를 하는 직원일 것이다. 하지만 그 둘이 뭐가 다르단 말인가? 중요한 것은 저 사람이 영락없는 집사의 모습을 하고 있다는 사실이다. 남자는 입은 채로 다린 듯한 턱시도를 입고 허리와 어깨에 티타늄 보형물을 박은 것처럼 꼿꼿하게 걷고 있었다. 허리춤의 회중시계를 슬쩍 보며 난간의 사각으로 사라졌다.

마곤은 발소리에 주의하며 1층으로 내려갔다.

1층에는 집주인이 주로 머무는 듯했다. 로비의 한쪽 면은 통유리로 돼 있고 이런저런 조각상이나 동상과 분재가 있었으며 바닥엔 카펫이 깔려 있다. 위를 올려다보니 2층 천장에 달린 샹들리에가 마곤을 내려다보고 있었다. 가장 큰 동상은 그것과 수직으로 마주보는 위치에 있었다. 도저히 주제를 알 수 없는 동상이었다. 미사일? 총알? 우주선? 적당히 그런 것들이 생각났지만 딱히 중요한 건 아니겠지.

지하로 내려가는 비탈이 있었고 방은 세 개였다. 각 방의 용도는 분명해 보였다. 하나는 양문으로 열리는 큰 강당 같은 곳이었고 하나는 현관 옆에 있었고 실용적인 나무문이 달려 있었다. 집사는 계단 옆, 가장 튼튼해 보이는 방문 앞에 서 있었다.

집사는 문을 두 번 두드리고는 말했다.

"회장님, 접니다."

안에서 희미한 기척이 들렸다. 집사는 문을 열었다. 마곤은 이때다 싶어서 집사의 등에 바싹 달라붙었다.

방안은 제법 넓었지만 의외로 별다른 장식 하나 없이 깔끔했다. 창가에 놓인 침대 주위로 이런저런 의료기기가 있고 주인의 발치에 대형 벽걸이 텔레비전과 홈시어터 장치가 되어 있을 뿐.

회장님도 이런 데 와서 할 걸 다 하는군.

마곤은 생각했다.

회장은 뉴스에서 본 인상과 전혀 다르지 않은 사내였다. 부리부리한 눈과 다부지게 다물어진 입은 타협을 모르는 것처럼 보였다. 세월마저 거부하겠다는 듯한 의지가 엿보이는 표정은 낡고 쪼그라든 피부를 꼿꼿하고 단단하게 지탱하고 있었다.

"오늘 저녁 모임 괜찮으시겠습니까?"

집사는 낮은 목소리로 정중하게 질문했다.

"물론이지. 그 정도 활동은 문제없어. 눈만 똑바로 뜨고 있으면 말이지."

임채호 회장의 목소리는 바람 빠지는 것처럼 힘이 없었다. 마곤은 재벌가 왕자의 난이라며 온 세상이 떠들어댈 때 검찰 출석도 아닌데 휠체어를 타고 언론에 모습을 드러냈던 회장을 기억했다.

"여섯번째 참가자 말입니다. 김재건이라는 탐정."

두 사람의 대화에서 재건의 이름이 나오자 마곤은 신경을 곤두세웠다.

"확인해보니 비서실에서 추천 명단을 잘못 보낸 모양입니다. 전 회장님의 재가가 있었다 여기고 초대장을 보냈습니다. 미처 확인하지 못해 죄송합니다."

아무래도 재건이 받은 초대장에 뭔가 사연이 있는 듯했다. 그것보다도 마곤은 그 초대장이 진짜라는 점에서 실망하고 말았지만.

"괜찮아. 어차피 그자도 언젠가 부르려고 했어. 뭔가 애매한 자라서 미루고 있던 것뿐이지."

"애매하다뇨?"

"뭐라고 할까, 초능력이 있다고 주장하는 것 같긴 한데……
파일을 봤을 테니 알겠지만 그자는 진지하게 초능력자라든가
묘한 일들을 찾아다니는 것 같단 말이야. 그런데 정작 본인이
무슨 능력을 지녔다고 떠벌리고 다니지는 않아."

"초능력을 이용한 사기꾼 타입은 아니라는 말이군요."

"그래. 그래서 걸린단 말이야. 그자에게선 남의 시선 따위
아랑곳하지 않는 자의 자신감이 엿보인달까. 그래서 이 모임
에 부르는 게 적절할까 싶어 미루고 있었어."

마곤은 재건과 나누던 대화를 떠올렸다. 오히려 초능력을
믿지 않기 때문에 현상금을 걸었다는 말.

"만일 그가 진짜 능력이 있다면 어떻게 할 생각이십니까?"

"어떡하긴. 잘 구슬려야지. 어차피 욜로니 뭐니 하면서 여
기저기 들쑤시는 천둥벌거숭이 같은 놈일 테니 문제될 일은
없을 거야. 문제는 다른 녀석이야."

"또 마음에 걸리는 자가 있으십니까?"

임 회장은 숨을 크게 들이마시더니 천천히 내쉬었다. 한설
은 언제라도 산소호흡기에 손을 뻗을 수 있도록 대비했지만,
회장은 이내 본래의 호흡 페이스를 되찾았다.

"허주유. 이제 열아홉, 아니 스무 살이라고 했나? 어디서
뭐하던 놈인지도 모르겠어. 그런데 어느 날 불쑥 찾아와 자기

를 구루회에 초대해달라고 했지. 재미있는 일이 일어날 거라면서 말이야. 본인에게 어떤 능력이 있다고 말하긴 했는데, 기억이 나질 않아. 더 이해할 수 없는 건, 그 녀석이 무단으로 방에 찾아왔을 때 내가 놈을 내쫓지도 않고 하는 말을 들어줬는데, 그때 무슨 얘기를 나눴는지 정확히 기억나지 않는다는 거야.

……한밤중이었고, 녀석은 유령처럼 나타났지. 방범 장치와 경비원은 녀석이 들어온 줄도 몰랐어. 그리고, 아아, 이렇게 말했을 거야. 이렇게 '유령처럼 스며드는 능력'이라고. 하지만 자신이 상금을 타갈 일은 없을 거라고. 정말 유령에 홀린 듯이, 난 녀석을 이번 모임에 집어넣기로 결심했지."

'유령처럼 스며드는 능력'이라고?

마곤은 긴장할 수밖에 없었다. 그렇다는 건, 자신과 똑같은 능력이지 않은가?

설마 진짜 능력자가 이 일에 끼어들었다는 말인가?

당장 달려가 그 허주유라는 자를 캐보자고 들볶고 싶어졌다. 하지만 그쪽은 재건의 일이었다. 이 섬에 올 때 철저히 역할 분담을 하기로 정해두었다. 마곤의 임무는 회장 주변을 뒤져 보물의 정체를 알아내는 것이었다.

마곤은 잠시 멍하니 있었다. 바깥에서 왁자지껄한 소리가 들려왔고 집사 한설은 무슨 일인가 알아보려 바깥으로 나갔다. 무거운 문이 닫히자 방안의 공기는 갈 곳을 잃어버렸다. 고요함만이 남겨졌다.

헛기침소리가 들리자 마곤은 깜짝 놀라 뒤를 돌아보았다. 다행히 능력은 유지된 채 그대로였다. 회장은 마곤을 전혀 눈치채지 못했다.

하지만 이래서야 꼼짝없이 갇힌 신세지 않은가.

마곤은 푹신한 바닥에 주저앉아 생각에 잠겼다.

4 구루회

"미국 어디서 살다 왔어? 내가 이래 봬도 미국 서부는 훤하
거든. 동부나 남부는 한 번씩밖에 안 가봤지만 그래도 서부엔
일 년에 두세 번은 가. 출장차 가기도 하고, 친구 만나러 가기
도 하고."

전찬호는 복도를 가로막듯 벽에 기대선 채 말하고 있었다.
그의 덩치에 압도된 채 도망 갈 곳을 찾아 눈동자를 굴리며
입으로는 적당히 맞장구쳐주는 스테파니는 어딜 보나 곤란해
하는 모습이었다.

"저, 저는 뉴욕 근처에 있었어요. 서쪽으론 잘……"

"그래? 나중에 기회 되면 캘리포니아도 가봐. 동쪽이랑은
공기부터 다르다니까. 지중해성기후라서 말이야. 아, 지중해

성기후가 뭐냐면……"

　그곳은 하필 재건의 방문 앞이기도 했다. 마침 방을 나선 재건이 보다못해, 둘 사이로 몸을 들이밀어 전찬호의 말을 잘라냈다.

　"아우취. 실례. 앗, 내 발음 정확했나요? 내가 미국은 안 가봤어도 미드는 가끔 보거든요. 혹시 〈셜록〉 보셨나요? 그거 보면 막 웃을 수밖에 없다니깐. 푸하하하핫! 멍청한 자식들. 실제 탐정은 저딴 게 아니야! 아하. 이제 여러분도 〈셜록〉 보면서 옆에 있는 친구나 엄마한테 이렇게 떠벌릴 수 있겠군요. 여기 눈앞 1센티미터 거리에서 탐정을 봤으니까."

　재건은 은근슬쩍 스테파니를 계단 쪽으로 밀어내면서 말했다. 시선은 전찬호에게 고정한 채로.

　스테파니는 보일 듯 말 듯한 기울기로 재건에게 인사한 뒤 목조 계단을 콩콩거리며 내려갔다. 1층에서는 집사 한설이 엇갈려 올라갈 차례를 기다리고 있었다.

　"이거 뭐하시는……"

　찬호는 턱수염을 씰룩거리며 말하려 했다.

　"별거 아닙니다. 말하자면 지나가는 탐정인 거죠. 예. 탐정은 언제나 지나가면서 사건의 냄새를 맡죠. 특히나 이런 무대에서는 정신을 바싹 벼려놓아야 합니다. 피바람을 몰고 올 수도 있으니까요."

"초대객 사이 갈등에 적절한 중재를 해주시는 것은 감사합니다만……"

한설은 1층에서 계단을 올라오면서 말했다.

"불길한 소리는 하지 말아주셨으면 좋겠습니다. 회장님은 즐거운 모임이 되기를 바라고 계시니까요."

"불길한 소리! 그럴 수도 있겠죠. 하지만 언제나 최악의 상황을 대비하는 것이 이 탐정님이란 말씀. 혹시 알아요? 이 이야기를 들은 잠재적 연쇄살인마가 불안에 빠져 범행을 포기하게 될지."

재건은 한설에게 지나갈 길을 내주면서 말했다.

"이봐요. 그거 혹시 저 들으라고 하는 말인가요?"

재건에게 방해당한데다 말의 속도로도 압도당한 찬호는 조금 언짢은 상태였다.

"네? 그럴 리가요. 저는 어디까지나 가능성을 말할 뿐. 남살살 약올리는 취미는 없습니다. 불만 있으면 직접 약올리죠."

"그만들 하시고, 조금 있으면 구루회가 시작됩니다. 미리 공지한 바와 같이 행사 진행에 차질을 주는 분은 참가 자체가 제한될 수 있다는 점 알려드립니다."

집사가 엄격한 태도로 말하자 두 사람은 각자의 방향으로 흩어졌다. 찬호는 방에 들어가다 말고 계단을 내려가는 스테파니에게 마지막까지 한마디를 던지고야 만다.

"아, 혹시 이따 시간 되면 내 방 놀러와. 뱅앤올룹슨 블루투스 스피커가 있거든. 이걸로 음악 들으면 죽여줘."

그러면서 그는 안으로 들어가 방문을 닫았다.

"하, 거참 멘트 구리네. 걱정 마세요. 제 방엔 스피커 따위는 없으니까요."

"네? 네?"

스테파니는 뭐라 반응해야 할지 알 수 없었다.

"그런데 아직 저녁까지 시간이 있는 거 같은데, 지금부터 뭐하실 건가요?"

재건이 계단을 내려가며 물었다.

"어, 잠깐 바람 좀 쐬려고요. 어제는 비바람이 불어서 나가질 못했거든요."

계단 마지막 칸에 선 재건은 1층 한가운데를 장식하고 있는 기묘한 청동상과 위아래로 마주보는 듯 걸려 있는 샹들리에를 훑어보고는 말했다.

"이런 우연이 다 있나! 마침 저도 밖에 나가서 섬을 둘러보려 했거든요. 그런데 저에겐 낯선 곳이라서 나갔다간 길을 잃어버릴지도 모르겠는데, 괜찮으면 안내 좀 해주시겠어요?"

스테파니는 풉, 웃었다.

"이 손바닥만한 섬에서 길을 어떻게 잃어요."

"그러게 말이에요. 물론 전 탐정이니까 길을 잃어도 문제

없어요. 추리력이 있으니까요. 다만 끝없는 테트라포드의 심연에 빠지거나 주상절리 절벽에 매달려 올라가지도 내려가지도 못해 그대로 말라 죽거나 갈매기에게 쪼여 죽을지도 모르지요."

"여긴 테트라포드도 없고 주상절리도 없는데요."

"정말요? 초보자에겐 모르는 것투성이군요. 역시 누군가가 안내해주지 않으면!"

"그래요 뭐, 시간은 많으니까······"

두 사람은 그렇게 함께 건물 바깥으로 나갔다. 내내 움츠러들어 있던 스테파니의 어깨는 어느새 반반히 펴져 있었다.

"섬은 여기서 눈에 보이는 곳이 전부예요. 저기 송전실이 있고 저택 뒤쪽에 발전실이 있어요. 발전실은 전기 문제가 생길 때 임시로 쓸 수 있는 곳이래요. 기름으로 돌아가는 모터가 있다네요. 항구는 저 아래쪽이고요."

스테파니는 손가락으로 가리키며 섬 곳곳을 소개해주었다. 과연 '손바닥만한' 섬이었다. 전체 면적은 축구장 정도쯤 되어 보였고 흙을 다져 만든 듯한 외길이 산등성이처럼 난 채 송전실과 저택, 발전실을 이어주고 있었다. 항구는 그렇게 부르기 민망하게도 해변과 나무로 만든 부두가 전부였다. 항구로 가는 길은 역시 가팔랐고 해변 한쪽에는 바닷물에 반쯤 잠긴 요트 한 척이 있었다.

"그렇군, 그렇군. 알 만하군. 저 요트가 복선이겠군요. 체호프의 요트라는 말이 있죠. 요트가 등장했다면 그것을 쏘아야 한다."

"그, 좀, 다르지 않나요?"

스테파니는 손으로 볼을 감싼 채 말했다. 점점 세차게 불어오는 바람에 스테파니의 단발머리가 휘날려 얼굴을 성가시게 괴롭히는 중이었다.

재건의 머리카락 역시 조금만 더 힘을 내면 단발이라 부르기에 부족하지 않았다. 하지만 재건은 머리카락 따위야 제멋대로 휘날리게 둔 채로 말했다.

"그런데, 이건 제 예상인데요. 저 요트가 쓰일 일은 없지 않을까요? 왜냐하면 곧 다시 태풍이 올 테니까요. 제가 타고 온 보트보다 크긴 하지만 역시 파도칠 때 저런 걸 타고 도망치는 건 상당히 무리겠죠."

"도대체 무슨 소릴 하시는지 모르겠어요……"

"그런 일이 일어나지 않기를 바라지만요. 하핫!"

그들은 송전실에서부터 발전실까지 걸어갈 수 있는 곳을 모두 둘러보았다. 평지가 아닌 비탈에는 야트막한 나무들이 자라고 있었는데 항구 부근을 제외하고는 대개 곧장 바다로 이어지는 벼랑이었다. 재건은 이 섬에 건물들 말고 사람이 숨어 있을 만한 곳은 없다는 결론을 내렸다. 물론 평범한 사람이라면 굳이 그런 결론이 필요하지는 않을 것이다.

"그런데, 탐정……이라고 하셨죠?" 스테파니가 물었다.

"옙! 이런 모임에 빠질 수 없는 직업이죠. 재벌 회장, 집사, 번역가를 꿈꾸는 교포."

재건은 스테파니를 가리키며 잠시 말을 멈췄다. 그리고 다시 이어나갔다.

"그리고 또 누가 있었죠? 박우진씨는 식당을 한다고 했고 그 수염 난 분은 분대장이라 하셨고, 거기에 미스터리어스한 청년, 또 조금 신경질적인 언니. 여기에 탐정은 화룡점정으로 들어가야겠지요!"

"어…… 구루회 때문에 오신 게 맞죠?"

"물론이죠! 탐정이라고 하니 무슨 조사를 목적으로 온 거라 생각했나요?"

"조금은요. 음, 아무래도 이런 행사는 조금, 특이하잖아요. 회장님도 유명한 사람이고."

"저도 호기심이 동하지 않은 건 아닙니다만! 일단 저는 오직 의뢰 혹은 우연히 마주친 불가해한 범죄에만 제 천재적인 두뇌를 사용합니다. 그리고 이번엔 분명히 초대장을 받아서 왔지요."

"그럼, 초능력은요?"

"넵?"

"말씀 안 해주셨잖아요. 무슨 능력이 있으신지."

"진지하게 참가하는 건지 궁금하신 거로군요!"

재건은 구애하는 수컷 새처럼 가슴을 치켜올리며 외쳤다.

"그건! 아직 밝힐 수 없는데, 왜냐하면 무슨 음모를 꾸밀지 아직 결정하지 못했기 때문이죠! 회장님의 속셈이 궁금하기도 하니까 미리 패를 보일 수 없는 일 아니겠어요? 하지만 믿어주시라! 제가 됐든 다른 누가 됐든, 이 모임에 초능력자는 분명히 존재합니다. 그리고 저는 그것을 밝혀낼 생각이죠."

"저, 정말인가요?"

스테파니는 이 거한을 올려다보며 말했다.

"물론! 그리고 일단 그쪽이 초능력자가 아니라는 것도 알고 있지요."

스테파니는 순간 몸이 굳어 머리카락과 옷자락만 흩날리는 인형이 되었다.

재건은 계속 말했다.

"그쪽 얘기를 좀 해줄 수 있나요? 정신력을 쓴다고 했죠? 무슨 꿍꿍이예요? 아무래도 이상하단 말이지. 초능력 같은 거, 진지하게 안 믿잖아요. 그런데 지금 제 앞에 있는 사람은 뻔뻔하게 거짓말하며 자기 캐릭터를 연출하는 성격으로 보이지 않는단 말이죠. 혹시 지금 이 모습도 연출이라든가?"

스테파니는 더욱 경계하는 얼굴이 되어 한 발짝 뒤로 물러섰다.

"흐음. 때려 맞힌 건데. 어차피 회장님을 속여서 상금을 겟츄! 할 생각이라면 이런 위장이 과연 필요할까요? 전 그게 의문이란 말이죠."

"무슨 말씀이신지 모르겠어요. 그만…… 들어가볼게요."

하고서, 스테파니는 몸을 돌렸다. 재건은 상대가 듣든 말든 말을 쏟아냈다.

"네, 네. 흔한 반응이죠. 진실 앞의 긴급 회피. 좋아요! 하지만 지금은 딱히 증명이 필요한 단계가 아니거든요. 저야 태도를 통해 확인할 수 있는 거고 개인적 확신만 있으면 되는 일. 하지만 그쪽은 내내 불안함을 안고 지내시겠죠.

그렇지만 너무 걱정하진 마시길! 전 사람들 앞에서 사기꾼들을 망신 줄 생각 같은 건 없으니까요. 그냥 목적이 궁금할 뿐. 앞으로도 똑같은 모습으로 지내주셨으면 좋겠군요."

스테파니는 재건을 등진 채 멈춰 섰다.

"수상한 건 아무래도 그쪽이잖아요. 능력자가 둘 이상인 경우 같은 건 왜 물은 거죠? 보낸 적 없는 초대장을 받은 건? 다른 속셈이 있는 건 그쪽 아닌가요?"

"그렇지. 여기서 이 몸만큼 수상한 사람은 또 없겠지. 웃핫핫핫!"

재건은 불어오는 바람을 마주하고 허리에 손을 얹은 채 괴상하게 웃어댔다. 사실 그것은 자신이 무언가를 눈치챘다는 사실을 숨기기 위한 것이었다. 재건은 저택 2층 창문에서 두 사람을 지켜보는 누군가를 발견했다. 아직 참가자들의 방 위치를 전부 파악하진 못했으나 문제될 건 없었다. 주시자가 있는 곳은 다름 아닌 재건의 방 창문이었기 때문이다. 그게 누구든 지금은 중요하지 않다고, 재건은 생각했다.

집안으로 돌아오니 행사를 위한 저녁 만찬이 지하에서 하나둘 올라오고 있었다. 자그마한 섬 위의 커다란 저택은 그 냄새를 감출 수 없었고, 냄새를 맡은 재건은 도저히 식욕을 누를 수 없었다.

저녁은 역시 진수성찬이었다.

연회실 한가운데에 깔끔한 식탁보가 깔린 큰 테이블이 놓여 있었다. 그 위에 요리사가 음식들을 가져다놓으면 뷔페처럼 알아서 덜어먹는 식으로 저녁식사는 진행되었다.

메뉴는 역시 해산물 위주였다. 토마토소스와 해산물을 넣은 피데오스 파에야, 통오징어로 만들어 올리브 잎을 곁들인 제미스토 칼라마리, 날아갈 듯 가벼운 향신료를 뿌린 새우볶음밥, 옥수수와 감자와 당근과 버터가 가득 들어간 랍스터 요리, 거기에 종류별로 마련된 와인까지.

재건은 말할 새도 없이 우걱우걱 입안에 욱여넣기 바빴다.

"이 랍스터는 캘리포니아 방식이군요. 못 먹어본 지 꽤 됐는데 여기서 먹게 돼서 반갑네요."

찬호는 먹는 양보다 입에서 내뱉는 것이 더 많았다. 태연은 그 꼴을 보다못해 쏘아붙였다.

"네, 네. 요리 박사님. 주방장님이랑 말이 잘 통하겠네요. 어디서 배워온 건가 한번 물어보지 그래요?"

"전 사업주지 요리사는 아니거든요. 전문적인 영역은 전문가에게 맡기는 게 좋아요. 그러니까 굳이 그러는 건 간섭이란 말이죠."

"네에, 네에."

태연은 안경을 고쳐 쓰며 작게 한숨을 내쉬었다.

"그리고 여기 감바스 알 아히요는 아무래도 스페인식인 것 같네요. 전체적으로 스페인식 조리법이 보여요. 제가 스페인에 갔을 땐……"

찬호는 감바스 알 아히요의 조리법이라든가 스페인에서 히치하이커를 만난 일이라든가 하필 그때 몰고 있던 렌터카가 어쨌다든가 따위의 이야기를 늘어놓았다.

"저어, 감바스는 원래 스페인 요리 아닌가요?"

박우진이 큰 눈을 조심스레 굴리며 말했다.

"네? 그렇죠."

"그런데 스페인식이라고 하면 좀 이상하지 않나요? 원래 감바스 알 아히요는 스페인 요리니까요."

"그렇긴 한데, 그걸 다른 지방에서 각 지방 방식대로 조금씩 다르게 만들잖아요. 짜장면이 한국 와서 한국 음식 되고, 김치가 일본 가서 기무치 된 것처럼요. 그런 차원이죠."

"하지만 감바스가 짜장면처럼 다른 나라에서 고유화된 건 못 본 것 같아서요. 그리고 기무치도 우리나라에서 이상하게 알려져서 그렇지, 단지 일본의 외래어표기법 때문에 그렇게 된 것뿐인데……"

"그래서 일본인들이 자기 음식이라고 우기는 거잖아요. 그게 걔네들 종특이죠. 어차피 걔네 문화는 전부 백제에서 간 건데. 쇼토쿠 태자 들어봤죠?"

우진은 어깨를 조금 뒤로 빼며 말했다.

"그건 별로 상관없는…… 그냥 감바스 알 아히요는 스페인 요리니까 그렇게 부르는 게 이상하다는 건데…… 그렇게 어려운 요리도 아니고."

"어디 요리면 뭐 어때요? 지금 그런 거 토론하는 자리가 아니잖아요."

태연이 다시 끼어든다.

"그래도 개념이나 의미 같은 것은 명확히 정의해야 할 때가 있지요. 그런 게 제대로 이뤄지지 않아서 나중에 오해가 생기고 뒷말이 생기고 하는 거 아니겠어요?"

찬호는 이젠 먹는 것도 잊어버리고서 말하고 있었다.

"그러니까 감바스가 어디 음식인지 개념 정의 명확히 하는 게 지금 무슨 의미가 있냐고요. 이거 잘못 따지면 뭐 어떻게 돼요?"

재건은 그사이에도 열심히 접시를 비우고 있었다. 진정으로 재건의 목적 중 절반은 이 식사에 있었다.

그때 식사 자리에 뒤늦게 나타난 한설이 작은 종을 울려 모두를 집중시켰다. 그의 곁에는 커다란 전지를 펼쳐 붙인 이동식 화이트보드가 놓여 있었다.

"식사하시면서 들어주십시오. 식사가 끝나면 바로 검증이 시작되겠습니다. 장소는 이곳이며 한 분씩 돌아가면서 회장님 앞에서 본인의 능력을 증명해 보이시면 되겠습니다. 순서는 제가 임의로 결정했으니 양해 부탁드립니다."

그러고선 한설은 전지를 가리켰다.

참가자의 이름과 능력, 발표 순서 따위가 적혀 있었다.

첫째 날

첫번째: 전찬호, 독심술

두번째: 김태연, 투시

84

세번째: 스테파니 황, 염동력

둘째 날

네번째: 박우진, 강령술
다섯번째: 허주유, 미상
여섯번째: 김재건, 미상

"아니, 저 두 사람은 왜 '미상'이죠?"

태연이 질문했다.

"두 분은 자신이 무슨 능력자인지 말해주지 않았습니다."

"그런데도 초대받을 수 있는 거예요? 무슨 능력인지도 모르는데 어떻게 초대를 한 거예요?"

"그리고 저분은 초대장이 뭔가 잘못됐다 하지 않나요?"

찬호가 재건을 가리키며 따지듯 물었다.

"이 모임의 참가자는 주로 자발적으로 참가를 원한 사람들을 대상으로 정해지지만, 다른 경로로 초능력자라고 알려진 사람을 특별히 초청하기도 합니다. 이 두 분은 그런 경우였습니다. 자세한 선별 경위는 밝힐 수 없습니다만, 일단 김재건 님 역시 우리의 선발 기준을 충족한 분이었습니다. 혼선이 생긴 건 초대장을 보내는 순서와 관계된 것이었죠."

한설은 차분히 설명했다. 좌중은 대개 납득한 모양이었다.

어찌됐든 재건은 지금 만족한 상태였다. 젯밥은 먹었으니 제사는 어떻게든 되겠지. 이 사람들의 면면을 보니 뭔가 소란이 일어날 것 같다는 생각 정도는 하고 있었지만 가만히 기다리기로 했다.

막이 오르기 전까지는 기다려주는 것이 예의니까.

식사가 적당히 마무리되고 연회실 안이 정리된 뒤, 참가자들에게 후식으로 한과와 커피, 와인 등이 제공되었다. 재건은 놀라운 분석력과 추론력으로 자신의 위장 상태와 먹을 수 있는 것들을 계산하여 후식의 섭취까지도 일정한 페이스로 달리고 있었다. 이날을 위해 꼬박 하루를 굶었던데다가 죽음의 고비까지 넘기고 왔으니 그의 섭취 능력은 가히 인류의 절정이라고 할 수 있었다.

6시 반이 되자 전동 휠체어를 탄 회장이 연회실로 들어왔다. 휠체어 왼쪽, 약간 뒤쪽에서 한설이 꼿꼿한 걸음걸이로 뒤따르고 있었다. 누군가—아마도 전찬호였을 것이다—박수를 치기 시작하자 좌중은 따라서 박수하기 시작했다. 임채호 회장은 참가자들의 면면을 둘러보며 휠체어에 정확히 맞게 제작된 책상 앞으로 이동해 도킹하듯이 멈췄다.

"반갑습니다."

회장은 무거운 입을 열었다.

"행사 개요는 이미 충분히 전달됐을 것이라 생각합니다. 상금은 백만 달러. 한화든 미화든 원하는 것으로 드리겠지만 미화가 조금 더 유리하지 않을까 생각합니다. 그거야 차후 문제고, 승패는 간단히 결정됩니다. 나와 여기, 이 수행원이 납득할 정도의 증명을 보여주면 됩니다."

"몇 가지 질문이 있습니다."

재건은 들고 있던 커피잔을 천천히 내려놓으며 말했다.

"첫째, 납득할 정도라는 건 누가 정하죠? 그건 객관적인가요? 둘째, 그 조건이라면 두 사람을 속여넘기더라도 세이프라는 말 아닌가요? 셋째, 그리고, 그, 그리고……"

재건은 정말 오랜만에 입을 열었다. 그래서 조금 늦게 깨달았다. 자신의 섭취 한계는 효용점을 지나 몸에 이상을 일으킬 정도였다는 것을. 재건의 안색은 이미 파리해져 있었다.

"자, 잠깐 화장실 좀!"

그러면서 재건은 후다닥 뛰쳐나갔다. 회장은 눈길도 주지 않고 말했다.

"나간 사람을 기다릴 순 없으니 들으신 분이 전해주는 것으로 하고 지금 답변 드리겠습니다. 이 심사 조건에 불만이신 분은 참가하지 않으셔도 됩니다. 내가 상금 걸고 여는 대회인 만큼 나를 납득시키는 것을 최우선적 조건으로 삼는 것은 지극히 합리적인 일 같습니다. 그리고 눈속임은 얼마든지 환영합니다. 그럴 수 있다면 말입니다."

회장이 말하기 시작하자 누구도 감히 끼어들어서는 안 될 것 같은 아우라가 뿜어져나왔다. 눈앞에 있는 것은 병들고 약해진 노인이었지만 누구도 그렇게 대우하지 못했다.

"물론 문제 제기는 얼마든지 가능합니다. 그렇지만 그것이 합당한 문제 제기라 생각되지 않을 경우 가차없이 쳐내겠습니다. 지금까지 두 번의 모임이 있었습니다. 첫 모임 이후로 기사가 나간 것 같은데, 두번째 모임에는 무려 스무 명의 지원자가 몰렸었죠. 그중 한 참가자가 떠오르는군요. 귀신을 본다는 사람이었습니다. 세상 어디든 지박령 한둘 없는 곳은 없고 자신은 그것을 볼 수 있다고 했습니다. 도착하자마자 참가자들에게 귀신이 붙었다면서 호들갑을 떨더군요. 그때 난 간단한 거짓말탐지기를 동원했습니다. 오직 그 사람에게만 써봤습니다. 결과는 모두 진실. 분위기가 묘하게 되었죠."

"그, 그런데 그 사람이 상금을 타지는⋯⋯"

박우진이 말했다.

"물론. 그 사람은 거짓말은 하지 않았습니다. 다만, 그게 진실일 필요는 없는 거죠."

"정신병자였나보네요."

찬호가 비웃음을 조금 담아 말했다.

"꼭 그렇다고는 볼 수 없습니다. 오래 살아오며 느낀 건데 사람은 온갖 것을 믿더군요. 꼭 병이 아니더라도요. 내가 초능력자에 관심을 갖게 된 것은 인간의 미로 같은 마음을 조금이라도 더 이해하고 싶기 때문이기도 했습니다. 왜 사람들은 거짓말을 할까. 왜 사람들은 이상한 것을 믿을까. 그 사람을 보고 나니 참가자가 진심인지 진심이 아닌지는 크게 중요한 게 아니라는 것을 깨닫게 되더군요."

"대단해! 정말이지 놀라운 회장님이군!"

회장의 뒤편으로 요란스러운 목소리가 들려왔다. 화장실에서 이것저것 비워내고 편안한 안색을 되찾은 재건이었다.

"영감님치고는 제법 진보한 마인드를 갖고 있군. 뭐, 그 정도는 됐으니 내 흥미를 잡아끌 수 있었겠지."

재건은 달려와 자기 자리에 엉덩이를 던져넣고는 질문 세례를 퍼부었다.

"그럼 마지막 질문을 해도 될까요? 사실 이게 제일 중요한 건데 말이죠. 여기 있는 분들 중 몇몇은 여기에 더 관심이 있을 테고. 대체 보물이란 게 뭔가요? 뭘 주기에 그게 뭔지도 밝히지 않고 상품으로 내건 거죠?"

임채호 회장은 잠시 재건을 바라보다가 말했다.

"탐정 김재건. 이야기는 많이 들었습니다."

"듣기만 했을까? 찾아보기도 했겠죠. 이 위대한 탐정의 존재를 알고서 가만히 있을 순 없었을 테니."

회장은 입을 다물고 낮은 신음을 내다가 말했다.

"감당하기 어려운 사람이라는 보고서를 봤습니다."

"오호! 그것참 영광이군. 정확한 보고서로군요. 그래서, 대답은 어떤가요?"

"일단 그것은 비밀에 부치겠습니다. 우승자가 생기면 알게 된다는 게 조건입니다."

"네. 알겠습니다. 그렇다면 멋대로 생각할 수밖에요. 이를 테면 보물은 누군가를 불러들이기 위한 미끼였고 이 대회 자체는 사실 그것을 위한 거창하고 장황한 블러핑이었다, 라든지요."

"그렇게 생각해도 상관없습니다. 하지만 상금을 원한다면 주최 의도를 믿어보는 편이 유리하지 않을까 생각합니다."

대답을 들은 재건은 기분좋게 웃었다.

"뭐 어때요! 내가 믿고 안 믿고는 우승 조건이 아니니까요. 그럼 어디 시작해볼까요? 제3회 초능력자 검증 대회."

재건은 멋대로 개최 선언을 해버렸다.

첫번째 순서는 전찬호였다.

"저는 마음을 읽을 줄 압니다. 그렇지만 본격적으로 능력을 보여드리기 전에 초능력에 대한 여러분의 오해를 조금, 풀어볼 필요가 있을 것 같네요."

그는 프레젠테이션을 하는 신입 사원처럼 말했다.

"영화 같은 데 나오는 초능력은 만능으로 보입니다. 하지만 그것은 영화라서 가능한 일이죠. 세상 모든 일이 영화 같으면 얼마나 좋을까요. 당장 영화 속 인물들은 아침에 일어나 눈곱도 안 떼고 세수 안 해도 예쁘고 대변 보고 변기통 들여다보며 색깔 때문에 고민하지도 않아요. 아, 약간 더러운 얘기 죄송. 하하."

재건은 하품을 했다.

"제 초능력은 독심술입니다. 그런데 이건 그냥 마음을 들여다보는 능력이 아닙니다. 사람 의식의 표면은 읽지 못해요. 그러니까, 여러분은 제게 생각을 들킬까 전전긍긍하며 머릿속으로 애국가를 외우고 있지 않아도 된다는 말이에요.

제 능력은 그 사람의 심층 의식을 읽습니다. 무의식이라고 할까요? 정확히는 기억과 연관되어 그 사람이 떠올리는 것을 읽죠. 그래서 아까 회장님 말씀이 신경쓰이더라고요. 만일 자기가 사실과 다른 어떤 것을 믿고 있으면 그 사람은 진실한 걸까? 전 그렇지 않다고 봐요. 왜냐하면 제 능력은 그것을 꿰뚫어보거든요. 어떻게 기억하든지 간에 그 사람이 처음 보고 접한 것은 변하지 않아요. 그것은 무의식 속에 오래 남아 있죠. 그것을 저는 진실이라고 부릅니다.

그렇습니다. 제 초능력은 이해하기 쉽도록 독심술이라고 표현하긴 했지만, 더 정확하게는 마음 중에서 진실에 관련된 것을 읽는 것이지요. 제 능력은 '무의식 속 진실을 읽는 능력'입니다."

그렇게 말하고서 찬호는 좌중을 돌아보았다. 재건은 다시 하품을 쩍 했고, 스테파니는 눈을 피했으며, 우진은 회장측을 보았고, 주유는 입가에 웃음을 머금은 채로 고개를 끄덕였으며, 안경을 벗은 채인 태연은 미간을 약간 찡그리고 찬호의 눈을 똑바로 쳐다보고 있었다.

이윽고 회장이 입을 열었다.

"증명 방식은 자유입니다. 먼저 스스로 충분히 입증을 해 보십시오. 시작하십시오."

찬호는 임채호의 책상 앞으로 다가갔다. 그러고선 몸을 돌렸다. 말하는 대상은 여전히 그 자리의 모두였다.

"제 방식은 이렇습니다. 제가 질문을 하면 대답을 해주세요. 그러면 전 여러분이 생각하고 있는 것을 맞히겠습니다. 혹시 지원자 있으신가요?"

"그거 그런 거 아니에요? 마음속으로 숫자 더하고 곱하고 하다가 마지막 나온 숫자 말하라고 하는 거."

태연이 삐딱한 표정으로 말했다.

"그런 장난 많이들 하죠. 그런데 전 그런 질문은 하지 않습니다. 뭔가를 대답해준다면 그건 독심술이 아니죠."

태연은 어깨를 으쓱하고는 입을 다물었다.

"이런, 혹시 속내를 들킬까봐 불안한가요? 걱정 마세요. 개인적인 건 묻지 않을 테니까요. 정 지원자가 없으면 그냥 제가 지목해도 될까요?"

그러면서 그는 회장 쪽으로 돌아선다.

"집사 아저씨 어때요? 한번 해보실래요?"

한설은 흔쾌히 고개를 끄덕이고, 미리 준비되어 있던 테스트용 의자에 앉았다.

"지금부터 몇 가지 질문을 하겠습니다. 약간의 연상 작용이 필요하니 제가 질문하면 잠시 머릿속으로 대답을 생각해 주세요. 물론 정확히 떠올리지 않아도 됩니다. 단지 무의식이 작동할 때까지 자극하는 역할이니까요."

"네. 알겠습니다."

"시작하겠습니다. 간단한 것부터 해볼까요? 오늘 뭘 먹었죠? 이 질문에 대답하지 말고 생각만 하시면 됩니다."

한설은 고개를 끄덕였다. 찬호는 왼손을 뻗어 한설의 눈앞에 손가락을 가져다대고 천천히 꼼지락거렸다. 한설은 자기도 모르게 그 의식에 주목할 수밖에 없었다.

"음, 음. 오늘은 아침에 음식을 만들면서 남은 재료를 간단히 먹은 게 전부군요. 맞습니까?"

"맞습니다."

좌중에서 반사적으로 "오" 하는 감탄이 흘러나왔다.

"또 어떤 것을 알아볼까요? 시간을 조금 앞당겨볼까요? 작년 크리스마스엔 뭘 했나요? 이건 기억할 수 있으신가요?"

한설은 잠시 생각하다가 대답했다. 찬호는 다시 눈앞에 손을 뻗었다. 그의 표정은 한껏 진지해서 정말 무언가 신비로운 일이 일어나고 있는 것 같았다.

"작년 일이라 구체적이진 않네요. 하지만 별다른 인상이 남지 않았을 수도 있어요. 확실한 건, 한 사람이랑 같이 시간을 보냈는데, 회사 건물인 것 같기도 하고…… 아하, 회장님이군요. 맞나요?"

"맞습니다."

사람들은 이제 찬호가 주도하는 의식에 집중하고 있었다.

"이번엔 뭐가 좋을까요? 가족? 학교? 전직? 첫사랑? 첫 키스? 이런 건 예민한 문제겠죠? 아, 딜레이가 있으니 이런 지나가는 말은 너무 걱정 안 하셔도 됩니다. 뭐든지 한번 직접 골라보시겠습니까?"

한설은 찬호가 자기에게 선택권을 넘길 줄은 생각하지 못하고 있었다. 자연스레 의심이 흔들릴 수밖에 없었다. 이자는 정말 내 생각을 읽고 있다는 말인가?

"전직을 한번 맞혀보시죠."

"좋습니다."

찬호는 손을 다시 한솔의 얼굴에 가져갔다.

"전직이라. 뭔가 복잡한 생각을 하고 계시는군요. 기억에 혼선이 있다는 게 아니라 여기에 대한 감정이 상당히 복잡하고 한 가지로 집어 말할 수 없다는 겁니다. 무엇을 했는지는 보이네요. 아, 직업군인이셨나요?"

"그렇습니다."

"게다가, 이런, 미군이셨군요. 어, 이건 자세히는 안 나오는데, 미군이 아니라, 혹시 PMC*……?"

"그렇습니다."

한설은 표정의 변화도 억양의 동요도 없이 말했다.

"이런, 뭔가 상처가 있으시군요. 타인을 섬기는 일을 하게 된 것도 그 때문이겠고요. 이런 말을 해도 될까 모르겠는데, 죄책감도 깊은 것 같습니다. 혹시 불편하시다면 여기서 멈추겠습니다. 멈출까요?"

한설은 고개를 끄덕였다.

임 회장은 이 광경을 흥미롭게 지켜보고 있었다. 좌중은 찬호의 시연이 본격적으로 시작된 후부터 말이 그리 많지 않았

---

* 민간군사기업Private Military Company. 전쟁과 관련된 일을 대행하는 회사로, 현대의 용병이라 할 수 있다.

지만 이번만은 할말이 우주에서 소멸된 것처럼 입을 굳게 다물었다.

"인상적이군요."

약간의 시간 뒤에 회장은 말했다.

"생각을 바꿨습니다. 원래는 오늘 세 사람의 검증을 마치고 내일 세 사람을 마저 하는 것이 계획이었지만, 이번엔 인원도 적으니 한꺼번에 하도록 하겠습니다. 오늘 여섯 분 모두 자기 능력을 보여주시고, 검증은 모두 내일로 미루는 것으로요. 이렇게 진행하면 어떻습니까?"

"오오, 그게 좋겠군! 먼저 세 사람이 사기꾼인 게 들통나버리면 남은 기간 동안 엉덩이에 박힌 가시처럼 불편하게 지내게 될 테니."

재건이 홀로 대답했다. 다른 사람들은 눈빛으로 동의를 표했다.

"그럼 그렇게 하도록 합시다. 전찬호씨. 보여줄 것은 더 없습니까?"

"저야 더 보여드릴 수 있죠. 하지만 이것으로 충분하다면."

"그럼 다음 분을 모시도록 하겠습니다."

임 회장의 목소리 톤은 시종일관 변화가 없었다.

다음은 김태연의 차례였다.

"뭐가 좋을까요? 어떤 종류든 상관없어요. 간단하게 종이에 뭔가 써서 읽는 걸로 할까요? 도구를 제가 준비하면 못 믿으실 것 같아서 따로 챙겨오진 않았거든요."

"이곳은 섬이다보니 기자재를 그다지 많이 갖추고 있진 못합니다."

"그래요? 음, 카드 같은 것도 없나요?"

"그건 있습니다."

집사는 트럼프 카드 한 세트를 내놓았다.

"잠깐 봐도 될까요?"

"얼마든지."

태연은 카드를 받아서 한 장 한 장 확인했다.

"빠진 카드는 없네요. 이거면 되겠어요."

태연은 만족한 듯 카드들을 한설에게 돌려주었다.

"간단하게 해보자고요. 이러면 어떨까요? 제가 한쪽에 서고 다른 분들이 집사님 뒤에 있는 거예요. 저에게 카드 뒷면을 보여준 다음 다른 분들이 다 같이 앞면을 확인하는 거죠."

"좋습니다. 자리를 옮길까요?"

그들은 태연의 제안대로 위치를 옮겼다. 태연이 바다를 향한 유리벽을 등지고 섰다. 집사는 카드를 엎은 채로 테이블에 흩뜨려놓고 그 앞에 앉았다.

"그럼, 고르겠습니다."

집사는 카드 하나를 집었다. 스페이드 세븐. 회장이 앉은 자리와는 거리가 있었지만 회장의 시력은 괜찮아 보였다.

"해보시죠."

회장이 말했다.

태연은 눈을 감았다. 눈썹 사이에 살짝 주름이 잡혔다. 그는 한참을 그러고 있었다. 뭐가 잘 안 되는지 호흡이 거칠어지더니 입에 침을 바르며 그대로 몇 분 정도 눈을 감고 있었다. 집사는 카드를 든 자세 그대로 기다렸다.

마침내 태연은 눈을 떴다.

"이거, 힘드네요. 이런 적은 없었는데. 낯선 공간이라서 익숙하지 않나봐요."

"흐음."

전찬호가 불쑥 소리를 냈다. 태연은 찡그리며 그쪽으로 눈을 흘겼다가 말했다.

"능력은 하루종일 쓸 수 있는 게 아니고 발동에 시간이 걸리거든요. 잠깐만요. 조금이면 될 것 같아요."

태연은 다시 집중했다. 이번엔 카드를 똑바로 노려본다. 길지 않았다. 태연은 알았다는 듯 눈을 동그랗게 떴다.

"클로버, 아니, 스페이드네요. 스페이드 세븐."

나지막한 감탄이 좌중 사이를 오갔다.

"이제 감이 돌아왔어요. 몇 개 더 해보실래요?"

집사는 정답 카드를 한쪽에 보이도록 놓고 다른 카드를 들어 보였다.

"하트 투."

다음 카드.

"하트 에이트."

다음.

"스페이드 퀸."

"오오……"

사람들은 감탄을 숨기지 못했다. 집사는 회장 쪽을 돌아보고 눈을 맞추었다. 그러고는 카드를 내려놓고 말했다.

"이 정도면 충분한 것 같습니다. 그 투시력으로 어디까지 볼 수 있는 건가요?"

"아주 깊이 들어가지는 못하고요. 카드 반대편 정도가 한계예요."

"매번 그렇게 볼 수 있는 건가요?"

"지금은 능력이 가동된 상태라서요. 자동차 시동을 생각하시면 돼요. 시동을 걸고서도 시간이 조금 더 필요하잖아요?"

"그러면 우리가 모를 만한 것을 하나만 말해주실 수 있습니까?"

"글쎄요. 어떤 게 좋을까요? 아하."

태연은 음험해 보이는 표정을 지었다.

"집사님 속옷 같은 건 어떨까요?"

"괜찮습니다. 한번 맞혀보시지요."

집사는 낯빛 하나 바뀌지 않고 말했다.

"그래요? 진짜 해요?"

다시 "오" 하는 소리가 앉은 자리에서 삐져나왔다. 조금 짓궂은 장난이었지만 그에게는 통하지 않았다. 태연은 어쩔 수 없이 눈을 감았다 다시 뜨고서 말했다.

"사각을 입으시는군요. 무늬는 구체적으로 보이지 않지만 푸른 계열인 것 같은데요. 더 들여다보면 실례인 것 같으니 여기까지?"

집사는 낮은 목소리의 웃음을 내비쳤다. 그가 이 섬에서 처음 들려주는 웃음소리였다.

"맞습니다. 분명히 그런 속옷을 입었지요. 여기서 보여드릴 수는 없지만, 제가 보장합니다."

누군가가 휘파람을 불었다. 전찬호였다. 태연은 저벅저벅 걸으며 여유롭게 손짓했다.

"또 뭐든 물어만 보세요. 제대로 발동하려면 오래 걸려서, 지금이 아니면 다시 보여드리기 힘들 것 같네요. 그리고 제 투시력에는 또다른 특징이 있어요. 능력이 발동되면 종종 의도하지 않은 것도 볼 수 있거든요. 그래서 평소에는 늘 오프 모드로 해놓죠. 원하지 않는 게 종종 눈에 들어오거든요. 음,

회장님? 혹시 목 뒤쪽 아래에 점이 있지 않나요?"

몇몇이 뒤를 돌아보았다. 회장은 뒷자리에서 다른 짓을 하다 들킨 학생처럼 몸을 움찔거렸다.

"어, 혹시 모르셨나요? 죄송해요! 이게 제 마음대로 통제되는 게 아니라서요. 혹시 집사님은 아시지 않나요?"

집사는 대답했다.

"맞습니다. 회장님 등에는 인상적인 점이 하나 있습니다."

"흐음."

회장은 탁한 신음을 흘렸다.

"모르셨구나. 뭐, 아무도 말해주지 않았다면 그럴 수 있죠. 굳이 알려줄 필요 없잖아요. 안 그래요?"

"좋습니다. 충분히 봤습니다. 다른 참가자들의 치부까지 드러내기 전에 여기까지 하지요."

집사는 서둘러 진행시키려 했다.

그때, 갑자기 박우진이 자리에서 벌떡 일어났다.

"죄송합니다. 죄송합니다."

우진은 허공에 대고 연신 사과를 했다. 사람들은 영문을 몰라 눈만 끔뻑끔뻑하며 그 모습을 지켜보았다.

"죄송합니다. 귀찮게 해드려 죄송합니다. 죄송합니다. 잠시만, 잠시만 시간을 내주실 수 있겠습니까?"

그러면서 그는 제자리에서 폴짝폴짝 뛰기 시작했다. 눈이 하얗게 뒤집혀 있었다.

"설마…… 신내림……?"

스테파니 황이 중얼거렸다. 우진은 가히 1미터는 폴짝 뛰어올랐다. 심지어 아무런 도약 자세도 없이 꼿꼿하게 어깨를 세운 그대로 솟아오르는 것이었다. 딱딱하게 굳은 송장이 뛰어오르는 것 같은 모습이었다.

우진은 테이블 위로 올랐다가 다시 붕 뛰어올라 태연이 서 있던 간이 무대로 떨어져 쓰러졌다. 그 와중에도 우진은 "죄송합니다"만 반복했다. 예상하지 못한 행동에 누구도 제지하거나 뭐라 할 생각을 하지 못했다. 집사 한설마저도.

그때였다. 튀어오르는 사람이 또 한 명 나타났다.

"우히! 신나는구나!"

"뭐야! 덩달아 귀신 들린 거야?"

"저, 저분은…… 그냥 취한 거 같은데요?"

스테파니가 찬호의 의문에 답하듯 말했다.

난동꾼은 다름 아닌 만취한 재건이었다. 재건은 조금 전부터 상태가 좋아 보이지 않았다. 얼굴은 벌게지고 눈은 풀리고 단추는 흐트러진 채 멋대로 테이블 위로 뛰어오르고 있었다.

"웃핫핫핫. 이 몸의 능력은 초능력자를 감지하는 능력이다. 내 앞에선 누가 거짓말쟁이인지 모조리 드러나지. 누구도 나를 막을 수 없다. 피융피융!"

"취한 거 맞아요? 조금 전이랑 똑같은 거 같은데."

자리에 앉은 태연이 말했다.

"그렇긴 하지만…… 얼굴색이 다르고 아까 구토도 한 거 같으니……"

스테파니가 조심스레 평가했다.

"그만 자리에 앉아주십시오."

마침내 한설이 나섰다. 하지만 재건은 한설의 손길을 뿌리치고 테이블 위를 달려가다가 바닥으로 고스란히 다이브해 우진 위로 떨어지고 말았다. 두 사람은 뒤엉켜 데굴데굴 굴렀다. 재건은 바닥을 구르면서도 키득거렸다.

그러다가 우진이 벌떡 일어났다.

"나의 잠을 깨우는 자가 누구냐!"

우진은 외쳤다. 인간의 것이 아닌 듯한 목소리였다. 우진은 눈이 뒤집힌 채로 재건의 목을 잡아 들어올렸다. 180센티미터는 훌쩍 넘어 보이는 재건을 왜소한 체격의 우진이 한 손으로 들어올리자 장내가 감탄으로 가득찼다. 우진은 재건을 집어던지듯 내쳤다. 벽에 부딪힌 재건은 축 늘어져 실신했다. 우진은 그러고도 멈추지 않았다. 빈 테이블로 달려가 이번엔 두 명이서 간신히 옮길 정도의 크기인 테이블을 양손으로 들어올리고는 기괴한 목소리로 울부짖었다.

결국 한설이 달려들었다. 무거운 테이블을 번쩍 든 우진의 자세는 위태로워 보였다. 자칫 잘못 건드렸다가는 두 사람 위로 테이블이 떨어질 수도 있었다. 그렇지만 한설은 숙련된 집사였다. 한설은 들어올려진 테이블을 우진의 뒤쪽으로 슬쩍 밀었다. 우진은 무게중심을 잃고 테이블과 함께 그대로 뒤로 넘어갔다. 동시에 한설은 쓰러지는 우진을 안전하게 받아 내렸다. 테이블이 요란한 소리를 내며 떨어졌지만 아무도 다치지 않았다. 우진은 여전히 눈이 뒤집힌 채 괴성을 질러댔다.

한설은 일단 우진을 내버려두고 재건 쪽으로 달려갔다. 재건은 그냥 기절한 상태였다. 외상도 없어 보였다. 하지만 그대로 둘 수는 없는 일이었다. 한설은 빠르게 방문객들에게 지시를 내렸고 사람들은 힘을 합쳐 재건을 방으로 옮겼다. 한설은 연회실에 남아 쓰러진 우진의 상태를 살폈다. 우진은 쓰러진 채 서서히 원래 모습을 되찾았다. 재건을 옮겨놓은 사람들이 돌아올 때쯤, 우진은 정신을 차렸다.

사람들이 다시 1층 연회실에 모이고, 자리가 정돈되었다.

"이게 뭔 난리래요. 거긴 좀 괜찮아요?"

찬호가 시무룩하게 고개 숙이고 있는 우진에게 말했다.

"괘, 괜찮아요…… 죄송합니다…… 강신술도 준비가 필요하다보니…… 예상치 못하게……"

"뭐한 거예요? 귀신 들어온 거?"

"네에…… 어떤 귀신이 들어올지는 몰라요. 가끔 저렇게 성질 고약한 놈이……"

"방금 그건 무슨 귀신이었어요?"

스테파니가 물었다.

"네? 그게…… 옛날 군인 같긴 한데……"

우진은 쩔쩔매며 울상을 지었다. 이 광경을 가만히 앉아 구경하고 있던 임 회장이 입을 열었다.

"두 사람 남았던가? 문답은 내일 몰아서 하기로 하고, 마저 보는 게 어떻겠습니까?"

"그게 좋겠습니다. 순서가 조금 달라지긴 했습니다만. 스테파니 황 님과 허주유님. 조금 어수선한 상황이지만 두 분 준비 가능하실까요?"

"전 기권합니다."

집사의 질문에 내내 아무 말도 하지 않고 있던 허주유가 입을 열었다.

"이 사람들은 못 당하겠네요. 지금까지 본 것만으로도 기가 질려요. 제 능력은 하찮은 것입니다, 여러분 앞에서는 초능력으로 보이지도 않을 것 같습니다."

"그래도 준비한 건 있지 않나요?"

찬호가 물었다.

"이렇게 좋은 분들을 만나고 좋은 음식을 먹은 것만으로도 저로선 충분히 의미 있는 시간이 되었습니다. 부디 여러분 중에 상금을 획득하는 분이 있기를 바라겠습니다."

왜인지 그의 말 이후로 아무도 말을 잇지 못했다. 허주유는 여유롭게 사람들을 둘러보고 얼굴에는 가볍고 하얀 미소를 머금었다.

뭔가 흐름을 놓친 것 같은 한설이 다시 말했다.

"그럼, 마지막으로 스테파니 황 씨를 모시겠습니다."

스테파니 황은 떠밀리는 듯한 기분을 느끼며 자리에서 일어섰다.

"저는 정신력을 써요. 염력, 염동력이라고도 하나요? 마음으로 사물을 움직일 수 있어요. 어, 준비 시간은 특별히 필요 없어요."

스테파니는 여분으로 놓여 있던 포크를 집어들었다.

"이 포크는 요리사분이 가져오셨고 이 방에서 아무도 건드리지 않은 것이죠?"

그렇게 말한 스테파니는 빈 테이블 위에 포크를 두었다.

"제가 지금부터 이 포크를 손대지 않고 움직여볼게요."

스테파니는 테이블로부터 한 발짝 뒤로 물러났다. 그리고 양손을 들어 포크를 겨누었다. 한동안 아무 일도 일어나지 않았지만 차분한 인상의 스테파니가 양손을 내미는 모습은 묘하게 집중력을 불러일으켰다. 사람들은 조용히 무슨 일이 일어나나 숨죽이고 지켜보았다. 일 분쯤 지났을까. 포크가 들썩이기 시작했다.

"오오" 하는 반응이 나왔다.

포크는 마치 차량 엔진 위에 올라 있듯 들썩였다. 그러더니 조금씩 위치를 옮기기 시작했다. 마치 지진이 일어나 조금씩 미끄러지듯이. 포크는 톡톡 튀며 스테파니 앞으로 움직이다가 마침내 테이블 아래로 떨어졌다. 스테파니는 긴장이 풀린 듯 어깨를 내리며 큰 호흡을 내쉬었다.

"포크가 꽤 큰 편이라 역시 힘드네요. 사실 제 능력은 아주 작은 부분에만 영향을 미치기 때문에 이 정도로 큰 물건은 잘 시도해보지 않았어요."

"작은 물건이라면 어느 정도가 편하신가요?"

집사가 물었다.

"음, 사실 작은 물건이라고 말하면 한도 끝도 없어요. 세포나, 분자나, 사람의 마음도 따지고 보면 물질이거든요. 사물을 움직일 수 있으면 사람 마음도 움직일 수 있어요. 하지만 그건 굳이 초능력이 아니라도 할 수 있는 거잖아요? 아, 이건 어떨까요? 회장님, 혹시 펜 가지고 계세요?"

임 회장은 말없이 가슴 주머니에 있던 펜을 꺼내 내밀었다. 집사가 그것을 스테파니에게 전해주었다. 고급 만년필이었다.

"그리고, 적을 수 있는 거 뭐 없을까요? 노트나 메모지 같은 거."

"제 노트 쓰세요."

우진이 손을 들었다. 이번에도 집사가 전달해주었다.

"사람의 마음은 수수께끼에 싸인 신비로운 무언가가 아니라 신경전달물질과 전기신호로 이루어진 물질이에요. 그렇기에 사물을 움직이는 일은 굉장히 어려운 일입니다. 그 원리가 되는 전기신호보다 큰 것은 조작하기 힘들어요. 그래서 포크 정도만 돼도 아주 큰 물질이라고 말한 것이지요.

하지만 작은 물질, 이를테면 잉크 같은 것은 훨씬 다루기가 쉽습니다. 이런 식으로 하는 거죠. 다들 가까이 와서 보시겠어요?"

스테파니는 노트를 펴고 사람들을 불러들였다. 앉아 있던 참가자들은 일어나 그 테이블로 모였다. 회장은 마다하듯 손을 저었다. 그래서 시연은 참가자들과 집사가 보는 앞에서 이뤄졌다.

그가 보여준 것은 글씨 쓰기였다. 만년필을 노트에 가만히 대고 있자 잉크가 펜을 그은 것처럼 종이에 스며들었다. 스테파니는 만년필을 꾹 쥔 채 부들부들 떨긴 했지만 그 위치에서 조금도 움직이지 않았다. 하지만 잉크는 노트로 흘러들어 천천히 글씨를 나타냈다. 삐뚤삐뚤 적힌 이름이었다.

Stephanie.

시연을 마친 스테파니 황은 손수건으로 이마에 흐른 땀을
훔쳤다.

"아, 촉이 좀 벌어졌는데…… 혹시 이거…… 비싼…… 건가
요……?"

스테파니는 어깨를 움츠리고 눈을 살짝 치켜뜨며 조심스레
물었다.

"아끼는 펜이지만 신경 안 써도 됩니다."

임 회장은 말하면서 집사에게 손짓했다. 아끼는 펜이라는
말에 스테파니는 놀란 얼굴로 입을 가렸지만, 그런 반응 하나
하나는 개의치 않는 듯 한설은 펜을 받아들었다. 그러고는 노
트와 함께 임 회장 앞으로 가져갔다. 회장은 노트에 적힌 글
씨를 가만히 내려다보았다. 그러다가 나직하게 중얼거렸다.

"스테파니……"

"네?"

스테파니 황은 자기를 부르는 줄 알고 대답했다. 회장은 고
개를 저으며 노트를 집사에게 건네주었다. 펜은 다시 자기 주
머니에 넣었다.

"아니, 아닙니다. 옛날 생각이 나서."

회장은 무언가 추억에 잠긴 듯한 얼굴이었다.

"뭘까요?"

찬호가 귀엣말하자 태연이 입을 가리고 속삭였다.

"글쎄요. 뭐 옛날 애인 이름 같은 거겠죠."

잠시 후, 임채호 회장이 말했다.

"두 명이 빠지긴 했지만 이것으로 시연을 마치기로 할까요? 정말 놀라운 광경의 연속이었습니다. 살아생전 이렇게 즐거운 구경을 한 적이 없었습니다. 모든 참가자분께 감사의 말을 드립니다. 이것으로 구루회 첫날 모임을 마치기로 할까요? 내일은 다 같이 검증회를 갖도록 하죠. 분명히, 더욱 즐거운 행사가 될 것입니다."

전찬호가 박수를 치기 시작했고 나머지 사람들도 이에 가세했다.

5 채호

조금 전.

마곤은 인내심을 갖고 기다렸다. 다행히 회장은 티브이를 틀어주었다. 케이블 채널에서 몇 번은 본 마블 영화가 흘러나와 그리 적적하지는 않았다.

회장은 티브이를 보다가 책을 보다가 창밖의 불길한 하늘을 올려다보며 도무지 집중하지 못했다. 뭔가 걱정거리가 있는지 아니면 자본가의 사악한 두뇌를 가동하는 중인지 마곤은 알 길이 없었다. 한참이 지나 노크와 집사의 목소리가 들렸다.

"슬슬 구루회가 시작할 시각입니다."

5시가 되기 직전이었다.

집사가 가져온 저녁을 먹고 전동 휠체어에 옮겨 타 방을 나갈 때까지도 마곤은 잠자코 있었다. 냄새를 맡으니 배가 고파지기도 했지만 지금 움직여야 했다. 아마도 회장은 구루회 때문에 자리를 비우는 것이리라. 적어도 한 시간은 최고 오너와 집의 관리자가 함께 이 방에 들어오지 않을 테고 그렇다면 지금이 이 방을 조사할 절호의 기회다.

두 사람이 나가고 묵직한 방음문 너머로 아무 소리도 들리지 않게 되자 마곤은 비로소 능력을 풀었다. 능력을 유지하는 것은 특별히 어렵지는 않았지만 장시간 시험 보는 정도의 집중력이 필요했다. 물론 마곤은 학교에 다니지 않는데다 시험을 본 적도 없지만.

이제 여기서 뭘 해야 할까.

핸드폰이라도 갖고 올걸. 마곤은 조금 후회했다.

얼떨결에 들어온 터라 핸드폰을 미처 챙기지 못했다. 이 방에 언제 또 들어올 수 있을지 모른다. 사진이라도 찍어두면 나중에라도 분석해볼 수 있을 것이다. 현장에서 미처 보지 못한 것을 발견할 수도 있을 테니까.

하지만 어차피 관찰은 눈으로 하는 것이다. 관찰력의 중요성은 재건에게서 귀에 진물이 나도록 들었다.

일단 무엇이든 단서가 될 만한 것을 찾아보기로 했다. 운이 좋으면 바로 보물을 발견할지도 모르고.

방안에 별다른 가구가 없었으니 찾을 곳도 그리 많지 않았다. 먼저 침대를 뒤져 별다른 장치가 없나 확인했고, 티브이 뒤쪽이나 의료기기 틈새 등 뭔가 있을 만한 곳은 찾아보았다. 회장이 자리를 비우니 볼 수 있었는데, 침대 옆 캐비닛에는 책이나 이런저런 서류가 꽂혀 있었다.

　마곤은 그것들을 적당히 훑어봤다. 두꺼운 대중 역사서나 무슨 대차대조표, 계약서, 보험증서 같은 골치 아픈 문서들뿐이었다. 그런 게 보물과 관계있을 거란 생각은 들지 않았다.

　그 밖에는 없었다. 정말 아무것도 없었다. 재건은 보물의 정체에 관해 회장이 지금까지 수집한 유물이나 희귀한 미술품 중에서 특별히 역사적인 의미가 있는 것이리라는 추측을 한 적이 있다. 임채호 회장은 유물이나 고문서 수집가로 유명하며 언젠가 그의 이름을 딴 개인 박물관이나 미술관을 여는 것이 소원이라고 여러 매체에서 밝힌 바 있었다.

　재건은 이렇게 말했다.

　"그 양반이 뭐에 관심 있는지는 뻔히 알려져 있거든. 그런데 보물이 뭔지 밝히지 않는다는 것은 그 존재만으로도 가치 있는 물건이라는 것을 뜻하지. 즉, 세상엔 알려지지 않은 물건, 알려진다면 발견자의 이름이 역사에 남을 만한 물건이 보물의 정체일 가능성이 높다고 봐."

　물론 그것은 추측이었다.

그런데 그런 유의 눈에 띄는 물건이라면 보관을 매우 엄중하게 하고 있을 것이다. 이 섬에 꽁꽁 숨겨놨을 가능성이 크다. '짠! 상품은 어쩌구입니다. 일단 사진으로 확인하시고, 실물은 우편으로 수령하시겠습니다' 하는 것은 아무래도 모양새가 나오지 않는다. 우승자가 정해졌을 때 그것을 바로 볼 수 있어야만 뭔가 그림이 나올 것이다.

물론, 회장이 진심이라는 가정하에서다.

일단 이 방에서는 아무런 단서도 보이지 않는다. 역시 이 집 전체를 뒤져야 할까. 마곤은 별다른 의욕이 나지 않았다. 있을지 없을지도 모르는 단서를 막연히 찾는 일은 대개 마곤이 떠맡기는 했지만 그리 재미있는 일은 아니었다. 하다못해 뭔가가 있다는 확신이라도 주든가.

그래도 혈혈단신으로 대기업의 신화를 이룬 사내다. 사소한 일에서부터 치밀하지 않으면 그렇게 될 수 없었을 것이다. 한 번만 더 생각해보자.

바닥에는 1층의 다른 공간처럼 카펫이 깔려 있었다. 한 치의 빈틈도 없이 정확하게 재단된 카펫이다. 마곤은 이런 곳이라면 바닥에서 자도 재건의 사무실보다는 편하겠다는 생각을 하고 있었다.

한 부분, 안쪽으로 열리는 문에 가려지는 곳 중 어쩐지 어설프게 마무리된 부분이 있었다. 각진 끄트머리가 조금 올라와 있고 그 밑에 작은 요철이 보였다. 마곤은 그것을 놓치지 않았다.

"헤, 관찰력이라고!"

마곤은 달려가서 카펫을 잡아 들춰보았다. 역시 그 부분은 도화지만하게 정사각형으로 잘려 있어 쉽게 벗겨졌다.

거기 있는 것은 작은 철제 문이었다. 지하철역 물품보관함 정도의 크기였다. 볼록 튀어나온 부분은 손잡이로 보였다. 전기선이나 콘센트가 든 공간은 아닌 것 같았다. 그렇다기에는 전에 본 적 없는 고급스러운 디자인이었다. 그 한가운데에는 열쇳구멍이 있었다.

문을 잡아당겨봤지만 역시 열리지 않았다.

크기로 봐서는 사람이 직접 들어갈 수 있는 곳은 아니었다. 비밀 대피소라든가 사람이 설비실의 입구 같은 건 아니라는 말이다. 그런 것보다는 무언가를 남몰래 보관하는……

비밀 금고로 보였다.

그래. 이런 거라고.

광대뼈가 당겨왔다. 마곤은 금고의 모양과 열쇳구멍의 모양을 자세히 살펴 머릿속에 담아두었다. 카펫을 도로 덮고 삐뚤어진 부분이 없게 꼼꼼히 눌렀다.

무언가가 있다.

무언가가 있다는 것이 확인됐다. 이제 그 안에 든 것이 무엇인지만 확인하면 된다.

마음이 한결 편해졌다. 목표가 생긴 것 아닌가. 심지어 이렇게 폭풍우를 건너다 바다에 빠진 일에 대한 불만도 봄철 눈 녹듯이 녹아내렸다.

어디 그뿐일까? 가슴이 뛰고 있었다.

운동하거나 감정이 격해졌을 때의 두근거림과는 달랐다. 그것은 어릴 적 막연히 동경해오던 모험에 대한 열망이었다. 금고를 발견하기 전까지는 마곤도 심드렁할 수밖에 없었다. 하지만 눈앞에 이렇게 비밀 공간이 나타났다면 얘기가 달라진다.

모험이라고!

해적이 보물을 숨겨둔 섬이나 고대 유적 속 트랩 같은 기대는 일찌감치 접어둔 마곤이었다. 삭막하고 지루하고 모험의 변경 따위는 일찌감치 빽빽한 행정으로 메워버린 한국에서 언제 이런 기회를 만날 수 있을까.

재건이 하는 일이 온통 요란뻑적지근한 모험이기는 했지만 그거랑은 다르다.

다르단 말이야!

마곤은 아직도 재건의 말 중에 이해가 가지 않는 것이 있다. 탐정이 지루한 일상의 변호인이라니. 누구보다도 일상을 파괴하고 일을 엉망진창으로 만드는 사람이 말이다.

아무튼, 지금은 보물 찾기에 집중하자.

열쇠는 어디 있을까? 누가 갖고 있을까? 설마 본가에 두고 오진 않았을 테고. 두 사람 중 한 명이 몸에 지니고 다닐 가능성이 제일 높다. 그렇다면 누구일까? 가운만 간신히 걸친 채 운신도 자유롭게 하지 못하는 회장이 몸소 지니고 있을까? 마곤은 잠시 생각해보았다. 그렇게 보기는 힘들었다. 나이들면 물건을 둔 위치도 깜빡깜빡한다 하고 또 뭔가를 항시 챙기는 게 여간 번거로운 일이 아니다. 그렇다면 역시 집사가 갖고 있다고 보는 편이 합당하다.

하지만 그렇게 보자면 전제 하나를 거쳐야 한다. 바로 집사에 대한 믿음이 확실할 것. 보통은 믿을 만한 사람을 집사로 쓰긴 하겠지만 사람 관계란 모르는 거다.

다행일까. 마곤에게는 비벼볼 건덕지가 있었다. 어쩔 수 없이 안면을 트게 된 이 집의 아가씨가 있지 않은가.

바로 움직이기로 했다. 문에는 자동 잠금장치가 설치되어 있었다. 안에서는 열 수 있지만 밖에서는 열지 못하는 방식이었다. 어떻게 나갈까 잠시 고민했다. 아무런 시야 확보 없이 무턱대고 문을 열 수는 없다. 문을 열었다가 마침 누군가가 문 앞에 있다면 꼼짝없이 들키게 된다. 하지만 문제될 건 없다. 창문은 열려 있으니까.

6 시체

재건은 눈을 떴다.

뭐라 형언할 수 없는, 아찔한 기분이 머릿속을 헤집고 있었다. 그런 상황에서 재건이 할 수 있는 말은 한 가지뿐이다.

"낯선 천장이…… 아니군. 그냥 거꾸로 누워 있는 거군."

재건은 몸을 일으켰다.

뭔가, 기억이 애매하다. 재건은 자기가 무엇을 하고 있었는지 되짚어보았다. 분명히 그녀가 스파이였고 나는 총알을 맞으면서 절벽으로 떨어졌고 멀어져가는 시야 속에서 우화등선하는 그녀의 모습이…… 아니, 이건 꿈이었지. 그래. 구루회. 밥을 실컷 먹고 휠체어 탄 회장님이 등장하고 초능력자 검증 모임을 하고 있었지. 그런데 왜 느닷없이 여기서 깨어나는 건가?

손목시계를 보았다. 8시가 다 되어가고 있었다. 회장님이 나타난 게 6시 반쯤이었고 한 시간쯤 지나 쓰러졌다고 생각하면 그렇게 오래 정신을 잃지는 않은 셈이다.

"아니지. 그 어떤 불가능한 가능성도 추론해내는 이 초월 탐정 김재건에게 그딴 트릭은 먹히지 않는다! 몇 분이 지난 게 아니라 하루 하고도 조금이 지난 거라면? 만일 그사이 살인사건이 일어난 덕분에 이 몸이 용의선상에서 제외된 것이라면?"

"안타깝지만 살인사건도 안 일어났고 하루가 지나가지도 않았네요."

낯익은 여자의 목소리가 들렸다. 돌아보니 두 여자가 문 바깥에 서 있었다. 처음 이 섬에서 정신을 차렸을 때와 같은 광경이었다. 그러고 보니 잠결에 여자들이 수군대는 소리를 들은 것 같기도 하다. 뭔가 잔뜩 실례되는 소리가 들렸던 것 같기도.

"어떻게 된 일이죠? 왜 내가 기절했던 거죠?"

"과식에 과음인가보죠. 집사님이 다 수습해줬다고요. 우리도 나르느라 고생 좀 하고요."

태연이 한심하다는 듯 말했다.

"으으, 역시 술은 마시는 게 아니었어."

"역시 주사였군요."

스테파니도 한마디 했다.

"주사라니? 삼십 평생 주사라곤 부려본 적이 없는데?"

재건이 허풍스레 말하자 태연은 진실을 끄집어내려는 듯 입을 열었다.

"그때 한 말 그대로 읊어줄까요? '읏핫핫핫. 이 몸의 능력은 초능력자를 감지하는 능력이다. 내 앞에선 누가 거짓말쟁이인지 모조리 드러나지. 누구도 나를 막을 수 없다. 피융피융!'"

"이보세요. 사람이 그런 말을 할 리가 없잖아요."

"그러니까 사람이 아니었던 거죠."

반론거리를 잃어버린 재건은 미간을 찌푸리며 스테파니의 얼굴을 뚫어져라 쳐다봤다. 스테파니는 처음 만났을 때처럼 어깨를 움츠리며 시선을 피했다. 그 옆의 태연은 무언가를 재건을 향해 던졌다. 받고 보니 숙취해소제다.

"나와서 얘기할래요? 남자 방에 들어가긴 싫은데."

재건은 드링크 병은 침대 위에 내팽개치고 침대에서 일어났다.

"그런데 일정은 다 끝난 거예요? 초능력 쇼는? 전부 보여줬나요?"

재건은 바깥 복도로 나갔다. 난간에 팔을 괴고서 아래층을 내려다보았다. 바로 왼쪽, 전찬호의 방에서는 통화 소리가 새어나오고 있었다.

"오늘 일정은 끝났죠. 어디까지 기억하죠?"

태연이 확인하려는 듯 물었다.

"전찬호라는 수염 난 아저씨까지."

재건은 1층 카펫 위에 놓인 청동상을 내려다보며 말했다. 역시 콘셉트를 알 수 없는 장식이었다. 단지 하늘로 솟은 칼을 형상화했다는 것 정도만 알아볼 수 있을 뿐. 샹들리에와의 기묘한 대칭을 보면서 재건은 뜬금없이 미켈란젤로의 〈천지창조〉를 떠올렸다.

"거의 기억하지 못하네요. 다음 순서는 저였고 다른 사람들도 다 보여줬어요. 그쪽이랑, 기권한 허주유라는 사람만 빼고요."

"네? 그 사람이 기권이요?"

"네. 다섯번째 순서였는데 느닷없이 기권하더라고요. '이 사람들은 못 당하겠네요' 같은 소릴 하면서요."

"험, 험. 초능력이 뭔지 밝히지도 않고 기권이라. 갈수록 수상해지는군요."

"좀 이상한 사람이긴 하지만, 그쪽만 할까요?"

"그보다 뒤통수가 얼얼한데, 어디 보자, 혹이 났군요. 제가 넘어지기라도 했나요? 아님 나르다가 콩 박았나? 아아, 물론 탓하는 건 아닙니다."

"모르는 게 좋을 거예요······"

스테파니는 기어들어가는 목소리로 웅얼거렸다.

"설마 취해서 제 비밀 같은 걸 늘어놓진 않았겠죠? 그럼 큰일이에요. 여러분도 쥐도 새도 모르게 제거될 수 있어요."

"걱정해줘서 고맙네요, 탐정 아저씨."

태연은 하나도 안 고마운 목소리로 말했다. 그러거나 말거나 "흐음" 하며 잠시 생각에 잠겼던 재건은 문득 태연 쪽으로 고개를 돌리고선 질문했다.

"초능력 쇼는? 내가 못 본 나머지 세 사람이 뭘 보여줬나 말해줄 수 있어요?"

"버스 지나갔네요. 어차피 검증회 하니까 그때 보시죠."

"쳇. 쩨쩨하군."

"뭐라고요?"

"아, 아닙다. 죄송. 그렇다면 허주유씨를 만나봐야겠군요. 수사에 협조해주셔서 감사합니다. 그분 방이 어디더라?"

"수사는 무슨 수사. 그분 방은 아마 계단부터 해서 가장 안쪽이요."

두 사람은 재건에게서 등을 돌린 채 서로와 뭔가를 속닥대더니 곧 갈라져 각자의 방으로 들어갔다. 재건은 불안한 듯한 표정으로 자신을 힐끔 돌아보는 스테파니에게 활짝 웃으며 손을 흔들었다. 문은 어느 쪽이라고 할 것 없이 쾅 소리를 내며 닫혔다.

복도에 혼자 남은 재건은 난간에 기대 중얼거렸다.

"그래. 잠시 생각을 해보자. 내가 고작 그거 마셨다고 정신을 잃을 리는 없어. 물론 거기에 과식도 하긴 했지만. 어라, 중간에 화장실 가서 토한 기억은 나는데. 입에서 끔찍한 냄새가 나는군."

옷은 누가 다른 가운으로 갈아입힌 모양이지만 목덜미나 가슴엔 토사물의 흔적이 남아 있었다. 재건은 화장실에 가서 재빨리 양치와 샤워를 하고 나왔다.

"어디 보자. 내 왼쪽 옆방은 수염 난 아저씨 방이고, 얼굴 하얀 청년은 계단 쪽이라 했지?"

그림으로 보는 편이 이해가 빠르겠다. 2층의 구조는 이렇다. 디귿 자로 방과 복도와 난간이 있고 가운데가 뚫려 있는

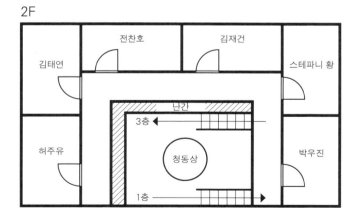

구조다. 계단 앞에 있는 방이 박우진의 방이었고 차례대로 스테파니, 꺾어져서는 김재건, 그 옆에 전찬호, 다시 꺾어져서 김태연, 맨 끝에 허주유의 방이 배치되어 있다.

그러니까 재건은 방을 잘못 찾아가고 있는 셈이었다. 문을 두드리니 막 머리를 말리고 있던 박우진이 문을 열어주었다.

"으아닛, 왜 거기서 나오죠?"

재건은 말했다.

"왜긴요…… 여기가 제 방이니까."

"방을 옮겼나요?"

"아뇨…… 원래부터 여기 썼는데요."

"아님 집이 자동으로 움직인다든가? 트랜스포머처럼?"

"……여긴 어쩐 일로?"

"전 그 얼굴 하얗고 어려 보이는 남자 찾으러 왔는데요."

"……허주유씨 말씀이신가요?"

"그랬던 듯?"

"그분이라면 저쪽 맨 끝 방이에요."

"내가 반대쪽으로 왔다는 말이군. 이렇게 기초적인 실수를 하다니. 반성, 반성. 그런데 기왕 마주친 김에 잡담이나 해보는 게 어떨까요?"

"잡담은 왜…… 전 다른 방에 볼일이 있는데요."

"밤은 길잖아요. 그리고 우리가 언제 이런 놀라운 인연으로 마주칠 수 있겠어요?"

우진은 뭔가 불쾌한 듯한 표정을 지으며 팔짱을 끼고 섰다. 할말이 있어도 먼저 꼬리를 내려버리는 작은 체구의 남자. 재건이 파악한 모습 그대로의 남자였다.

재건은 들키지 않을 정도로 한숨을 내쉬고 말했다.

"단도직입적으로요. 아까 제 방에 들어갔던 사람, 박우진 씨죠?"

"네, 네에? 무슨 말이에요? 제가 그쪽 방에 왜……"

"두 페이지 앞의 방 구조도를 보세요. 아 참, 이건 그냥 상투적으로 하는 말. 박우진씨의 방은 오른쪽 구석, 그리고 제 방은 꺾어져 대각선 비스듬한 위치죠. 각자 방문을 열면 서로 들여다보여요.

전 아까 방문을 열어놓고 나갔거든요. 혹시 방문을 나선 우진씨가 내 방 쪽으로 눈길이 가지 않았을까요? 그래서 창문 너머 바깥까지 볼 수 있지 않았을까요? 그래서 섬의 공허한 토지 위를 방황하는 우리 두 사람을 목격한 게 아닐까요? 그래서 조심스레 내 방에 들어와 두 사람을 관찰하고 있던 건 아닐까요?"

"무슨 말도 안 되는…… 제, 제 방에서 어떻게 거기 창문 밖까지 볼 수 있겠어요?"

우진은 하얗게 질린 얼굴로 말했다.

"아하, 그러니까 제 방에 들어간 건 어쩌다 창밖이 보여서 가 아니군요? 홀딱 젖은 채로 나타나 아직도 이런 사우나 가 운 같은 걸 입고 슬리퍼나 신은 이 몸의 방에서 뭘 노렸을 리 는 없고, 역시 우리가 밖에서 뭘 하는 건가 지켜보려던 거였 군요. 왜죠? 어느 쪽을 감시하던 건가요?"

"억측은 그만두시죠……"

"억측이 아니라 합리적 추론이죠. 전 제 방 창가를 기웃거 리는 사람 그림자를 봤고 그게 누구일까 곰곰이 생각해봤을 뿐인걸요. 다른 사람들은 이런저런 이유로 기각될 수밖에 없 었는데 이렇게 꼼짝없이 님이 걸리셨잖아요. 아까 제가 방문 이 열려 있었다고 말했나요? 그리고 그쪽은 자신의 방에서 제 방 창문 밖이 안 보인다고 말했죠? 이런 어쩌나. 전 문은 확실히 닫고 나왔는걸요."

"아, 아……"

재건은 뻐기듯 웃으며 말했다.

"기억이 애매하죠? 사람이 스스로의 행동 하나하나를 기억 하진 않으니까요. 문을 열고 닫는 건 매우 일상적인 행동이고 특별히 의식하지 않으면 자신이 방문을 열고 들어왔는지 그 냥 들어왔는지 기억하지 못하거든요."

안절부절못하던 우진은 마침내 이 추궁에 대꾸할 필요가 없다는 사실을 깨달았다.

"저, 다른 방에 볼일이 있어서."

"네. 대답할 필요 없는 일이죠. 중요한 일이 아닐지도 모르고요. 그렇지만 제가 미심쩍게 생각할 이유는 충분하다는 건 이해하죵?"

우진은 재건을 밀치고 지나갔다. 그가 멈춰 선 방은 바로 왼편, 스테파니의 방이었다. "아까 빌린 충전기 드리러 왔는데요" 하고 재건 쪽을 힐끗 보면서 말하고선 안으로 들어간다.

이 집은 3층까지 있었다. 건물 중앙은 3층까지 뚫려 있지는 않았다. 아마도 이 집 사람들의 거처이리라, 하고 재건은 생각했다. 탐험은 나중에. 일단 지금은 허주유라는 자를 만나봐야 한다. 재건은 처음부터 그 남자가 신경쓰였다.

복도를 돌아 맨 끝 방으로 간다. 전찬호는 여전히 통화중인 듯했다. 하지만 그뿐만이 아니었다. 뭔가 요란한 소리가 들려오고 있었다. 방이 없는 벽 쪽 창문을 거센 빗줄기가 마침 밴드가 드럼을 치듯 두들기고 있었다.

드디어 다시 태풍의 날개에 접어들게 된 것이다. 집안으로 스며드는 비바람의 음산한 소리는 전날 밤 온몸으로 겪었던 그것을 상기케 했다.

재건은 문을 두드렸다.

"들어오세요."

몇 번 들어본 적 없지만 기억하지 않을 수 없는 청명한 목소리가 그를 불러들였다. 재건은 문을 열고 안으로 들어갔다.

그는 창밖을 보며 서 있었다. 침대 곁에는 작고 고풍스러운 여행 가방이 침대와 정확히 같은 방향으로 누워 있었다.

"속은 좀 괜찮으신가요? 걱정했습니다. 너무 무리해서 드시는 것 같더라고요."

"오, 그러면 그때 말려주시지 그랬어요. 그래봤자 안 들었겠지만. 그보다 말인데요. 혹시 저 아시나요?"

"무슨 말이신가요?"

허주유는 천천히 뒤를 돌며 차분하게 되물었다. 의중 모를 얼굴에는 나이가 짐작되지 않을 만큼의 여유가 묻어 있었다. 저 얼굴. 전에 본 적은 없는 얼굴이다. 하지만 저 얼굴이 무엇인지는 잘 알고 있었다. 재건이 만났던 몇몇 적 중에 있었다. 세상의 규칙과 관습으로부터 초연한 얼굴. 상식이 통할 것 같지 않은 얼굴. 그래서 도저히 그 속을 들여다볼 수 없을 것 같은 얼굴. 마치 뱃속에 뱀 같은 것을 품고 있을 것 같은 얼굴.

소름 끼치는 얼굴.

"무슨 꿍꿍이지? 아무래도 댁은 뭔가 목적이 있어서 여기 온 것 같은데. 무언가를 감추고서 말이야. 날 노린 건가?"

"노리다니, 무슨 말씀을."

주유는 가당찮다는 듯 말하곤 작게 웃었다.

"초능력 대회에서 기권한 일 말인가요?"

"응? 어쩐지 내가 그걸 알고 있다는 전제로 말하는데?"

"역시 알고 계셨군요. 당신이라면 아실 줄 알았습니다."

그의 눈은 초승달 모양에 조금 더 가까워졌다.

"말꼬리 잡으며 신경전 하는 걸 즐기시는군. 악취미야."

"당신은 아니신가요?"

주유는 조금 새초롬한 목소리로 말했다. 명백히, 놀리는 투였다.

"난 쓸데없는 말장난엔 흥미 없거든. 이 몸이 추구하는 건 오직 명료하고 단순한 진실뿐!"

"멋지십니다."

허주유는 눈을 동그랗게 뜨고 손뼉을 짝짝 치며 말했다. 북을 두드리는 듯 우렁찬 소리였다. 재건은 입을 꾹 다물고 끄응 소리를 냈다.

그는 다시 부드럽게 웃음 띤 얼굴로 말했다.

"그저 흥미가 떨어졌을 뿐입니다. 어차피 당신도 진지하게 참가한 것은 아니잖아요. 이런 외딴섬의 운치 있는 집에서 태풍도 맞아보고, 근사한 식사도 하고. 좋잖습니까."

재건은 잠시 그를 노려보았다. 재건은 이미 깨닫고 있었다. 허주유는 어중간한 각오로 대했다간 아무것도 얻어낼 수 없는 자라는 것을.

"헹. 두고 보지. 무슨 꿍꿍이인지는 몰라도 이 김재건님의 주의를 끌었다는 건 일이 마음대로 풀리지 않을 거라는 뜻이야. 혹시라도 무슨 사건이라도 벌어지면 제일 먼저 노골적인 의심의 눈초리를 받게 될 거야."

"오호. 사건이 일어나나요?"

주유는 방긋 웃었다. 창문 뒤로 번개와 천둥이 번쩍였다. 바람의 곡소리가 섬을 집어삼키고 있었다.

재건은 방을 나왔다. 시간은 8시 반을 향해가고 있었다. 방에 들어가서 침대에 드러누웠다. 집이 신음하는 듯한 소리로 가득찼지만 오히려 재건은 고요함을 느꼈다. 잠시 이대로 쉬자. 조금이라도 휴가 온 기분을 느낄 수 있도록.

생각을 해보자.

재건은 술이 약하지만 그렇다고 걸핏하면 만취하거나 하지 않는다. 오히려 술이 약하기에 적정량을 알고 취기가 오르면 스스로 조절할 수 있다.

그 증거로 태어나서 한 번도 음주로 인한 블랙아웃을 겪어보지 않았다는 점을 들 수 있다.

즉, 이번 일은 태어나서 처음 겪은 일. 그래서 이해할 수 없었다. 아무리 처음 맛보는 진수성찬에 속절없이 방심하고 와인을 물 마시듯 들이켰다고 해서 자신이 그렇게 쓰러질 수 있는 것일까?

차라리 과식과 음주가 겹쳐서 급체했다고 보는 편이 나을 수도 있겠다. 구토가 그 증거다. 재건이 기억하는 몸의 불편함은 대개 매스꺼움이었다. 전날 바닷물도 마셨으니 확실히 몸이 정상은 아니겠지.

그런데 그게 기절까지 할 만한 일일까?

확답할 수 없었다.

일단 조심하기로 하자. 초능력 시연회를 제대로 구경하지 못한 것은 조금 아쉬웠다. 참가자들이 무슨 꿍꿍이를 품고 있는지 좀더 알아낼 수 있었을 텐데. 어차피 여기 모인 사람들은 모두 사기꾼이다.

그 사람을 제외하고 말이다.

그런데, 그게 누구였더라?

갑자기 머릿속이 뿌옇게 흐려지는 것 같았다. 한 번도 느껴본 적 없는 감각, 마치 머리 한쪽 구석이 지우개로 지워진 듯 막연하고 두려운 감각이었다.

뭐지? 나에게 무슨 일이 일어나는 거지?

맞아, 아까 와인을 마실 때 비슷한 감각을 느꼈었지. 그땐 단지 취했기 때문이라고 생각했지만 역시 아니었다. 재건은 무언가가 자기 머릿속에서 일어나고 있다는 것을 직감할 수 있었다.

머리를 감싸며 몸을 일으킨 재건은 말리느라 꺼놓았던 핸드폰을 다시 찾았다. 하루종일 잊어버리고 있었네. 다행히 정상 작동됐다. 이럴 줄 알고 지퍼백에다 담아왔지만 온몸이 바다에 빠지는 데는 도리가 없었다. 방수 기능이 있다고 광고하는 제품인데도. 마곤으로부터 "생존"이라는 메시지 하나가 와 있었다. 맞아, 그러고 보니 저 녀석이 있었지. 재건은 처음의 작전을 떠올렸다. 마곤의 능력 적용은 예외가 없어서 재건마저도 그를 잊어버리기 십상이었다. 살았으면 다행이지 뭐. 재건은 폰의 백그라운드에 녹음 애플리케이션을 실행시켰다. 언제라도 바로 녹음할 수 있도록. 또 기억이 애매해지는 일을 방지하기 위해 앞으로의 모든 대화는 녹음해둘 생각이었다.

방에 돌아온 지 삼십 분쯤 지났을까. 번개의 희멀건 번쩍임이 다시금 온 집안을 뒤덮었다.

재건은 잠시 눈이 먼 게 아닌가 생각했다. 하지만 아니었다. 방의 전등을 비롯해 복도의 은은한 불빛이 모조리 사라지고 없었다. 허둥대고 넘어지는 소리들이 들려왔다. 누군가는 고함을 질렀다. 이곳은 문명과 강제로 떨어져 있는, 바다 한가운데 위치한 섬. 더해서 태풍의 한복판. 전등이 꺼지고 나면 이곳은 완벽하게 어두운 공간이 된다. 천하의 재건도 벌떡 일어나서는 잠시 균형감각을 잃을 정도였다. 재건은 적당

히 방문의 위치를 가늠해 복도로 나가서는 핸드폰을 꺼내 플
래시를 켰다. 복도로 뛰쳐나온 사람은 안경도 채 챙기지 못한
태연뿐이었다.

"뭐예요! 정전인가요?"

"음. 보다시피?"

"뭐가 그렇게 태평한데요!"

태연은 정말 크게 놀랐는지 눈이 동그래져 있었다. 잘 준비
를 하는 중이었는지 긴 머리를 헤어밴드로 넘긴 채였다.

"흔히 있는 일이죠. 이런 무대에서 폭풍우와 정전이라니.
너무 절묘한데요."

재건은 그렇게 말하며 태연을 스쳐지나갔다. 아래층에서는
한설이 마찬가지로 핸드폰 플래시를 켠 채 올라오고 있었다.

"다들 무사하십니까!"

"옙. 복도에 두 사람. 나머지는 방에 있겠죠."

재건은 사람들을 대표해서 대답했다.

"한 번에 전달할 테니까 방에서 들어주십시오!"

바람소리가 거세서 그는 고함을 지를 수밖에 없었다.

"방마다 제가 노크를 할 테니 문제가 있는 분은 말씀해주
시길 바랍니다! 괜찮다면 들리도록 신호만 보내주십시오! 발
전실에 가 예비 전력을 가동할 테니, 그때까지 부디 가급적
방에서 나오지 말고 기다려주시길 바랍니다!"

"네에!"

뒤에서 태연이 대답하고 문 닫는 소리가 들렸다. 한설은 박우진의 방부터 차례대로 노크하고 안부를 확인했다. 박우진은 노크를 해왔고, 스테파니는 희미한 소리로 대답을, 재건은 나와 있으니 지나갔고, 전찬호는 노크를, 방금 방에 들어간 태연도 통과, 허주유는 대답을 해왔다.

"다시 말씀드립니다! 전력이 들어오기 전까지는 방에서 나오지 말아주십시오!"

한설은 그렇게 다시금 외치고 아래층으로 내려갔다. 재건은 난간에서 1층을 내려다보았다.

아까 둘러보기로, 섬에는 건물이 세 채 있었지만 동선은 조금 불편했다. 본채에서 멀리 떨어진 언덕에 송전실이 있었다. 전력은 외부에서 해저 케이블로 공급받았는데 여기에 문제가 생길 경우 발전실이 돌아간다. 발전실은 건물 바로 뒤편에 있었지만 출입구와 반대편이다. 한설은 발전실을 작동시킬 작정인 듯했다. 코앞에 있는 것도 분간할 수 없는 어둠 속에서 손전등이 도깨비불처럼 흔들리며 부스럭거리는 소리가 들렸다. 아마도 비옷을 입고 있는 모양이다.

재건은 그가 밖으로 나가는 것을 지켜보다가 하품을 하며 방안으로 들어갔다.

재건이 어둠 속을 더듬어가며 침대에 쓰러지려는데 전화가 울렸다. 모르는 번호였다.

"저예요. 김태연."

"네? 저랑 한 지붕 밑에 있는 김태연씨?"

"네. 어, 실은 아까 집사님한테 참가자들 번호 전부 알아 놨어요."

"교묘하군요. 그래서 무슨 일인가요? 천둥 쳐서 무서워지 기라도 했나요?"

"저기 좀 눈치 없다는 말 많이 듣죠?"

"그보단 만일의 사태를 방지하는 거죠. 제가 만일 쏘 스윗 하게 말했다가 일테면 징검다리 효과 같은 거 때문에 저에게 반하기라도 하면 어떡하나요?"

"네. 네. 김칫국 많이 드세요."

"그런데 정말 아까 뭔 일 있었는지 안 가르쳐주실 거?"

"검증회요?"

"네. 알려주시면 천둥 칠 때 귀라도 막아드릴게요."

"됐거든요? 뭐, 말상대 보답으로 간단히 얘기해줄까요?"

"그러시든지요."

"뭐야, 해주지 마요?"

"아뇨! 아뇨! 이렇게 무릎 꿇고 부탁드립니다!"

"무릎 안 꿇었잖아요."

"아앗! 설마! 투시력으로 지금 날 보고 있는 건!"

"이런, 들켜버렸네."

"안 돼! 제발! 부디 목욕할 땐 보지 말아주세요! 씻는 순서를 들켜버려!"

"……그걸 왜 들키면 안 되는데요?"

"그야 프라이버시니까! 우리 아버지도 모르는 일인걸요."

"지금 진지한 거 맞아요?"

"물론이죠. 자, 어떻게 투시를 한다는 거죠? 눈 가리고 고개를 치켜든 채로 종이에 적힌 도형을 읽는다든지?"

"아니에요. 그런 거."

"그럼 스무고개처럼 적당히 질문 흘리다가 그중 얻은 단서로 때려 맞힌다든지?"

"아니에요. 지금 의심하시는 거죠?"

"천만에요! 의심이라뇨. 의심은 아리까리해야 하는 거죠."

"그럼 지금은 아리까리하지 않단 말인가요?"

"물론! 전 여기 모인 사람들이 전부 사기꾼이라는 거 알고 있는걸요."

"어머, 무슨 그런 무례한 말을."

"그리고 전부 임 회장이랑 관련있는 사람들이고요."

"그쪽이야말로 무슨 능력을 주장하는 거예요? 독심술?"

"그런 시시한 게 아니죠. 제 진정한 초능력은 인피니트한 추리력! 이 세상 모든 것을 알아낼 수 있죠."

"네, 네. 전 하여간 입증 마쳤어요. 아무도 부정 못할걸요? 카드 테스트는 물론, 오늘 집사가 입은 속옷 색깔이랑, 회장님 목 밑의 점까지 다 맞혔다고요."

"오호. 진정으로 상금을 타려는 모양이로군요."

"당연하죠."

"그리고 보물도요."

"보물? 아. 그것도 뭐."

태연은 조금 버벅거리며 말했다.

"그러니까 보물 말인데요. 혹시 알고 있는 거 없나요?"

"그걸 내가 어떻게 알겠어요."

"보물 노리고 있는 거 아니에요?"

"노린다기보단, 당연히 값나가는 거 아니겠어요? 주겠다면 감사히 받아가야죠."

"보물이 주된 목적은 아니라는 말이군요."

"뭔지도 모르는데 어떻게 노리나요?"

반응을 보니 거짓말 같지는 않았다. 특별히 의심할 필요는 없었다. 어차피 초능력을 증명 못하면 상금이든 보물이든 받을 수 없고 굳이 목적을 숨길 필요는 없을 테니까.

"박우진이라는 분이랑, 스테파니 씨는 어떻던가요?"

재건은 원래의 화제로 돌아갔다.

"몰라요. 신기하긴 하더라고요. 박우진은 강령술을 썼는데 정말 귀신 들린 것처럼 사람이 완전히 달라져서 소름 끼치게 말하는 거 있죠. 그게 무슨 증명이 될진 모르겠지만요. 스테파니는 물건을 움직이고 종이에 생각만으로 글씨를 썼고요."

"그건 직접 보지 않으면 잘 모르겠네요."

"마술인지 초능력인지는 모르겠지만요. 그리고 그쪽이 난리를 쳤죠."

두 사람의 쓸데없는 잡담은 조금 더 이어졌다.

집을 두들기는 것이 빗줄기인지, 파도인지 혼란스러울 정도로 요란스러운 폭풍우였다. 창문이 깨지는 것은 아닌가 하는 생각까지 들 정도였다. 여기서 밖에 나가면 정말 바다에 홀라당 집어삼켜지겠군. 아차, 그러고 보니 난 이 태풍의 반대쪽 날개를 뚫고 살아남았지.

그나저나 오래 걸리는군. 통화를 꽤 한 것 같은데도 불은 여전히 들어오지 않았다. 빗줄기 사이사이로 생각이 정신없이 오갔다. 허주유. 김태연. 전찬호. 스테파니. 박우진. 누구하나 수상쩍은 사연 없는 사람이 없는 것 같았다. 이들 중 순수한 사기꾼은 누구고 보물을 노리고 온 관계자는 누구일까. 대관절 그 보물은 무엇일까. 친구 중에 트레저헌터가 없다는 것이 천추의 한이었다. 분명히 뭔가 소문이 돌긴 했을 텐데.

그 소문 때문에 이렇게 사람들이 몰려드는 것일 텐데.

핸드폰 디스플레이의 시계를 보니 9시 30분이었다. 잠시 눈을 감았다가 뜬 사이 세상은 원래대로 되돌아와 있었다. 예비 전력이 들어온 것이다. 재건은 몸을 벌떡 일으켰다.

하늘이 다시금 화를 냈다.

발전기 가동이 늦어졌군. 원래 이렇게 시간이 걸리는 걸까. 섬을 답사할 때 발전실에 가보긴 했지만 어떻게 작동하는지는 몰랐다. 재건은 잠시 감각을 점검했다. 창문과 지붕을 때리는 빗소리와 바람소리 사이로 그리 규칙적이지는 않은 심장소리가 들려왔다. 아아, 이것은 나의 심장이 아우성치는 소리이리라.

단순한 직감이라고 할까. 아니면 미처 알아채지 못한 불안감이 잡아끈 것일까.

어쩌면 무언가가 일어났을 거라는 상투적인 기대감 때문일지도 모른다.

어쨌든 재건은 문을 박차고 나섰다.

예감 따위는 단지 사후 끼워맞추기일 뿐이라고 늘 생각했다. 그런 불확실함 따위에 자신의 선택을 맡길 수는 없었다. 그럼에도 엄습하는 불안감에 재건은 가만히 있을 수 없었다.

숨을 집어삼키게 만드는 광경이었다.

난간에서 내려다보이는 1층. 카펫이 깔린 바닥의 한가운데 사람 키만한 조형물이 있었다. 청동으로 돼 있고 비파형 동검과 이런저런 이미지를 뒤섞어 만든 듯한 장식이었다. 그것은 천장을 향해 뾰족하게 솟아 있었다. 처음 봤을 때부터 집 분위기와 다소 불화하는 생뚱맞음이 있다고, 재건은 생각했다.

하지만 이제는 비로소 그 역할을 다한 것처럼 보인다. 마치 그리스신화를 표현한 르네상스의 조각상처럼, 비참하게 꿰뚫린 사람의 배 위에서 청동상의 창끝이 스산하게 빛나고 있었다. 눈을 뜨고 멀뚱히 천장을 올려다보는 희생자는 딱히 고통스러운 표정은 아니었다. 하지만 생기를 잃어버린 낯빛은 그가 되돌릴 수 없는 상태에 이르렀다는 것을 여실히 알려주고 있었다.

싯누런 장식의 끝에서부터 바닥에 이르기까지 검붉은 피가 줄줄이 흘러내렸다. 다시 한번 천둥이 치며 색을 잃어버린 그의 얼굴을 더욱 하얗게 물들였다. 그 얼굴은 바로……

이 장면을 본다면 누구든 이런 생각을 할지도 모른다. 이 청동상은 비로소 지금 완성되었다고.

7 한설

바람이 불고 있었다. 한차례 지나갔던 태풍이 되돌아오는 걸까? 부메랑처럼. 마곤은 생각했다. 파자마는 가벼웠고 옷깃 안으로 바람이 풍선처럼 들어찼다.

집의 외벽은 통나무로 돼 있어서 기어오르기 좋았다. 3층이라고는 하나 3층은 지붕 바로 아래 다락처럼 작게 만들어져 진입할 창문을 찾기 어려웠다. 마곤은 자기 방을 지나쳐 마루 쪽 창문을 통해서 안으로 들어갈 수 있었다.

시계를 보니 5시 10분이었다.

일단 방에 들어가보자. 침대 옆 협탁에는 저녁식사가 놓여 있었다. 역시 철저한 집안이다. 간단한 파스타였지만 만 원짜리 뷔페에서 먹는 것과는 수준 차이가 느껴지는 맛이었다.

급하게 배를 채웠고, 이제 윤아를 만나보기로 하자. 아, 그 전에 양치부터 하고.

양치질을 한 뒤, 마곤은 윤아의 방으로 갔다.

물론 능력은 해제한 상태다.

윤아는 방에 있었다. 효연도 함께였다.

"들어와. 구경 좀 했어?"

윤아는 말했다.

"네에. 1층까지 가봤어요. 2층 손님방은 안 가봤고요."

마곤은 들어가서 마치 자길 위해 마련된 것처럼 놓여 있는 나무의자에 앉았다.

"바람이 다시 부네. 어제처럼 심하려나."

윤아는 창밖을 보면서 말했다. 내내 불길함을 숨기지 않던 하늘은 이젠 노골적으로 본성을 드러내려 하고 있었다.

"태풍이 또 오는 건가요?"

"음?"

윤아가 말의 의도를 못 알아채자 효연이 말했다.

"저거 태풍의 눈이야."

"태풍의 눈?"

"응. 태풍 한가운데는 바람 없이 고요하거든. 그걸 태풍의 눈이라고 하는데 나도 직접 겪어보긴 처음이야. 이번 태풍이 무척 크고 느려서 다 지나간 것처럼 보였나봐."

"아하. 그러니까 이제 반 지나갔다는 말이죠?"

"응. 아마 금방 어제처럼 될걸?"

마곤은 어떻게 정보를 알아낼지 고민했다. 그냥 물어봐도 의심할 것 같지는 않지만, 그래도 의도를 들키면 안 된다. 목표는 열쇠의 위치. 하지만 회장의 방에 숨겨진 수상한 금고의 열쇠를 누가 갖고 있느냐는 질문을 어떻게 한단 말인가.

"저, 궁금한 게 있는데요."

마곤은 한참을 고민하다 말했다.

"아래 있던 분은 저기, 혹시……"

집사를 말하는 것이었다. 사실 마곤은 그의 정체를 확신할 수 없었다. 집사는 보통 창작물에서나 볼 수 있는 직종이니까. 한국에서 평범한 직업 집사가 있으리라고 보통은 기대하지 않는다. 탐정 조수라는 직업도 마찬가지긴 하지만.

윤아는 마곤의 의중을 알아채고 대답해주었다.

"아, 한설씨? 집사야. 신기하지? 어디서 저렇게 재미없는 아저씨를 주워와서는."

"그렇군요…… 항상 곁에서 먹고 자고 하는 건가요?"

"응. 가족도 없고 해서 같이 살기로 했대."

"그럼 되게, 끈끈한 뭔가가 있겠네요. 유대감이나 신뢰나."

"그렇겠지? 자식들은 안 믿어도 집사 아저씨는 믿을걸?"

옆에서 효연이 말한다.

"그럴 거야, 아마."

윤아가 그렇게 말하자 효연이 서운하다는 듯한 표정을 지었다.

"야, 놀린 건데!"

"근데 사실이잖아. 아빠 나한텐 별 관심이 없고, 오빠들은 서로 싸우고. 가장 믿을 만한 사람이 집사 아저씨일걸?"

"그렇게 말하면 너무 슬퍼지잖니."

그러면서 효연은 윤아의 머리를 끌어안았다.

"그럼, 중요한 물건도 집사……님이 관리를 하겠네요?"

마곤은 은근슬쩍 용건을 던졌다.

"그럴걸? 주식이나 집문서도 관리한다고 했으니까."

"통장도요?"

"아마?"

"그러다 갖고 도망가면 어떡해요?"

"에이, 그럴 사람 아니야."

윤아가 손사래를 치자 효연은 시키지도 않은 말을 알아서 덧붙인다.

"도망가봐야 전 국민에게 알려질 텐데 어떻게 그러겠어? 아마 편히 숨어살지도 못할걸? 화젯거리잖아. 억만장자가 부리던 집사, 주인을 배반하고 도망가다!"

헛기침소리가 들렸다. 마곤은 흠칫 놀라서 고양이처럼 튀어올랐다. 집사 한설이 문밖에 서 있었다. 방심하고 있었다. 두 사람 앞에서는 능력을 쓰지 않아도 된다는 생각에 완전히 심리적으로 풀어져 있었다. 누군가가 이 방에 들어올 수도 있다는 가능성을 누락한 것이다.

"안녕하세요!"

집사 얘기를 하고 있던 효연은 멋쩍게 웃으며 그래도 밝게 인사했다.

"알 것 같군요. 그 탐정이랑 같이 떠내려온 거죠?"

윤아의 것이 분명한 파자마를 입고 있는 마곤을 본 한설은 3층 빈방에 남아 있던 누군가 머문 흔적, 베란다에 널려 있던 신발과 양말을 떠올리며 추론했다.

"네에…… 저, 얌전히 있을 테니까!"

"괜찮습니다. 태풍도 부는데 내보낼 순 없죠. 그런데 회장님께는 말씀드리겠습니다. 보호자분과는 무슨 관계지요?"

"어…… 식객이랄까……"

"그러고 보니 일행이 있다는 낌새는 없었는데요."

마곤은 뭐라고 말해야 할지 막막했다. 들켜버린 것은 어쩔 수 없는 일이지만 왜 재건과 따로 다니는지, 왜 재건은 물에 빠진 일행을 언급도 하지 않는지 설명이 필요할 터였다.

"상관없겠죠. 두 분 일이니까요. 그럼, 모레 연락선이 올

때 함께 돌아가시는 건가요?"

다행히 그는 내막에 별다른 관심이 없었다. 어쩌면 직업상 습관인지도 모른다고 마곤은 생각했다.

"네. 어, 그리고 서로 연락됐으니 걱정 안 해주셔도 돼요. 전 이 방에 얌전히 있을게요."

집사는 골치 아픈 일 하나가 더 끼어들었다는 생각을 미처 숨기지 못한 채 살짝 고개를 끄덕였다.

"그럼, 편히 쉬십시오. 필요한 것은 직접 말해주시면 됩니 다만, 행사 때문에 자주 자리를 비울 테니까 제가 자리에 없 으면 아가씨께 말씀해놓으시길. 그러면 전달해주실 겁니다."

"아빠는 이번에도 직접 가서 볼 건가요?"

윤아가 물었다.

"구루회 말인가요? 네. 그렇습니다. 지금 회장님 모시고 연 회실에 가던 중이었는데 잠깐 아가씨께 전할 말씀이 있다 하 셔서 올라왔습니다."

한설은 뒷짐을 지고서 말했다.

"아빠가요?"

"네. 회장님은 이렇게 말씀하셨습니다. '일정을 확인하지 않은 건 미안하게 됐다. 다른 행사를 알아보고 태풍이 지나가 면 보내주겠다.' 물론 다른 행사를 알아보는 건 저입니다."

마지막 말은 농담이었다. 하지만 마곤은 그것 말고는 전혀 알아들을 수 없었다.

"혼자서 나갈 수 있다고 몇 번이나 말해요. 아저씨가 같이 안 가도 저 혼자 다닐 수 있다고요."

"하지만 아가씨. 세상은 그렇게 평화로운 곳이 아닙니다. 우리나라에도 조직폭력배, 연쇄살인마, 과격분자, 테러리스트, 인셀, 오타쿠가 바글댑니다. 게다가 록 페스티벌이라뇨. 거긴 수상쩍은 사람들이 모이는 곳 아닙니까? 절대 혼자 보내드릴 수 없습니다. 이건 회장님 뜻이기도 하지만 제 뜻이기도 합니다."

"그러니까, 과보호라고요. 전부 그냥 대충 사는데 나만 그렇게 과보호받을 순 없다고요."

"어쨌든, 안 되는 건 안 되는 겁니다. 다른 사람들이 어떻게 사는지는 상관없습니다. 중요한 건 아가씨의 안전이죠."

"이상한 사람 모으는 취미가 중요한 게 아니고요?"

"그건……"

정곡을 찔린 한설은 잠시 머뭇거렸다.

"이건 단지 일정 확인을 못한 제 잘못입니다. 이번 구루회는 한참 전부터 예정돼 있었고……"

"됐어요. 그만 내려가봐요. 행사 준비 마저 해야죠. 어차피 태풍 때문에 나가지도 못하는데요."

"알겠습니다. 행사 끝나면 일정 논의해보죠. 남은 페스티벌 일정에 반드시 맞추겠습니다."

마곤은 비로소 이들 대화의 맥락을 이해할 수 있었다. 윤아는 록 페스티벌에 가고 싶지만 딸을 과보호하려는 아버지는 집사를 호위로 붙여야 외출을 허락하려 하고, 그러려면 집사가 자리를 비워야 하는데, 구루회와 일정이 겹쳐서 못 나가게 되었다는 것.

"아직도 난 왜 그렇게까지 하는지 모르겠어요. 정말 은퇴하고 이상한 취미 들였다니깐."

취미라니. 당연히 취미 이상의 의미는 없겠지만 일시불로 십억짜리 취미라니. 역시 부자의 사고관은 다르다고, 마곤은 생각했다.

"그래도 회장님의 최우선순위는 언제나 아가씨입니다. 이것은 옆에서 보좌하는 제가 보증하는 사실입니다."

"고맙네요. 그렇게 말해줘서."

한설은 정중히 고개를 숙이고서 방을 나갔다.

"뭐, 뭐죠? 저 사람……"

마곤은 다시 의자에 앉으며 말했다.

"응? 왜? 이상한 말이라도 한 것 같아?"

"아뇨, 그냥, 너무, 으으, 집사잖아요!"

"집사지. 어디 집사 사관학교라도 나온 것 같은 찐 집사."

효연이 말했다.

"저것도 정말 별난 취미네요. 아니, 취미라기엔 너무 직업 정신이 투철한 것 같지만."

"이젠 완전히 집사에 동화됐을지도? 내가 아주 어릴 때 집에 들어왔거든."

윤아가 말했다.

"그럼 누나도 자라면서 계속 봐온 건가요?"

"응. 업어준 것도 기억나고, 학부모 참관 수업에 대신 온 적도 있고. 물론 거기선 평범한 옷 입었고."

"그래도 차 몰고 데리러 올 땐 풀 세팅이었다? 롤스로이스가 학교 앞에 딱 서고 저 아저씨가 내리니까 완전 난리도 아니었어. 무슨 촬영이라도 온 줄 알았다니깐."

효연이 목격담을 전해주자 윤아는 부끄럽다는 듯 밀친다. 저런 차림의 수행원이 따라붙으면 보통은 멋쩍겠지.

효연은 한술 더 떠서 두 사람의 내력까지 말해주었다.

"원래 재벌집 딸인 거 감추고 있었는데 그날은 아들 결혼식이라고 회장이 좀 오버해서 데려오려 했나봐. 얜 안 그래도 가기 싫었는데 그렇게 모시러 오니 기겁을 했겠지. 그뒤로 온갖 소문이 다 나서 전학까지 생각했다는데, 그때 내가 관심 갖고 접근했거든. '재벌집 딸내미면 꼬셔서 한몫 잡을 수 있겠는데?' 하고."

"어언니이?"

윤아가 흘겨보자 효연은 등을 치며 웃는다.

"진담이야, 진담. 아니아니, 농담!"

마곤은 이야기가 더 새지 않도록 적당히 끼어들어 물었다.

"집사님 방은 1층이죠? 아, 아까 필요한 거 있으면 직접 말하라고 해서."

"응. 가장 안쪽이 아빠 방, 현관문 쪽이 아저씨 방. 양쪽으로 열리는 큰 문이 연회실."

여기서 더 알아낼 게 있을까? 구루회는 모르긴 해도 저녁 시간에 맞춰서 진행될 것이다. 회장은 5시 넘어 나갔고, 아마도 지금쯤 연회실에 있을 것이다. 집사는 잠시 자리를 비웠을 테니 지금이면 좀처럼 회장 곁을 떠나지 않을 것이다. 그렇다면 기회는 지금이다. 시계를 보니 곧 6시였다.

마곤은 하품하는 척하며 윤아의 방을 나섰다. 어느새 하늘은 시커먼 구름으로 가려져 있었고 바람이 창문을 마구 때리고 있었다.

2층에선 정신없는 발소리가 들렸다. 아마 행사 때문에 모인 사람들이겠지. 능력을 쓰면 지나갈 수 있겠지만, 마곤은 다른 루트를 이용하기로 한다. 외벽을 통해 회장의 방으로 가는 루트 말이다. 방금 전에는 미처 핸드폰을 챙기지 못해 금고 사진을 찍어두지 못했으니까. 안에서 문을 열고 나오는 것에 위험부담이 있겠지만 어느 정도는 운에 맡기기로 한다.

올라올 때보다 한층 심각해진 바람에 맞서며 다시 벽을 기어내려갔다. 다행히 집사가 다시 돌아와 창문을 잠가놓진 않았다. 이런 식으로 침투하는 것도 당분간은 못할 일이라 생각했다. 지금은 비가 덜 내려서 망정이지 조금만 더 있으면 창문을 열 때마다 온 방안을 적셔놓을 테니까.

날렵한 몸짓으로 침대를 넘어서 착지한 뒤, 금고 자리를 찾아 사진을 찍었다. 열쇠구멍이 확인되도록 접사도 한 장.

문에 귀를 대보았으나 역시 아무것도 들리지 않았다. 천천히 손잡이를 돌려보았다. 막 방안에 두고 온 물건을 찾으러 온 집사와 눈이 마주치지 않기를 빌면서.

―쿠르릉.

목덜미를 내려치는 듯한 소리가 바다를 뒤엎었다. 깜짝 놀란 마곤은 손잡이를 돌리고 말았다. 문 틈새로 내다보니 다행히 밖에는 아무도 없었다. 천천히 문을 열고 주위를 두리번거리며 나가서는 문을 닫았다. 이미 온 집안을 울리는 빗소리 때문에 문소리는 잘 들리지도 않았다.

"이야, 본격적인 태풍인가보네."

연회실 문은 닫혀 있었다. 저 안에서 지금 구루회가 이뤄지고 있겠지. 마곤은 스산하리만큼 뾰족하게 솟은 청동상을 지나 건너편에 있는 방문을 향해 살금살금 걸었다. 믿을 만한 정보원에 따르면 바로 여기가 집사의 방이라고 했지. 그가 열쇠를 몸에 지니고 있을 가능성이 높긴 했지만 그래도 확인은 해봐야 하니까.

집사의 방은 잠겨 있지 않았다. 이 안엔 감출 게 없다는 말인가? 아니면 방문객에 대한 믿음이 굳건하단 말인가.

한설의 방은 그리 크지 않고 마곤이 묵는 방과 비슷했다. 하지만 마곤의 방과 달리 바닥에 카펫이 깔려 있고 침대도 퀸사이즈였다. 한쪽 구석엔 책상이 있고 그 위 선반에 두껍고 어려워 보이는 책들이 꽂혀 있었다. 하나같이 이름도 들어본 적 없는 역사나 사회학 서적이었는데 장식으로 둔 것은 아닌 듯했다.

어쩌면 회장이 읽던 책은 집사에게서 빌린 것일 수도.

방은 역시 깔끔했고 별다른 가구가 없어서 찾아볼 곳도 많지 않았다. 집사 방까지 금고를 두진 않았겠지. 먼저 카펫 가장자리부터 훑어보고 책상으로 갔다.

그렇게 칼같은 성격은 아닌지 책상 위에 만년필이 나뒹굴고 있었다. 아니 잠깐, 만년필? 검은색에 금테가 둘러진 녀석이다. 클립에 각인된 상표를 읽어보니, 비스콘티? 그렇게 읽는 것 같은데 확신은 없었다.

하여간 이런 것 하나하나까지 고풍스러운 곳이다. 만년필이 있다는 말은 뭔가를 쓴다는 말이겠지. 마곤은 책상에 서랍이 있나 살펴보았다. 하지만 서랍은 없었고, 별도의 함이 놓여 있었다. 역시 나무로 만들어져 고급스러워 보이는 함이었다. 열어보니 각종 문서가 쌓여 있었다. 구루회 참가자들에 대한 신상 정보였다. 군침이 도는 자료일 수밖에 없다. 하지만 지금 목적은 이것이 아니다. 마곤은 잠시 고민했다. 이중허주유에 대한 것만 찾아볼까? 약 오 초. 그럴 시간이 없다. 대회가 언제 끝날지 모르는 일이니까. 마곤은 함을 닫았다.

책 사이에 노트가 한 권 있었다. 그리 비싼 건 아닌 것 같았고 길거리에서 흔히 구할 수 있는 포켓 노트였다.

마곤은 이거다 싶어 집어들었다.

가죽 커버. 적당한 두께. 꽁꽁 숨겨두진 않아 책 사이 잘 눈에 띄지 않는 위치에서 발견. 이로부터 추론할 수 있는 그 노트의 용도는 뻔했다.

그렇지만 노트에 담긴 내용은 마곤의 기대를 형편없이 무너뜨렸다.

마곤이 발견한 노트는 일기장이었다. 거기까지는 좋다. 그런데 그것은 윤아의 일기장이었다.

8 알리바이

사람들이 하나둘 방밖으로 나왔다. 지금까지 본 적 없던 재건의 심각한 얼굴을 보고서 아래층을 내려다본 사람들은 차례대로 비명을 질렀고, 비명은 굼뜬 사람을 불러낸다. 그사이 재건은 빠르게 현장을 훑었다. 사건은 이곳 2층에서 일어난 듯했다. 난간엔 핏자국과 부딪친 흔적이 있었다. 몸싸움. 제압. 그리고 추락.

마침내 모든 참가자가 복도 난간에 모였다. 그 자리에 서 있는 사람은 다섯. 김재건, 김태연, 스테파니 황, 박우진, 그리고 허주유.

이 자리에 없는 사람은 전찬호. 그는 1층 동상에 꽂혀 있었다. 그는 등을 바닥에 대지도 못했고 눈을 감지도 못했다. 누구도 상상할 수 없던 처참한 모습이었다. 재건은 앞서 슬쩍 전찬호의 방을 열어보았고 옷가지가 바닥에 나뒹구는 것을 확인했다. 방에서 시작된 몸싸움이 난간으로 이어졌고 날카로운 청동상으로의 추락까지 이어졌을 것이다.

바닥의 카펫은 피를 빨아들여 젖은 빵처럼 유쾌하지 않게 축축했다. 맨발이어서 발자국이 여기저기 남을 것 같았지만 하는 수 없었다.

"누, 누가 이런 짓을⋯⋯"

스테파니는 부들부들 떨며 주저앉았다. 옆에 있던 태연이 어깨를 부축해주었다.

그때, 1층에서 문을 여는 소리가 들렸다. 비옷을 입은 한설이 물을 뚝뚝 떨어뜨리며 들어오고 있었다.

"다들 왜 나와 계시는 겁니까? 예비 전력이, 아, 아니!"

조금 늦게 시체를 발견한 한설은 그 자리에 얼어붙었다. 재건은 그의 얼굴을 살펴보았다. 한 치의 거짓도 없이 눈앞에 벌어진 일에 쇼크받아 마비된 얼굴이었다.

재건은 말했다.

"살인사건입니다. 보시다시피. 그리고 범인은 이 안에 있습니다. 많이 당황하셨겠지만 이 좁은 공간에서 굳이 살인을 벌인 이유가 있을지도 모르니 대비를 하는 게 좋을 것 같습니다. 집사님! 이 집에 있는 사람을 모두 한자리에 모아주

세…… 엥? 어디 가요?"

재건은 한설이 자기 말을 듣지 않고 무언가 중얼거리는 것을 보았다. 입 모양으로 보아 '회장님'이라고 하는 게 분명했다. 한설은 그대로 몸을 돌려 다시 지하로 달려 내려갔다.

재건은 옆에 있는 우진에게 물었다.

"회장님? 회장님을 찾으러 왜 지하로 가죠?"

"글쎄요……"

"지하에 뭐가 있기에? 주방 정도 있지 않나? 혹시 내려가 보신 분?"

아무도 대답을 하지 않았다.

"일단, 여기 있는 사람이라도 같이 있읍시다. 연회실로 가는 게 어때요?"

"잠깐! 우리 중 누가 살인자인 줄 알고!"

태연이 말했다.

"그러니까 같이 있는 게 안전하단 거예요. 혼자 있다간 살인자와 단둘이 마주칠 수 있으니까. 설마 나 빼고 전부 한패라거나 하는 건 아니겠지."

그들은 거기에 동의했고 처참한 시신 곁을 지나 연회실로 들어갔다. 재건은 그전에 회장의 방 앞으로 가 문손잡이를 돌려보았다. 문은 역시 잠겨 있었다. 시신을 잠시 살펴보던 재건은 연회실로 달려들어가 테이블보를 빼냈다. 그리고 동상과 시체 위로 펼쳐 가려주었다. 동상의 뾰족한 창끝 때문에 시신이 완전히 덮이지는 않았지만 그래도 노골적으로 전시해 놓는 것보다는 나았다.

천둥이 쳤다. 마치 자그마한 섬에 갇힌 그들을 위협이라도 하는 것 같았다.

"어째서 이런 일이……"

연회실. 우진은 테이블에 올린 손을 떨며 중얼거렸다.

"이거 꿈 아니죠? 현실이죠?"

스테파니는 날뛰는 심장을 부여잡고 간신히 말을 뱉었다.

"걱정 마세요. 더는 아무 일 없을 거예요."

태연은 스테파니의 등에 손을 얹은 채로 말했다.

주유는 아무 말 없이 앉아 있었다.

재건은 뒤늦게 들어오며 핸드폰을 테이블 위에 던지듯이 내려놓았다.

"일단 신고는 했습니다. 그런데 바람이 좀 멎은 다음에 구조든 뭐든 올 수 있다고 하네요. 풍속이 워낙 세서 구조대도 위험해질 수 있다고."

"그럼 내일까지 이러고 있어야 되나요?"

우진이 물었다.

"그러는 편이 제일 좋을 것 같습니다. 지루하겠지만요."

"어떻게 그래요! 이중에 범인이 있다면서요! 전 이대로라면 무서워서⋯⋯"

스테파니는 결국 울음을 터뜨리고 말았다.

"여러분, 제가 누군지 잊으셨나요?"

재건은 천천히 일어서면서 말했다.

"저는 직업 탐정입니다. 허언이 아니라고요. 지금까지 숱한 살인사건과 미궁에 빠진 사건을 해결해왔습니다. 여러분이 괜찮으시다면 우리의 기억이 생생할 때 범인을 미리 추려내는 데 도움을 드리겠습니다. 어때요? 서로 누가 범인인지 몰라서 두려움에 떠느니, 그러면서 지루하게 태풍이 지나가길 기다리느니 그게 낫지 않을까요?"

"그거 좋은 생각이네요."

가만히 있던 주유가 입을 열었다.

"탐정이라고 하셔서 궁금했거든요. 저는 찬성입니다. 한번 저분께 지휘를 맡겨보는 걸로요."

그러면서 그는 재건만 알아보게끔 미소를 던진다. 재건은 어쩐지 기분이 나빴지만 내색하지 않기로 한다.

"저도 찬성이요. 불안하게 있느니 그게 좋을 것 같아요."

우진이 말했다.

"해, 해봐요. 탐정인지 뭔지."

태연도 말했다.

스테파니는 눈물을 닦으며 고개만 끄덕였다.

"으랏차!"

재건은 느닷없이 기합을 내지른다.

"놀라셨다면 죄송. 하지만 탐정일 때의 나는 조금 활기차거든요! 뇌에 펌프질을 해야 하니까! 먼저 조건을 정리해봅시다. 이 섬에는 사람이 모두 몇 명 있는 거죠? 전 오늘 아침 떠내려와서 파악이 다 안 됐거든요. 3층에도 누가 사는 거 같은데."

"3…… 3층에는 원래부터 회장 가족이 산다고 들은 거 같아요. 집사님이 말하는 걸 얼핏. 들었거든요. 방문객에겐 출입금지랬어요. 우리도 거기 사는 사람은 한 번도 못 봤고요."

우진의 설명을 듣고 재건이 중얼거렸다.

"출입금지? 맞아. 집사님이 그런 말도 했던 것 같군."

"또. 요리사 두 명이 더 있는 거 같아요."

"요리사들은 지하에 있나? 집에 있는 사람 다 불러오는 게 좋을 것 같은데, 그전에 우리끼리 확인할 수 있는 것을 확인합시다. 마지막으로 전찬호씨의 생존이 확인된 게 언제죠?"

재건은 눈을 하나하나 맞추면서 말했다.

"정전된 직후일 거예요."

이번에도 우진이 먼저 대답했다.

"저한테 빌린 책을 가져다주러 방에 왔거든요."

"엥? 정전되고 나서 움직였단 말이에요?"

"네."

"직접 만난 건가요?"

"네."

"그때 살해한 건 아니죠?"

"당연하죠!"

우진은 소리를 벌컥 질렀다. 지금까지처럼 뒤로 빼는 목소리가 아니라 우렁차게 울리는 목소리라서 재건도 조금 놀라고 말았다. 스테파니는 자그마한 소리를 냈다.

"의심하는 게 아니라 증언을 수집하는 거예요. 아 참, 말하는 걸 잊었는데 대화는 지금 전부 녹음되고 있답니다."

"네에?"

태연이 항의하려 하자 재건은 받아들이지 않겠다는 듯이 말을 이어갔다.

"그때가 몇 분인지 기억하나요?"

"아뇨. 그냥 정전 직후였어요."

"그 직전에 집사님이 인원 체크할 때 전찬호씨는 노크로 대답했죠. 문 앞에서 나올 준비를 하고 있었겠군요. 정전 시각은 제가 확인했죠. 8시 56분이었습니다. 그보다 일이 분 뒤였겠네요. 그냥 깔끔하게 딱 9시로 잡읍시다.

그렇다면 사망 추정 시각은 9시부터 불이 켜지는 30분까지. 범인은 어둠을 틈타, 그리고 모두 방에 있는 틈을 타 전찬호씨를 개인적으로 불러내 살해한 다음, 난간 너머로 떨어뜨렸습니다."

"죽이고 떨어뜨렸다고요?"

태연이 물었다.

"네. 만일 저 관통상으로 죽은 거라면 발버둥친 흔적이 있어야 합니다. 추락할 때 비명도 질렀을 거고요. 하지만 우린 둘 다 감지하지 못했죠. 결정적으로, 전찬호씨 방문 바로 앞 난간에 무언가가 부딪힌 흔적과 핏자국이 있었습니다. 최소한 뇌진탕을 일으킨 다음 떨어뜨렸을 겁니다. 그렇다면, 9시부터 9시 반까지의 알리바이가 확인되지 않은 사람이 범인일 가능성이 있겠네요."

재건은 잠시 말을 멈추었다 말한다.

"아, 알리바이 얘기하자마자 꺼내서 좀 뻘쭘하지만, 전 알리바이가 있답니다. 정전 직후 태연씨한테서 전화가 왔거든요. 대단히 죄송한 말인데 통화 내역은 전부 녹음돼 있었습니다. 필요하다면 공개하겠지만 시답잖은 얘기뿐이었죠. 그런데 제 생각엔 이게 우리 두 사람의 알리바이가 될 수 있을 것 같군요."

재건은 동의를 구하듯 나머지 세 사람의 얼굴을 살폈다. 그들은 납득한 듯했다.

"하지만 본인 말은 직접 들어봐야죠. 김태연씨. 제 말이 맞나요?"

"네."

태연은 대답했다.

"혹시라도 저랑 통화하다가 전찬호씨를 만나거나 방에 들어가거나 하지는?"

"않았죠."

"아니면 이런 가능성은 어떨까요? 전찬호씨는 뭔가 이상한 취향이 있어서 완전범죄로 살해당하는 게 꿈이었다. 그래서 태연씨와 미리 짜고서 태연씨에게 완벽한 알리바이를 제공한 뒤 직접 살해당했다. 통화하면서 그 짓이 가능하도록이요."

"그럴 리가 있어요? 모르는 사람이에요. 오늘 이전엔 얘기해본 적도 없고요. 사이 안 좋은 건 봐서 알 거 아니에요."

재건은 만족해하며 다른 사람들에게 시선을 돌렸다.

"알리바이라. 제 알리바이를 말해도 될까요?"

주유가 말을 했다. 언제나처럼 깊숙한 곳에서 울리는 듯한 맑은 목소리였다. 그 목소리를 들은 모두는 그에게 발언권을 넘길 수밖에 없었다.

"그때 저는 문서 작업을 하고 있었습니다. 백업이 삼 분 단위로 되도록 설정해뒀으니 시간대별 수정 내역을 보면 제가 계속 작업중이었다는 것이 증명되겠죠. 이 정도면 알리바이가 성립할까요?"

"네. 성립하네요. 하지만 그런 프로그램이 있다면 어떨까요? 타이머를 설정해놓고 미리 입력해놓은 텍스트를 추가로 입력하고 자동 저장하는 프로그램 말이에요."

주유는 재밌다는 듯 웃으며 말했다.

"확실히 그런 프로그램이 있다면 알리바이가 깨지겠지요. 그럼 어떻게 할까요? 제가 여기 있는 동안 직접 가서 노트북을 확인해보시겠습니까? 아, 혹시라도 제가 프로그램을 지워버렸을지도 모르니 시스템 복구까지 시도해봐도 되겠군요. 그런데 문서는 별도로 백업해주시길 부탁드립니다. 중요한 보고서라서요."

재건은 역시 주유가 마음에 들지 않았다. 여기서 진지하게 대응했다가는 꼴만 우습게 되고 만다.

"됐습니다. 혹시 확인하고 싶은 분 있나요? 네. 넘어가죠. 나중에 확인은 해야 하니 파일은 건드리지 마시길 바랍니다. 다른 분은?"

스테파니가 천천히 손을 들었다.

"저, 저도 있어요. 그때 전 통화중이었어요. 녹음은 안 했지만 토, 통화 기록은 있어요. 여기, 이렇게."

스테파니는 떨리는 손으로 핸드폰을 보여주었다. '강지현'이라는 상대와 8시 53분부터 9시 32분까지 통화한 기록이 있었다.

"이 번호로 전화해서 물어보시면 무슨 얘기 나눴는지 들을 수 있을 거예요."

재건은 잠시 입을 다물고 생각하더니 말했다.

"미리 친구와 짜고 삼십 분가량의 통화 기록을 남겨두기로 했다면? 대화 내용까지 미리 입을 맞춰놓았다면? 그리고 장치를 만들어서 정전을 유발하고 그때 그 트릭을 쓴 거라면?

아니, 잠깐. 그렇다고 보기엔 뭔가 절묘하죠.

통화 시작 시각은 8시 53분. 정전 시각이 56분이고 찬호씨가 우진씨를 만난 건 그보다 약간 뒤니까 이 추정 시각이 확인된 것은 우연이었다는 말. 만일 집사님이 방마다 확인을 하지 않았다면? 찬호씨가 우진씨를 만나러 가지 않았다면? 그러면 살해 가능 시간은 한없이 넓어지고 이 알리바이는 아무 의미 없어집니다. 미리 살해해놨다가 정전 이후 내다버렸을 수도 있으니까요."

"그, 그럼, 인정된 건가요?"

"네. 축하합니다. 경찰이 납득하려면 좀 오래 걸리겠지만 제가 인정해드립니다. 남은 건 박우진씨인데요."

우진은 눈동자를 안절부절못하다가 말했다.

"전, 방에 센서를 달아놨어요. 어디서 묵든 그게 버릇이에요. 낯선 곳에 가면 무조건. 만일 방을 비우면 센서가 저절로 작동돼요. 그 뒤엔 출입 기록이 전부 남아요. 그걸 확인해보면 될 거예요. 전 8시 이후로 한 번도 방을 나간 적이 없어요. 아, 배터리 방식이라 정전이랑 상관없어요."

"네? 아니, 그런 걸 왜 해놓죠?"

"그냥, 그, 뭐랄까, 그냥, 강박증 같은 거예요. 누가 내 방에 몰래 들어오지 않을까 하는."

"거참. 별 희한하게 알리바이가 확인되네요. 나중에 그 자료 보여주세요. 그럼 이제 여기 모인 사람들은 전부 결백한 건가?"

"그, 그럼 누가 범인이라는 거죠? 집사……?"

태연이 말했다.

"남은 사람을 모두 뒤져봐야죠. 회장, 집사, 요리사, 3층에 사는 사람. 그런데 회장은 검찰청 포토존의 기적을 일으키려는 게 아니라면 저런 범행이 무리일 것 같고, 집사는 내가 지켜보기론 정전이 되자마자 바로 예비 전력을 점검하러 바깥으로 나갔어요. 만일 되돌아와서 범행을 저질렀다면 여기가 물바다가 됐을 거예요."

"제가 들은 게 있는데, 3층엔 회장 딸이 사는 모양이에요."

우진이 말했다.

"딸?"

"네. 임채호 회장한테 소문이 있었거든요. 숨겨둔 혼외자식이 있다고요. 그것도 아주 느지막이 낳았다나? 아까 집사랑 하는 얘기 얼핏 들었는데 딸 어쩌고 하는 거 보니 이런 데 숨겨둔 게 아닐까 해요."

"숨겨두다뇨. 숨겨야 할 이유가 있나요?"

"그게, 유산 문제도 있고, 이런저런 불법 증여나 상속, 주식 지분 같은 게 있으니까. 소문에 따르면 딸이 자랄 때까지 다른 자식들도 그 존재를 몰랐다 하더라고요."

"역시 음험하네요…… 재벌이란 자들은."

태연이 중얼거렸다.

"그럼, 아래로 내려간 사람들은 일단 내버려두고 위층 사람부터 찾아봅시다. 알아서들 서로 연락하겠지만 그래도 안부는 챙기는 게 매너니까요. 제가 가볼 건데, 같이 가실 분?"

사람들은 모두 재건을 따라나서겠다고 했다.

"시체와 같은 층에 혼자 있느니 함께 다니는 게 나으니까……"

스테파니는 그렇게 중얼거렸다.

그들은 재건을 앞세워 줄줄이 위층으로 올라갔다. 2층을 지나 출입이 금지됐던 3층으로 올라갔다. 3층 복도에는 불이 들어오지 않았다. 중간이 뚫린 1층, 2층과 달리, 3층은 다락처럼 바닥이 막혀 있었다. 방이 몇 개 있었지만 전부 불이 꺼져 있었다.

"계십니까아!"

재건은 목청껏 소리쳤다. 하지만 되돌아오는 것은 한층 가까운 곳에서 지붕을 두드리는 빗소리와 바람소리뿐이었다.

재건은 방문을 하나하나 두드려보았다. 방은 세 개. 하나같이 아무 반응이 없었다.

"상황이 상황이니만큼 누가 있더라도 열어봐야겠군요."

재건은 헛기침, 발소리, 기합 등 온갖 인기척을 동원하며 문을 열었다. 첫번째 문. 두번째 문. 그리고 세번째 문. 차례대로 그들을 기다리고 있는 것은 텅 빈 방뿐이었다.

"어, 어떻게 된 거죠?"

우진이 재건의 팔을 붙들고서 물었다.

"누가 산다는 게 착각이었나? 이 와중에 자리를 비울 리는 없을 텐데."

"그보다 거기, 원래 빈방 아닌가요? 사람이 사는 흔적이 없는데."

"그, 그럴 리가요! 분명히 들었어요. 3층 방의 아가씨, 아가씨 친구 어쩌고 하는 말을요."

태연의 지적에 우진이 반박했다.

"그게 아니라면……"

재건은 천천히 말한다.

"숨어서 우리를 지켜보고 있다거나."

천둥이 바다를 때렸다.

"저기……"

스테파니는 떨리는 손으로 창밖을 가리켰다. 그곳에는 어둠뿐이었지만 그의 동공은 그 너머를 바라보고 있었다.

"방금, 천둥 치기 전, 번쩍할 때…… 뭔가 봤어요…… 확실하진 않지만 분명히, 잠옷을 입은 여자……"

9 파자마 유령

마곤은 능력을 발동시키고서 조심스레 일기장 몇 장을 찍었다. 날짜를 보니 작년 일기장인 듯했고 윤아가 학교 다닐 때 이야기인 듯했다. 몰래 보려고 찍은 것이 아니다. 단지 단서가 될지도 몰랐고 일기장을 통째로 가져갈 수는 없으니 찍는 것뿐이다. 찍어만 놓고 이 일이 지나가면 바로 지울 거다. 그래. 훔쳐보려 하는 게 아니야. 마곤은 중얼거리면서 꼼꼼하게 네모네모 각 맞춰가며 찍었다. 그리고 다시 원래 있던 자리에 꽂아놓고는 방을 나섰다.

마곤은 능력이 틀어지지 않았는지 점검했다. 눈앞에 윤아가 보였기 때문이었다. 윤아는 1층 창가에서 시커먼 바다를 바라보고 있었다.

소리 나지 않게 문을 닫고서 살금살금 다가간다. 장난스러운 마음이 들었다. 하지만 왠지 그럴 분위기가 아닌 것 같았다. 확실하게 인기척을 내주자. 마곤은 가까이 접근한 뒤 능력을 풀고서 헛기침을 한다.

"아앗!"

윤아는 깜짝 놀라 뒤돌았다.

"아."

"놀랐잖아!"

"미안해요! 어, 여긴 발소리가 안 나다보니."

재빨리 변명을 해본다. 물론 그럴 필요는 없었지만.

윤아는 피식 웃는다.

"괜찮아. 내가 워낙 잘 놀라서. 난 떨어진 머리카락 보고도 놀라. 벌레가 아닌가 하고 말이야."

"눈에 갑자기 뭐가 보이면 놀랄 만하죠."

마곤은 집사의 방에서 발견된 일기장을 떠올렸다. 자세히 읽어보진 않았지만 마지막 페이지까지 가득 채워져 있었고 작년에 쓰던 것이었다. 윤아는 아마 없어진 줄도 모를 것이다. 말해줘야 할까? 집사의 방에 몰래 들어갔다는 사실을 말하지 않고서 그것을 전달할 방법이 있을까?

아차, 마곤은 뒤늦게 허주유의 파일을 찍어온다는 걸 잊었다는 사실을 떠올렸다. 그건 나중에 돌아가 찍기로 하자.

"난 어릴 적에 아버지와 시간을 많이 보내지 못했어."

윤아는 문득 이야기를 시작했다.

"빤하잖아. 내가 있다는 것도 대외에 알리지 않았거든. 거기에 대기업 회장님이지. 엄마한테 신경을 써줄 리가 없지. 양육비야 충분히 줬겠지만. 아까 말한 리무진 픽업 사건도 일부러 그런 걸 거야. 그땐 이미 학교에 소문 다 나 있었고, 언론에 내 존재를 폭로하겠다고 협박하던 사람이 있었거든. 그러니까 확, '그럼 어쩔 건데?' 하는 식으로 데리러 온 거지."

마곤은 뭐라 대꾸해줘야 할지를 몰라 잠시 헤매다가 자신도 조금 비슷한 상황이지 않을까, 생각하고는 말했다.

"저는, 부모가 누군지 몰라요. 언젠가부터 고아원에서 살았어요. 그러다가 탐정님이 구해줬고요."

"그럼 부모님을 원망하지 않았어?"

윤아는 가만히 마곤을 내려다보며 말했다.

"그냥, 원래 그렇게 살았으니까 딱히 그립다는 생각은 안 들더라고요. 어…… 제 말은, 아버님도 나름 입장이 있을 테고, 이렇게 가까이 두고 챙기는 걸 보면 누나를 생각하지 않는 건 아닐 거라는 말이에요. 정말 자식이 귀찮았으면 버리고 갔겠죠. 저처럼요."

재건은 마곤의 부모님이 그를 버리고 간 것은 아닐 거라고 말했다. 마곤을 잃어버리곤 자기가 잃어버렸다는 사실조차 알

지 못했을 거라고도 했다. 그것도 나름 위로해주려는 말이었
는지는 모르지만. 그런 것까지 여기서 말할 필요는 없으리라.

"그러려나."

"집사 아저씨 말을 믿어봐요. 가장 가까운 심복이라면서
요. 그 사람이 그랬으니, 어, 아버님이 누나를 아낀다고 했으
니까……"

자꾸만 일기장이 머릿속에서 맴돌았다. 그는 왜 그것을 갖
고 있었을까. 그는 믿을 만한 사람일까?

"그래야겠지? 나도 참 별 얘기를. 오늘 처음 본 애한테 말
이야."

"전 괜찮은걸요."

마곤은 헤헷, 웃었다.

"어?"

윤아가 창밖을 보며 놀란 듯 소리를 냈다.

"왜 그래요?"

"저기, 송전실에 불꽃이 튀는데?"

마곤은 창문으로 가까이 다가갔다. 섬 끄트머리에 있는 작
은 집에서 불꽃이 튀고 있었다.

"바람 때문인가보네요. 위험해지려나."

"가끔 전기가 끊기기도 하거든."

"아, 핸드폰 미리 충전해놔야겠네요."

"예비 전력이 있긴 하지만."

그때 마곤은 송전실 근처에서 수상한 그림자를 발견했다. 어둠 속에 가려져 있었지만 분명히 사람이었다. 그는 비바람과 맞서서 송전실에 접근하려 고군분투하고 있었다.

"저거, 보이나요……?"

"응…… 누구지?"

"집사님 아닌가요?"

"아냐. 그분은 지금 구루회 준비 때문에."

"다른 손님 중에서?"

"그 사람들이 여기 있을 리는 없잖아……"

십억 원과 보물을 마다하고 저기서 헤매고 있을 리는 만무하다. 하지만 마곤은 달리 생각해보았다. 만일 저 사람이 보물을 노린 참가자 중 한 명이고, 겉치레일 가능성이 큰 초능력자 검증 대회보다 보물과 관련된 직접적 단서를 찾아 나선 거라면? 아무도 내다보지 않을 이 어둠 속 비바람을 틈타 그것을 직접 취하려 움직인 거라면?

마곤은 움직여야만 했다.

"제가 가볼게요."

"뭐? 위험해!"

"만일 저 사람이 불청객이라면 그게 더 위험해요. 이건 우리 탐정님 같은 사고방식이라 마음에 들지 않지만, 정말 소설

같은 일을 노리고 숨어든 것일 수도 있으니까요."

"그런 거라면 더 맡길 수 없어! 차라리 아저씨한테 연락해서……"

"우린 탐정이에요. 전 국제 마피아 조직이랑도 싸워봤는걸요. 이래 봬도 엄청난 경험이 많다고요!"

마곤은 그렇게 말하고 멋대로 현관문으로 다가갔다. 신발장에는 외출용 슬리퍼가 비치돼 있었다. 우산도 있었지만 별의미가 없을 것 같았다. 마곤은 맨몸으로 나서기로 했다.

윤아는 발만 동동 굴렀다. 소년의 만용인지 결의인지 모를 행동을 억지로라도 뜯어말려야 할지 고민하는 사이 마곤은 문을 열고 밖으로 나가버렸다.

공기가 짰다.

바람이 해수면을 공기 중으로 흩뿌리고 있기 때문이었다. 빗줄기는 굵어졌다가 가늘어졌다가 했지만 바람은 한결같았다. 태풍 속을 거니는 데 파자마는 부적절하다는 것을 새삼 깨달았다. 조금 전 벽을 탈 때와는 비교할 수 없는 바람이었다. 이런 바람 속을 걷는 것 역시 처음이었다. 당연한 일이다. 보통은 태풍이 불 때 나돌아다닐 일이 없었으니까.

섬은 물 밖에 나온 평면적만 치면 대충 축구장 정도의 넓이였다. 하지만 다듬어지고 포장되어 사람이 발 디딜 수 있는 곳의 면적은 그보다 훨씬 적었다. 섬의 구조는 본채와 100미터 정도 떨어진 곳의 송전실과 집 뒤편의 발전실, 지금은 물에 잠겨 있는 부두. 이렇게 네 장소로 요약할 수 있었다.

송전실을 향해 걸어가고 있는 그 사람은 누군가가 자신을 지켜보고 있다는 사실은 상상도 하기 싫을 것이다. 그는 마곤과 마찬가지로 바람 사이로 발을 딛는 것만으로도 모든 기력을 다하고 있었으니까.

마곤은 능력을 쓸까 말까 고민했다. 능력을 쓰면 거실에서 지켜보고 있는 태연도 자신을 놓치게 된다. 어쩌면 불청객을 발견하고 마곤의 일은 잊어버린 채 이해할 수 없는 인식의 단절을 해결하려 스스로 나설지도 모른다. 어쩔 수 없이 바람 차폐막을 믿어보기로 했다. 어차피 이 서 있기도 힘든 바람과 빗줄기 속에선 누가 쫓아오는지 신경쓸 겨를도 없다.

그는 마곤보다 먼저 송전실에 다다랐다. 그곳은 작은 시멘트 건축물이었고 바람을 피하기에는 부족함이 없어 보였다. 여기라면 이미 본채에서는 볼 수 없겠지. 마곤은 능력을 발동하고서 부푸는 옷자락을 움켜쥔 채로 한 발짝 한 발짝 다가갔다. 슬리퍼가 물기를 머금고 발등을 마구 때렸다. 젖어든 바지가 발목을 붙잡고 매달렸다. 눈으로 입으로 빗물이 마구 침투했다. 눈을 제대로 뜰 수도 없었다.

그리고 마곤도 건물에 도착했다.

불청객은 남자였다. 나이는 한설보다 많아 보였고, 키는 재건보다 조금 작아 보였으며, 팔뚝이 굵고 손가락이 뭉툭했고 가슴이 숨막힐 듯 부풀어 있었다. 그의 역할을 짐작하기란 어렵지 않았다. 그는 우비 안쪽으로 요리사 옷을 입고 있었기 때문이었다.

'방문객이 아니라 요리사?'

요리사가 있다는 말은 들었다. 그리고 당연히 있겠지. 그런데 아마도 손님 대접을 하고 있어야 할 요리사가 여기서 뭘 한단 말인가?

마곤은 건물 밖에서 문틈으로 그의 행동을 지켜보았다. 그는 송전실의 기계장치를 여기저기 만졌다. 그러더니 선반 안쪽에 손을 넣어 무언가를 꺼낸다. 잘은 보이지 않았지만 천 같은 것으로 감싼 작은 물건이었다.

'설마?'

그는 주위를 두리번거리더니 그것을 가슴팍 주머니에 집어넣었다. 손에 가려져서 보이지 않는 작은 물건. 주머니에 쏙 들어가는 물건. 그리고 직원이 몰래 숨겨둔 물건.

마곤은 심장이 뛰는 것을 느꼈다.

그때였다.

바람의 방향이 바뀌더니 조금 열려 있던 철문이 쾅 소리 내며 닫혔다. 마곤은 깜짝 놀라 소리를 지르며 주저앉고 말았다.

'아차!'

어떤 돌발 상황에서도 소리를 내지 않는다. 마곤이 재건에게서 잠입훈련을 받을 때 당부에 당부를 받은 말이었다.

"거기 누구야!"

요리사는 그렇게 외친 후 성큼성큼 다가와 문을 열었다. 미처 능력을 발동할 새도 없이 눈이 마주치고 말았다. 요리사는 눈을 부라리더니 마곤의 옷깃을 잡아서 일으켰다.

"너 뭐야? 못 보던 놈인데. 섬에 언제 들어왔어?"

마곤은 굳이 대답할 필요가 없다는 것을 알았다. 조금만 주의를 돌리면 된다. 설령 눈을 마주치고 있다 해도 타인의 인식에서 사라지는 이 능력을 쓰면 상대는 마곤의 존재를 잊어버린다.

하지만 상대가 마곤에게 집착하고 있을 때는 별 소용이 없기도 하다.

그는 마곤을 천천히 들어올린 뒤 젖은 바닥에 냅다 내동댕이쳤다.

"뭔진 몰라도, 날 봐버렸으니 할 수 없지."

마곤은 요리사의 왼쪽 가슴께의 주머니를 힐끗 보았다. 그가 천천히 다가오자 마곤은 엉덩이 걸음질을 쳤다. 빗줄기가 얼굴을 직접 두들겼다.

요리사는 왼편을 힐끗 보았다. 그쪽은 난간도 없는 야트막한 벼랑이었고 곧바로 요동치는 바다였다.

그곳에 빠진다면 또 살아 돌아올 수 있으리란 보장이 없다.

요리사는 두툼한 손가락을 마곤에게 뻗었다. 마곤은 눈을 질끈 감고 능력을 발동했다. 하지만 너무 가깝고 상대는 적의로 가득차 있다. 먹힐지 안 먹힐지는 그 집요함의 크기에 달려 있다. 그리고 마곤은 자신의 목을 움켜쥐는 억센 손길을 느꼈다.

이제 끝인가, 싶었다.

마곤을 붙잡은 손이 갑자기 느슨해졌다. 눈을 떠보니 요리사는 비틀거리며 쓰러지고 있었다. 바닥에는 나무판자 하나가 나뒹굴고 있었다. 천운이었다. 바람에 날아온 판자에 얻어맞고 만 것이었다.

마곤은 달려들었다. 체중을 이용한 재빠른 공격은 마곤의 특기였다. 상대의 상체까지 재빨리 기어올라 무게중심을 기울여 쓰러뜨리는 것. 제아무리 강한 상대라 하더라도 순간의 무게는 감당할 수 없다.

요리사가 쓰러지자 마곤은 주먹으로 관자놀이를 수차례 가격했다. 쓰러진 충격에 미처 대응하지 못한 사내는 이내 정신을 잃고 말았다.

마곤은 요리사의 가슴에 달린 주머니를 뒤졌다. 예상대로 그것은 열쇠였다. 금빛으로 빛나는, 특별한 용도가 있을 게 분명해 보이는 열쇠. 눈에 익혀둔 금고의 열쇳구멍을 떠올렸다. 그 외에 이 열쇠가 맞는 곳이 있을 것 같지 않았다.

마곤은 기절한 요리사를 어떡할까 고민하다가 송전실 안에 집어넣기로 했다. 금방 깨어나도 무슨 일을 더 저지르진 못하겠지.

예상 밖의 수확이었다. 아마도 이자는 오랫동안 이 집에서 일하면서 보물을 노리고 있었겠지. 차츰차츰 정보를 모아왔을 것이다. 회장 방의 금고도 확인했을 것이고 열쇠의 존재도 확인했을 것이고 마침내 그 위치까지 확인했을 것이다. 그리고 기회를 노려 열쇠를 훔치는 데 성공한다. 어쩌면 가짜와 바꿔치기했을지도 모르고. 열쇠는 송전실 안에 숨겨두었는데 이렇게 태풍으로 사방이 소란스러운 때가 바로 회장의 방에 잠입해 금고를 열어볼 다시없을 기회라고 생각했을 것이다. 어쩌면 정전을 일으킬 생각이었는지도 모르고.

운이 좋았다기보다는 상황이 절묘했다. 이제 윤아에게는 뭐라고 말해야 할지 고민했다. 갑자기 자신을 공격한 요리사를 때려눕혔다고 솔직히 말하면 분위기가 어수선해질 게 분명하다. 회장측에서도 경계가 심해질 것이다. 더군다나 마곤은 이미 존재를 들키지 않았는가.

재건에게 연락해야 할 때라고 생각했다. 이제 열쇠가 넘어왔으니 재건에게 맡기고 마음껏 날뛰게 내버려두는 것도 좋겠다고 생각했다. 일단은 빨리 돌아가 씻고 침대에 눕고 싶었다. 아직 할일이 많이 남았지만.

10 두번째 시체

"뭔가 잘못 봤겠죠."

태연이 말했다.

"아니에요! 정말로 봤어요! 제가 눈이 얼마나 좋은데요. 호박 등 같은 것을 들고 있었고, 여성용 잠옷인 것도 확실히 봤어요."

"여자 유령이라고요? 그런데 이 집이 유령 나올 만큼 오래됐나?"

"유령이라고는 안 했어요."

재건이 묻자 스테파니가 힘없이 대답했다.

"유령이 있을 수도 있죠 뭐. 그런 게 있다면 잘됐죠. 수상한 존재가 있다면 아예 모르고 맞이하는 것보다 이렇게 미리 아는 게 나으니까요. 난 유령은 안 믿지만."

"아니, 유령이 아니라니까요!"

"그만, 그만. 유령이든 뭐든 뭘 할지나 정해보자고요."

태연이 답답한 듯 끼어들었다.

그들은 연회실에 다시 모였다. 재건이 생각에 잠겨 있는 동안 아무도 입을 열지 않아 집을 두드리는 태풍에서부터 번진 소음만이 실내를 가득 채웠다.

"역시. 유령 따위는 없다는 결론밖엔 내릴 수가 없네요."

재건이 한참 만에 입을 열자 가장 먼저 태연의 불만이 튀어나왔다.

"아직도 그 소리예요?"

"탐정은 오직 증명으로 말하니까! 지금 저게 유령이 아닌 여섯 가지 이유와 어림잡아 서른 가지 정도 되는 논증을 들으시겠습니까? 저야 그렇게 시간을 보낼 수 있으면 더할 나위 없이 좋습니다만!"

"그, 그럴 여유는 없을 거 같은데요……"

스테파니는 애써 말할 수밖에 없었다.

"이런, 아쉬워라. 탐정의 능력을 보여줄 기회인데. 맞아. 녹화해서 유튜브에 올리면 대박 날 거 같지 않나요? 그러고 보니 사람들 중 동영상 찍는 사람이 없었네요. 촬영은 금지했을 것 같긴 하지만 몰래 찍을 사람이 있을 법도 한데."

"그만 좀 넘어가죠."

태연이 한없이 이어지려던 재건의 말을 적절히 끊었다.

"든든하군요. 그럼 탐정님. 이제 뭘 해야 할까요?"

주유도 거들었다. 재건은 말을 멈추고 사람들을 한 명씩 돌아보며 씩 웃었다.

"아래로 내려간 집사랑 회장부터 찾죠. 너무 늦어지는 거 같은데. 바깥에 있는 게 파자마 유령이든 살인마든 아니면 다른 누구든 집사님과 논의해보는 게 좋을 테니까요."

"그럼 어떻게 찾죠? 다 같이 내려갈까요?"

우진이 물었다.

여기서도 의견이 일치하여 다섯 방문객은 처음으로 지하에 내려가보기로 했다.

그전에 그들은 각자가 제시한 알리바이의 증거를 내보였다. 재건은 통화 녹음 파일을 부분부분 들려주었고―태연은 종종 짜증을 냈다―주유는 문서 히스토리 파일을 보여주었다. 스테파니의 통화 내역은 이미 확인했고, 우진은 노트북에서 센서 출입 로그를 보여주었다. 그들은 모두 만족했고 서로의 알리바이를 인정해주었다.

그다음에 그들은 곧장 지하로 향했다. 역시 재건을 앞세워서 줄줄이. 2층과 1층을 지나 지하로 난 비탈을 밟는다. 지하

비탈은 완만하되 깊었고 턱이나 문 없이 그대로 지하 공간으로 이어졌다. 회장의 휠체어를 고려한 설계가 아닌가, 재건은 생각했다.

무인도치고는 작지 않은 규모였지만 돌로 만들어진 섬에 지하실을 만들었다는 것은 본래 지형을 어떻게든 변형해냈다는 것을 의미한다. 결코 만만한 공사는 아니었으리라고 재건은 생각했다. 대체 여기에 어떠한 미궁이 똬리를 틀고 있기에 집사는 이 안에서 나오지 못하고 있는가.

지하실 복도는 좁았다. 하지만 제대로 환기 시설까지 마련된 구조였다. 방은 복도 오른편으로 두 개, 왼편으로 한 개였다. 오른쪽 작은 방은 각각 전기실과 창고를 겸한 보일러실이었고 왼쪽이 주방이었다. 재건은 전기실부터 구석구석 핸드폰 플래시로 비춰보고 마지막으로 주방에 들어갔다.

지하실에는 사람 그림자 하나 없었다.

"어, 어디 간 거죠? 어떻게 된 거예요!"

스테파니가 마치 누군가에게 들킬까 두려워하는 것 같은 목소리로 말했다.

"3층 산다는 사람도, 회장도, 집사도, 요리사도 모두 사라졌군요."

재건이 말하자 태연이 바로 물었다.

"그 사람들이 모두 어디 갔다는 말이죠? 모두 바다에라도 빠졌다는 건가요?"

"배, 배를 타고 몰래 빠져나갔을지도……"

우진의 말에 재건이 대꾸했다.

"이 바람 속에서요? 제가 해봐서 아는데 사람이 할 짓이 아니라고요."

"그럼 전부 어디 갔다는 말이죠!"

재건은 신음을 흘렸다.

"설마 사람들이 죄다 냉동실에서 시체로 발견되거나 하는 건 아니겠죠?"

재건은 혼잣말을 하며 냉장고로 다가갔다. 뒤통수로 "설마!" 하는 스테파니의 목소리가 미끄러졌다. 아주 커다란 주방 냉장고여서 그 안엔 사람이 얼마든지 들어갈 수 있을 듯했다.

"불길한 소리 말아요!"

재건이 냉장고 손잡이에 손을 대자 태연이 말했다. 하지만 재건은 묵묵히 문을 열었다.

이번만은 재건도 말을 삼가야겠다고 생각할 수밖에 없었다. 비록 자신의 말이 어떤 결과를 가지고 온 것은 아니었지만 말이다.

천천히 재건을 따라온 사람들은 하나같이 숨을 삼켰다.

냉장고 안에는 한 노인의 육체가 형편없이 찌그러져 들어가 있었다. 그가 누구인지 누가 확인해줄 필요도 없었다. 그는 이 모임의 주최자이자 섬의 주인인 임채호 회장이었다. 그의 옷 앞면은 온통 검붉게 물들어 있었다.

그 자리에 있는 모두가 한 가지 단어를 생각하지 않을 수 없었다.

유령.

그들 모두 1층에 있었고 현관문이 열리는 소리는 듣지 못했다. 지하로 내려간 집사는 사라졌다. 그야말로 유령의 짓이라고밖에는 설명할 수 없는 현상이었다.

그렇지만 그들 중 누구도 그 말을 입 밖에 꺼내지 못했다.

재건은 눈으로 시체 상태를 살폈다. 일단 몸이 이리저리 접혀 있는 것을 봐서는 사후 경직이 일어나기 전에 곧바로 냉동실에 넣은 것으로 보였다. 직접적인 사인은 가슴팍에 난 상처로 보였다. 흉기는 보이지 않았다. 하지만 흉기는 중요한 것이 아니다. 미리 만들어둔 고드름 따위로 찔렸다면 쉽게 은닉 가능하니까. 바닥의 피는 적당히 물에 쓸려가 있었으나 꼼꼼하지는 않았고, 근처에 시신을 끈 흔적이 없는 것을 보아 냉장고에 집어넣기 쉽도록 문 앞에서 찌른 듯했다.

전반적으로 다급함이 엿보였다. 재건은 소요 시간을 가늠해보았다. 회장이 주방에 어슬렁거릴 이유가 없을 테니 그를 냉장고 앞으로 유인한 것은 범인이었을 것이다. 미디어에서 본 장면으로 짐작해보건대, 회장은 아예 걷지 못하는 건 아닌 듯했다. 잠깐 지하에 내려오는 것 정도는 할 수 있었겠지. 찌르고 쓰러지는 데 십여 초. 최후의 대화를 나누는 데 삼십 초. 손톱을 살펴보니 별달리 저항한 흔적은 보이지 않았다. 과다 출혈은 유예 시간을 그리 많이 주지 않는다. 나이를 감안하지 않더라도 최장 오 분. 어쩌면 아직 사망하기 전에 집어넣었을지도 모른다고 생각했다. 아니다. 옷이 얼어 있는 것을 보아 몸뚱이를 밖에 둔 채로 물을 뿌려 피를 씻어냈다. 냉장고에 피를 묻히고 싶지 않았을 테다. 아마도 회장은 물줄기 속에서 명을 다했으리라. 냉장고 공간은 미리 비워두었을 테니 몸을 구겨넣는 데 약 오 분. 마음대로 되지 않았을 테니 추가 시간을 조금 더 준다고 해도 모두 합쳐서 십 분 정도면 일 처리가 끝났을 테고 뒷정리는 대충대충 일 분 이내로. 일례로 물을 뿌린 호스는 한구석에 적당히 처박혀 있었다. 모든 과정을 합쳐도 십오 분 이내로 상황이 종료되었을 것 같았다.

그렇다면 집사는 어디로 갔는가? 집사는 회장이 지하에 있다는 것을 알았다. 하지만 냉장고에 있으리란 생각은 못한 것 같다. 방문객들이 연회실에 모여 있던 사이 다시 밖으로 나간 걸까?

파자마 유령.

다시 생각이 거기에 미쳤다. 스테파니가 헛것을 보지는 않았으리라. 그 상황에서 폭풍 속을 돌아다니는 유령을 상상하는 것은 비논리적이다. 유령은 존재하지 않지만 유령의 존재는 논리적으로 호명된다는 것이 재건의 지론이었다. 죽은 사람을 간절히 필요로 하거나, 아니면 유령이 그 자신만 아는 진실을 집요하게 자극하거나.

그렇다면 그건 누구였을까? 자연스레 사라진 집사 쪽으로 생각이 흘렀다. 하지만 유령은 파자마를 입었고 여자로 보였다고 했다. 옷이야 갈아입을 수 있지만 체격이 단단한 한설이 여자로 보일 수 있을까? 만일 유령의 정체가 한설이었다면 그는 왜 송전실 쪽에 있었던 것일까? 범인의 흔적을 쫓아 그곳으로 갔던 것일까, 아니면 그 자신이……

단서가 없으니 더 생각해봐야 의미 없는 일이다. 재건은 단서부터 더 찾기로 했다.

전기실에서 회장의 휠체어가 발견됐다. 세 대가 나란히 놓여 있었고, 표면을 만져보니 먼지 하나 없이 깨끗했다. 아마도 여분으로 비치해둔 것들일 테고 집사가 늘 충전과 청소 등 관리를 하고 있을 것이다.

지하에서 찾을 수 있는 것은 그 정도인 듯했다. 재건은 자리로 돌아가기로 했다.

시체는 제각기 발견된 자리에 그대로 두기로 했다. 그들은 다시 연회실로 돌아와서 문을 닫고 마주앉았다. 누구 하나 먼저 입을 열려 하지 않았다. 재계는 물론 정계까지 주무르는 거물이 그렇게 처참하게 당했다. 그것도 자신의 집에서. 범인은 상대를 가리지 않는다는 뜻이다. 그 자리에 있는 누구라도 다음 차례는 자기가 아니라고 확신할 수 없을 것이다.

"연쇄살인이군요. 범인의 행방은 묘연. 어쩌면 희생자가 더 생길지도 모르겠네요."

재건은 중얼거렸다.

"버, 범인은 그 사람 말곤 없지 않나요? 요리사! 지금 없어진 건 요리사잖아요! 얼굴도 안 비치고!"

우진이 외쳤다.

"어쩌면 요리사도 어디 처박혀 있을지 모르죠."

태연이 냉소했다.

"누, 누가 범인이든 무슨 상관이에요! 저는, 저는…… 이런 데서 죽고 싶지 않아요."

스테파니가 떨며 말했다.

"그러니까 조금만 더 힘냅시다. 범인의 목적이 뭐든지 빨리 밝혀내야 해요. 범인이 또 무슨 짓을 꾸밀지 모르니까요."

재건은 좌중을 둘러보았다.

"하지만, 우리가 이렇게 여기서 나가지 않으면 안전하지 않나요? 없어진 사람이라 해봐야 이제 몇 명 안 되잖아요!"

"그럴 수도 있죠. 아닐 수도 있고요. 범인의 목적이 우리를 한 명 한 명 불러내 살해하는 것일 수도, 그냥 불이라도 질러 몰살하는 것일 수도 있고, 아니면 이대로 살인을 끝낼 수도 있어요. 어느 하나라도 확실하지 않은 한 안심할 순 없어요. 그래서 범인을 최대한 빨리 잡는 게 안전을 위해선 최선이라는 거예요."

스테파니는 수긍하는 듯 고개를 숙였다.

"하지만 이렇게 생각해볼 수도 있지 않을까요?"

허주유가 입을 열었다. 재건은 얘기해보라는 듯이 턱을 돌렸다. 주유는 재건에게 눈인사를 하고는 말했다.

"회장님이 가셔서 상금 받기는 틀려먹었지만, 여러분은 초능력자잖아요. 조금 전 여러분의 알리바이가 검증됐지만 그것은 상식적인 세계에서의 일이죠. 만일 여기에 초자연적인 힘이 개입됐다면? 여러분이 가진 슈퍼 파워로 교묘하게 알리바이를 제시하고 살인을 저질렀다면?"

좌중은 침묵에 빠졌다. 재건만이 그를 못마땅한 눈으로 노려볼 뿐, 나머지 세 사람은 서로 시선을 피하느라 바빴다.

"조금 전 유령이 있네 없네 말이 있었지만, 여러분은 초능력자예요. 유령은 누군가가 발견해야 하는 존재지만 여러분의 초능력은 여러분 스스로가 주장하는 것들이죠. 그렇다면 이 사건에서도 당연히 고려해야 할 요소가 돼야 하지 않을까요? 지하실 휠체어의 관리 상태처럼요."

주유는 말을 마치고서 재건을 향해 살짝 눈웃음 짓는다. 재건은 말없이 이를 악물었다.

"한번 여러분의 능력을 넣어서 이야기해볼까요? 먼저 김태연씨. 김태연씨는 투시 능력자죠. 정전이 됐을 때 그 누구보다도 자유로운 사람일 거예요. 보고 싶은 것을 본다고 했으니까 어둠 속에 있는 사람도 볼 수 있었겠죠. 조금 전에는 김재건씨와의 통화를 알리바이로 삼았지만 투시 능력으로 행동이 더 자유로운 상태라면 통화하면서 어둠 속을 헤매는 사람을 제압하는 것이 그리 어려운 일은 아닐 거예요."

"저기요! 그럴 리가……"

"스테파니 씨는 정신력으로 이런저런 영향을 미칠 줄 아시죠. 그렇다면 역시 알리바이가 무의미할 거예요. 시연 때는 이렇게 말씀하셨죠. '마음의 힘으로 물건과 사람 마음을 조종할 수 있다'고요. 방에 앉아서 사람을 조종해 죽음으로 몰아넣을 수 있다는 말이죠. 통화중이었다는 게 알리바이가 될 수는 없어요."

스테파니는 시체를 봤을 때보다도 얼굴이 더 창백해졌다.

"박우진씨는 강신술을 쓸 줄 알죠. 이건 어떨까요? 방문 앞까지 전찬호씨를 유인한 뒤, 분명히 아까 책을 돌려주러 전찬호씨가 방에 왔다고 하셨죠. 아주 강한 영혼을 불러들여서 힘을 키운 뒤 그 자리에서 목 졸라 살해하고 집어던졌다면. 그 뒤 전찬호씨는 난간에 한 번 부딪힌 뒤로 떨어진 거죠. 그러면 센서를 건드리지 않고서 살해할 수 있습니다."

"말이 됩니까 그게!"

박우진은 또 버럭 소리를 질렀다. 텅 빈 집안을 울리는 그 목소리에 마치 공기 온도가 급격히 바뀌는 것 같았다. 얼굴이 벌게진 그는 금방 쪼그라들었다.

"그, 그게……"

허주유는 사람들을 향해 방긋 웃더니 말한다.

"그리고 아쉽게도 저와 김재건씨는 능력 증명에 실패했고요. 이 모든 능력은 여러분이 주장하고, 또 증명했습니다. 그렇다면 그것을 일단 고려해서 생각하는 게 옳지 않을까요?"

"회장은!"

태연이 소리쳤다.

"그럼 회장은 어느 틈에 죽였다는 거죠? 그건 능력으로도 설명이 안 되잖아요!"

주유는 아무런 표정 변화 없이 말했다.

"그거야 모르는 일이죠. 제가 말한 건 단지 전찬호 사건에서 여러분의 알리바이가 깨졌다는 것뿐. 회장님이야 다른 사람이 죽였을 수도 있고, 어쩌면 초능력의 또다른 활용법이 있을지도 모르고요."

재건은 이번만은 끼어들 수 없었다. 그들이 사기꾼이라는 것은 딱히 확인할 필요도 없는 사실이다. 그러나 그것은 재건 혼자만 아는 사실이었다. 만일 초능력을 전제한다면 모든 추리가 무의미해진다. 이성의 규칙을 처음부터 달리 생각해야 하는 것이다. 주유의 말대로 다른 활용법이 있을지도 모르고 능력의 숨겨진 이면이 있을지도 모른다. 그 점은 재건이 가장 잘 알고 있었다. 그래서 모든 추리소설에는 불문율이 있지 않은가. 바로 '미심쩍은 요소는 배제하라.' 가령, 초자연적인 것, 수상한 기계장치나 과학법칙, 혹은 중국인.● 그런 게 끼어들면 추론의 토대가 무너져버린다. 아무것도 신뢰할 수 없게 된다. 그들은 이 함정에 빠지고 말았다.

"저, 사실⋯⋯"

스테파니가 힘겹게 입을 열었다.

"초능력자가 아니에요."

"야, 야!"

그러자 우진이 그 말을 막고 싶은 듯 버럭 소리를 지른다.

"어쩔 수 없잖아! 회장도 죽었으니 상금도 물건너가고!"

스테파니는 지금까지 들어본 적 없는 목소리로 앙칼지게

● 녹스의 10계. 추리소설가이자 신부였던 로널드 녹스가 발표한, 미스터리의 기본 규칙으로 여겨지는 항목들이다.

맞받아쳤다.

"아, 시발. 그래 나도 더는 못해먹겠다."

우진은 뭔가를 집어던지듯 말을 내뱉고는 의자에 등을 기대더니 테이블에 발을 올린다. 그는 지금까지와는 완전히 다른 사람이 된 것 같았다.

"뭐예요? 댁들. 둘이 아는 사이였어요?"

태연이 물었다.

"그랬구만! 박우진씨가 데이트하고 있던 나와 스테파니 씨를 지켜보고 있던 이유가 바로!"

"뭐? 데이트?"

"그게 어째서 데이트야!"

재건의 말에 우진과 스테파니가 한마디씩 했다. 두 사람은 눈을 마주치고 입술을 움찔거리며 서로에게 발언 순서를 미루었다. 그러다가 끝내 스테파니의 윽박지르는 눈빛을 이기지 못한 우진이 입을 열었다.

"뭐, 피차 상금 노리고 온 건데 다 까놓고 가자고요. 그래요. 나랑 쟨 초능력자 아니고요. 요즘 세상에 시발, 누가 그딴 거 믿는다고 그래? 우린 둘이 파트너고 크게 좀 벌고 몇 년 푹 쉬려고 나왔수. 됐습니까?"

"아니요."

주유는 말한다. 놀라거나 실망한 기색은 전혀 없었다.

194

"두 분이 어떤 마음가짐으로 왔든지, 지금 여기서는 중요하지 않습니다."

"아니, 우리 뻥 좀 쳤다니깐. 사기꾼이라고요. 이거까지 말해야 돼요?"

"글쎄요. 그렇다기엔 우린 이미 놀라운 능력을 직접 봤는걸요. 지금 이 모습이 거짓인지 지금까지의 모습이 거짓인지 어떻게 알죠?"

우진은 할말을 잃고 입을 벌린 채 주유를 쳐다봤다. 주유는 희미하게 입꼬리를 올렸다. 진실을 말하려는지 우진의 손끝이 떨리고 있었다.

"그래! 다 말해준다! 나 강신술 쓴 거, 전부 연기한 거야. 괴력 보여준 거? 그거 연습만 하면 누구나 할 줄 아는 거야. 이게 다 요령이거든. 무게중심만 잘 잡으면 여자도 혼자서 피아노까지 들 수 있거든. 그거 말고도 못 보여준 게 있는데 말이야. 낯선 언어 같은 거 보여주면 다들 신기했겠지? 나 크로아티아어랑 러시아어 할 줄 알거든. 스테파니가 유도해줘서 즉석에서 고른 언어를 할 줄 아는 것처럼 연기할 생각이었어. 유남쌩?"

"그렇군요. 물론 그 정도로 회장님을 속일 순 없었을 것 같았지만요. 솔직히 너무 뻔했습니다. 참가자 중에 제일 수준이 낮았다고 할까요?"

"뭐, 이 새끼가!"

우진은 벌떡 일어나 주유에게 달려들려 했다. 하지만 주유는 가볍게 테이블을 밀어버렸고 우진은 가로막혀 자빠지고 말았다.

"그럼 칼국숫집 어쩌고 하던 것도 뻥? 번역가라는 것도?"

재건은 흥분한 우진의 주의도 돌릴 겸 물었다.

"당연한 거 아닌가?"

우진은 엉덩이를 깔고 앉은 채로 말했다. 그의 몰골은 지치고 초라해 보였다.

"방의 보안을 그렇게 신경쓴 것도 그 때문이었군."

"그래!"

우진이 순순히 인정하자 주유는 흡족한 듯 웃으며 말했다.

"그럼 박우진씨의 파트너 스테파니 황 씨는 어떨까요? 정신력을 쓴다고 하셨죠? 그것도 사기였나요?"

스테파니는 원체 얼굴이 창백하여 감정 변화가 피부로 잘 드러나지 않았다. 하지만 눈을 부릅뜨고 이를 악문 것이 결코 마음이 편해 보이지는 않았다.

"당연하죠. 그런 능력이 어디 있겠어요……"

"자신이 없으시군요. 한번 증명해보시겠어요?"

"증명이라니……!"

주유는 마치 먹을 것을 입에 문 개와 같았다. 지금까지 참가자들과 주최자를 속여온 스테파니는 중심을 잃고 말았다. 여기서 본래 성격을 드러내고 트릭을 모두 밝혀야 할지, 아니면 순진한 문학도를 계속 연기할지 혼란스러운 기색이 역력했다.

"초능력이 없다는 것을 증명 못한다면 이 자리에서 가장 의심스러운 사람은 당신이 되겠지요. 전 저와 나머지 분들의 안전을 위해서 위험한 사람은 격리해야 한다고 생각하는데요. 여러분 의견은 어떠신가요?"

"알았어! 말할게! 말하면 되잖아!"

스테파니는 앙칼지게 소리쳤다.

"그냥 마술이에요! 눈속임이라고요! 평범한 물건 이동 마술, 그걸 그럴싸하게 연출한 거라고요!"

"역시 그랬군요. 그러면 잉크만 움직여서 종이에 글씨를 쓰는 묘기는 어떻게 된 건가요? 당신은 분명히 그때 즉석에서 이름을 손도 대지 않고서 종이에 옮겨 적었죠. 마치 생각만으로 쓴 것처럼요."

"장치를 이용했어요. 먹지에 대고 쓰는 것처럼 순식간에 글씨를 쓰는 장치예요. 저기 저 박우진이 핸드폰으로 메시지를 입력하면 곧바로 열전달을 통해 글씨를 쓰는 장치죠. 겉보기로는 평범한 대학 노트 같지만요. 그뿐인 줄 알아요? 우린 장치를 여러 개 준비했어요. 방 여기저기에 보이지 않는 실을 연결해뒀고 전자기 장치도 준비해뒀어요. 낯선 곳에서 하는 검증이라 그런 장치가 없을 거라 생각하기 마련이지만 이미 하루의 시간이 주어졌는걸요. 책상 다리나 천장 안쪽 같은 데를 뒤져보시죠. 여러분의 핸드폰 정도는 망가뜨릴 수 있는 장비가 숨겨져 있으니."

"시시하네요. 장치를 이용한 트릭이라니. 마술 중에서는 가장 김빠지는 마술이죠."

"뭐라고요!"

주유의 도발에 스테파니는 다시 목소리를 높였다.

"이 새끼가! 너, 목적이 뭐야?"

우진도 다시 끼어들었다.

"진정하세요. 지금 그렇게 흥분하는 게 바로 범인이 원하는 것입니다. 내부에서 분열시켜 한 명씩 잡아먹는 거죠."

주유는 약올리듯이 말했다.

"너 이 새끼, 범인이고 뭐고 내 손에 죽는다!"

우진은 다시금 테이블 위로 올라가 주유에게 달려들었다. 하지만 주유는 가볍게 빠져나갔고 우진은 의자와 함께 바닥에 나뒹굴고 말았다.

"지금 너무 흥분하셨습니다. 진정하시고. 워, 워. 우린 다 같이 살아남는 것을 목표로 해야 하지 않겠어요?"

"이봐요. 지금 그쪽 완전히 즐기는 거 같은데요?"

그렇게 말하는 태연 쪽으로 주유가 고개를 돌렸다.

"즐기다니요. 무슨 섭섭한 말씀을. 생존 본능이랄까요. 전 지금 연쇄살인범과 같은 방에 있을지도 모른다는 불안감과 두려움에 이성을 잃기 직전이라고요. 아아, 무서워라. 그런데 당신은 어떨까요? 그 무시무시한 투시력을 해명하실 수 있을까요?"

태연은 한숨을 내쉬었다.

"그쪽 목적이 뭔지는 모르겠는데, 맞아요. 나도 시시한 사기꾼이에요. 카드 맞히기는 이 적외선 안경을 썼어요."

태연은 벗어서 들고 있던 안경을 주유에게 던진다.

"이 안경으로 투명한 특수 도료를 볼 수 있죠. 손에 도료를 묻혀놓고 카드마다 구분할 수 있는 얼룩을 남겨두는 거예요. 집사님 팬티 색깔? 그거야 화장실 몰래 따라다니며 미리 본 거죠. 그거 말고도 개인적인 것을 몇 가지 알아낸 게 있는데, 뭐, 프라이버시를 위해 그 정도만 한 거죠. 그런데 나 긁을 생각 말아요. 안 먹히니까. 지금 한창 신난 거 같은데 그쪽이야말로 무슨 목적으로 여기 온 거예요? 왜 구루회에 참가했다가 기권한 거죠? 이렇게 시체랑 갇히니까 신이 나서 나대는 이유가 뭐예요?"

주유는 테이블에 걸터앉아서는 안경을 이리저리 살펴보며 태연의 말을 들었다. 그의 하얀 얼굴이 번개에 빛났다.

"곤란함을 피하기 위한 가장 좋은 방법은 먼저 질문을 쏟아내는 거죠. 훌륭합니다. 그러고 보니 제가 수상해 보일 수도 있다는 생각은 못했군요. 하지만 상황이 이렇게 됐잖습니까. 여기 있는 모두가 용의자예요. 그렇다면 우선 알리바이부터 깨고 보는 게 상식적인 순서겠죠."

"네, 네. 그런데 그쪽은요? 가장 수상한 사람은 여기 있는 목적도 알 수 없는 사람 아닌가요? 지금도 그냥 이 상황을 즐기는 것 같은데?"

"즐기다뇨! 무슨 그런 섭한 말씀을. 안 그래도 고립된 섬에서 시체 두 구와 함께 있는 상황이 너무 불안하고 두려워서 내보이는 일종의 방어기제라고 생각해주시면 고맙겠습니다. 아, 이런 표현이 있었죠? '웃는 것은 내 피부뿐, 내 속은 울고 있답니다!'•"

"헹!"

드디어 재건이 끼어들었다.

"보자보자 하니 기고만장해서는! 말 돌리지 말고 네놈이 여기 온 목적부터 말하시지! 넌 분명히 날 의식하고 있었어. 나한테 뭔 짓을 한 것도 틀림없어. 네놈과 나는 회장이 특별히 선정한 초능력자 후보라고 했었지? 본인이 먼저 주장한

• 〈배트맨〉(1989)에서 조커의 대사.

게 아니라 회장 쪽에서 먼저 조사하고 초대한 거란 말이야. 네놈의 행동은 말이 되는 게 하나도 없어! 뭔가 목적이 있을 거란 말이지."

"이런, 아직도 그런 소리인가요? 이거 억울하네요."

그는 여전히 흔들리지 않고 부드럽게 웃고 있었다.

"좋습니다. 제가 하는 말이 장난이라 느껴지신다면 그만하지요. 세 분께는 사과드리겠습니다."

그러더니 그는 정중히 고개를 숙였다.

"제가 수상해 보이는 것도 인정합니다. 하지만, 그럼 이제 어떻게 할까요? 비가 그치고 구조대가 올 때까지 여기서 뜬 눈으로 불안에 떨면서 기다릴까요? 아니면 집 수색을 계속하면서 혹여나 다른 시체는 없나 조사할까요? 탐정님."

주유는 이번엔 재건을 향해 미소 지었다. 재건도 알고 있었다. 아무리 이 남자가 수상해도 지금으로선 할 수 있는 일이 없다는 것을. 차라리 상황이 진정된 지금 뭐라도 하는 것이 나았다.

재건은 입을 삐죽 내밀고서 팔짱을 낀 채로 말했다.

"영감님께 애도를. 딱히 좋아하는 사람들은 아니었지만 어쨌든 그들은 범죄의 희생자입니다. 희생자를 더 만들 수는 없어요. 여러분은 여기 있어요. 내가 혼자서 찾아볼게요. 뭔가 놓친 게 있을 거예요."

태연이 물었다.

"혼자서 괜찮겠어요? 적어도 짝을 이뤄서 가는 게……"

"괜찮아요. 이런 게 내 일이니까. 인원을 분산하느니 차라리 한 명이 위험을 무릅쓰는 게 나아요. 그리고 여기 세 사기꾼 여러분은 저 허주유씨를 좀 감시해주세요. 뭔가 꿍꿍이가 있다면 진작 저질렀을 테지만, 여전히 뭔가 숨기고 있는 것도 사실이니까요."

"이런, 이런. 저는 억류로군요. 걱정 마십시오. 꽁꽁 묶인 것처럼 가만히 있겠습니다. 나머지 분들이 부아가 치민 나머지 절 고문하셔도 꾹 참고 있겠습니다. 하지만 두고 볼 일이죠. 여러분이 유령일지, 초능력자일지."

주유는 이죽거리듯이 말했다.

재건은 그를 힐끗 돌아보고서 좌우로 열리는 문을 힘차게 밀치고 방밖으로 나갔다. 주유는 태연의 안경을 테이블 위에 올려놓았다. 이제 아무도 그것을 신경쓰지 않았다.

11 요리사

집에 돌아오니 윤아와 효연이 문 앞에서 커다란 타월과 또 다른 파자마를 들고 기다리고 있었다. 마곤은 대체 이 사람은 파자마가 몇 벌이나 있는 걸까 궁금해하면서 타월로 몸을 돌돌 말아 물기를 닦고 그 안에서 꼼지락거리며 옷을 갈아입었다. 일을 다 마치고서 시계를 보니 아직 6시 전이었다.

"그건 뭐였어?"

윤아가 묻자 마곤은 주저하다가 대답했다. 어차피 요리사가 정신을 차리거나 바람이 잠잠해지면 들킬 일이다. 마곤은 솔직하게 말하기로 했다.

"전 사실 여기에 그, 뭐랄까, 스파이로 잠입한 거예요."

"스파이?"

"네. 탐정님이랑 따로 떨어져 몰래 활동하면서 보물에 대한 단서를 얻으려 했어요."

"보물이라면, 아빠가 내건 상품 말하는 거야?"

"네. 보물이 뭔지, 대체 뭐기에 사람들이 그렇게 모여드는지, 그걸 알아내고 싶었거든요. 탐정님은 그게 상금보다도 가치 있는 거라고 생각해요."

사실 그것은 새삼스럽기도 했다. 이 섬을 찾는 낯선 사람들은 대개 상금을 노리고 찾아온 사기꾼들이다. 그중에서는 노골적으로 보물을 먼저 보여달라 요구한 사람도 있었고 회장의 방에 침입하려 한 사람도 이미 있었다. 방문객 대부분은 질이 좋은 사람일 수가 없다. 그럼에도 마곤은 윤아에게 신뢰를 주고 싶었다. 오늘 처음 만난 사이인데도. 실망시키고 싶지 않았다. 그것은 내면 어딘가에서 솟아나는 마음이었다.

"그렇구나. 보물이 뭔지는 알아냈어?"

윤아는 실망하거나 의외라는 기색이 아니었다. 처음부터 당연히 그런 사람이라 생각했던 것일까? 마곤은 가슴을 움켜쥐는 듯한 무언가를 느꼈다.

"아뇨. 하지만 단서는 찾았어요. 저기 바깥에 누가 있었느냐 하면요, 요리사 옷을 입은 사람이었어요. 어깨 넓고 팔뚝 굵고 좀 험상궂게 생긴 사람인데요."

"정말? 그 사람 우리 요리사 맞을 거야!"

윤아는 표정으로 진실을 알려주었다.

"요리사가 두 명 있는데 그 사람이 헤드 셰프일 거야. 하지만 거기 있었다는 게 너무 이상한데…… 왜 주방에서 준비 안 하고. 좀 있음 만찬일 텐데."

"그 사람이 이걸 갖고 있었어요."

마곤은 열쇠를 꺼내 내밀었다. 두 사람은 열쇠에 얼굴을 가까이 갖다대었다.

"이게 무슨 열쇠야?"

"정확힌 몰라요. 그런데, 음, 죄송한 일이지만, 한 가지 더 말할 게 있어요."

"말해봐."

"제가 아까 회장님 방에 들어갔었거든요."

"아빠 방에? 어떻게? 거긴 항상 잠겨 있을 텐데."

"음, 어쩌다보니 문이 열려서요?"

딱히 거짓말은 아니었다.

"거기서 숨겨진 금고를 하나 발견했어요. 열쇠로 여는 금고. 혹시 본 적 있어요?"

윤아는 고개를 저었다.

"난 아빠 방엔 거의 안 들어가."

"아마 요리사도 보물의 소문을 듣고 일을 꾸미고 있었을 거예요. 아마 이 열쇠는 다른 데 있었겠죠. 집사님이 갖고 있었을지도 모르고요. 틈을 노려 다른 걸로 바꿔치기하거나 해서 손에 넣은 다음 저 송전실에 숨겨놨던 거예요. 천둥 치는 지금이 금고를 열 기회라고 생각했겠죠."

"그래……?"

윤아는 조금 시무룩한 표정이 되었다. 요리사라 해도 집안 사람인데 그런 일을 꾸미고 있었다니 실망하기도 했을 것이다. 하지만 마곤은 그것이 자신에 대한 실망은 아닐까 걱정스레 생각했다.

"으이구. 정말 꼴불견이라니까. 저번에 우르르 몰려온 사람들도 난리었잖아. 이쪽 방까지 가득차서는. 대체 그게 뭐라고 그렇게 난리람?"

효연이 투덜거리는 내내 윤아는 무거운 얼굴로 고개를 숙이고 있었다.

"열어보자."

"네?"

그 말은 마곤의 예상 범주 안에 든 말이 아니었다. 윤아는 결심을 끌어올려서 말했다.

"지금이 기회라고 했지? 그러니까 지금 열어보자. 보물이 뭔지 우리가 확인하고 아빠한테 말하든가 하자."

"괜찮겠어요? 혼나지 않을까요?"

"괜찮아. 아빠는 한 번도 날 혼낸 적 없어. 어릴 땐 관심 끌

려고 집에 불도 질러보고 했는데 아빠 나한테 눈길도 안 줬
어. 이 섬까지 와서 금고에 보관할 정도로 귀한 보물에 손댔
을 때 어떻게 반응하는지도 보고 싶어."

물론 그렇게만 된다면 마곤에겐 최상의 전개였다. 하지만
마곤은 당장 좋다고 말할 수 없었다.

"찬성! 우릴 이렇게 옆에 두고 멋대로 보물 찾기라니 너무
하잖아. 회장님 방 열쇠는 있어?"

효연이 덩달아 보채고 나서니 마곤이 말할 필요는 없었지
만 말이다.

"응. 나한테 예비 열쇠가. 잠시만."

윤아는 3층까지 달려가 열쇠를 가지고 왔다.

"헥, 헥, 여기!"

마곤은 이게 정말인가 싶었다.

그리하여, 마곤은 다시 회장의 방에 발을 들이게 되었다.
이번에는 정당하게 그의 혈육의 허가를 받은 침입이다. 방문
을 여는 방법을 고민하는 과정은 별달리 필요하지 않았다. 세
사람은 문턱 없는 문을 지나 안으로 들어갔다.

마곤은 문 뒤쪽 카펫을 가리켰다. 윤아는 콧노래까지 흘리
면서 잘린 카펫을 뒤집었다. 금고가 드러났고 효연은 작게 감
탄을 내질렀다.

"금고야, 금고! 언제 봐도 황홀하다니깐."

"언니, 그러니까 꼭 좀도둑 같잖아."

"로망이라고, 로망! 어서 열어보자."

마곤은 열쇠를 든 손을 뻗었다. 여기에 우리 모험의 결실이 있단 말이지? 긴장되는 순간이었다.

천천히 구멍의 방향을 보고 열쇠를 구멍에 꽂아넣었다. 열쇠는 부드럽게 들어갔다. 마곤은 숨을 크게 들이켠 뒤 열쇠를 좌우로 돌려보았다.

"어라라?"

"응? 왜 그래?"

마곤은 열쇠를 마구 흔들었다. 그 모습이 무엇을 의미하는지 윤아와 효연은 잘 알고 있었다.

"설마 안 맞는 거야?"

"열쇠는 들어가는데 안 돌아가요. 이 열쇠가 아닌가봐요."

"무슨 말이야? 들어가는데 안 돌아가는 게 어디 있어? 아예 안 들어가면 모를까."

효연이 의문했다.

맞는 말이다. 특히나 이런 고급 금고의 경우는 독자적 규격의 열쇠를 쓰기 때문에 안 맞는 열쇠라면 애초에 들어갈 리가 없다.

"비슷한 금고 열쇠가 아니라면 말이야."

윤아가 중얼거린다.

"비슷한 금고라뇨?"

마곤은 물었다. 적어도 이 방에 다른 금고는 없다. 집사의 방에서도 금고 비슷한 것은 보이지 않았다. 금고가 두 개라면 맞는 금고는 어디 있단 말인가?

"다른 방. 다른 아빠 방에 금고가 있을 거야. 이건 그 열쇠일 거고."

"다른 회장님 방? 그런 방이 있어요? 아니, 이 집에 회장님 방이 두 개일 필요가 있어요?"

"어…… 너 몰랐어?"

윤아는 마곤을 빤히 바라보며 말한다.

"뭘……요?"

"정말이야? 난 당연히 알고 있을 거라 생각했는데."

"그러니까 뭘요!"

"설마 그걸? 대애박."

효연도 놀란 얼굴로 입을 가렸다.

그때였다.

온 집안의 불이 꺼지더니 한 치 앞도 감지할 수 없는 어둠이 들어찼다. 효연이 놀라 비명을 질렀고 세 사람은 서로를 더듬어 찾아냈다.

"뭐야? 갑자기 왜!"

효연이 외쳤다. 마곤은 문득 떠오른 생각이 있었다.

"저기, 혹시 그 사람일지도……"

"그 사람?"

효연의 목소리였다.

"요리사요. 나랑 싸우다가 기절해서 거기 두고 오긴 했는데 정신을 차렸다면……"

콰광, 굉음과 함께 하얀빛이 창문을 뚫고 들어왔다.

"날 죽이려고 했어요. 무슨 짓을 할지 몰라요."

"어떡하지? 여기 그냥 숨어 있을까?"

윤아가 말했다.

"아, 안 돼! 방에 핸드폰 두고 왔단 말이야."

효연이 말했다.

"지금 그게 문제야?"

"문제지! 빨리 움직이자. 방에 가서 문 잠그고 있으면 집사 아저씨가 구하러 오겠지."

"으이구. 알았어. 빨리 가자."

윤아의 말에 세 사람은 서둘러 방밖으로 나갔다.

다시 한번 천둥이 쳤다.

빗소리가 한층 더 가까워졌다. 번쩍이는 불빛이 방문자의 실루엣을 잠시 비춰주었다. 현관문은 어째선지 열려 있었고 빗방울이 집안으로 날아들었다. 그는 우비를 입고 물을 줄줄

흘리고 있었다.

"저, 저거……"

효연이 손가락으로 남자를 가리켰다.

"요리사 맞죠?"

마곤이 확인하듯 물었다. 하지만 대답할 시간 따위는 없었다. 요리사가 성큼성큼 그들에게 다가왔기 때문이었다.

"내놔!"

그는 버럭 소리질렀다.

"도망쳐요! 방에 들어가요! 어서!"

마곤이 외치며 두 사람을 계단 쪽으로 밀었다. 윤아와 효연은 계단을 뛰어올라갔다. 마곤은 맨 뒤에서 요리사 앞을 막아섰다.

요리사는 마곤을 노리고 달려들었다. 마곤은 곧장 능력을 발동했다. 능력은 스위치처럼 곧바로 켜졌다 꺼졌다 하는 것이 아니다. 시험을 볼 때와 비슷하다. 연습이 필요하고 실전은 또 연습과 다르다. 긴장하면 잘 안 풀릴 수도 있고 돌발 상황에서는 마음대로 통제가 안 되기도 한다. 어떤 상황에서든 안정적인 결과가 나오도록 하는 것이 목표라는 점은 공부와 똑같다. 아무리 잘 훈련돼 있어도 간발의 차이로 실패할 수도 있다는 점 역시 같다.

마곤은 눈을 질끈 감았다. 부디 한 번에 성공하기를. 수 초가 지나고도 마곤을 건드리는 사람은 없었다. 눈을 떴다. 요리사의 거대한 몸집이 눈앞을 가로막고 있었다. 그의 눈동자는 갈 곳을 잃었고 콧구멍은 벌름거리고 있었다. 자신이 무엇을 하고 있었는지, 무엇이 목표였는지 잊어버린 것이다.

그는 눈앞의 마곤을 전혀 보지 못하고 있었다. 인식하지 못하고 있었다. 능력은 성공적으로 발동되었다.

문제는, 마곤의 능력은 특정한 누군가에게 집중되지 않는다는 점이다. 마곤이 능력을 쓰면 근방의 모두가 마곤을 볼 수 없다. 마곤을 생각하고 있던 사람이라면 생각의 큰 덩어리를 줄기째 잃어버리게 된다.

3층으로 올라가던 윤아와 효연이 걸음을 멈추고 뒤를 돌아보았다. 마곤을 잡으려다 멈춘 요리사. 그로부터 도망치려던 두 사람. 그들 모두 자신이 무엇을 하고 있었는지 떠올릴 수 없었다. 지금 이 상황을 마곤 없이 설명할 수 없었기 때문이었다.

그들은 잠시 서로 마주보다가 깨달았다. 우린 도망가고 있었고 저자는 쫓아오고 있었지.

"도망쳐!"

효연이 외치고 다시 추격이 시작되었다. 그러나 요리사는 여전히 마곤에게 막혀 계단을 올라가지 못했다. 그는 단지 도망치는 여자들의 꽁무니만 올려다보았다. 왜 자신이 그들을 쫓고 있었는지는 알 수 없었다. 단지 조금 전까지 그러고 있었고 그래야 한다는 사실만은 확실했다. 하지만 그는 자꾸 보이지 않는 무언가에 걸려서 넘어졌다. 누군가가 다리를 거는 것 같지만 이상하게 그쪽을 보고 싶지가 않았다. 성질이 코끝까지 차올랐다. 콧물이 차오르자 팽, 바닥에 풀어버렸다. 어느 순간, 그의 다리는 자유로워졌다. 그는 계단을 세 칸씩 성큼성큼 올라가기 시작했다.

마곤은 그만 그 덩치에 치여 밀려나고 말았다. 자칫 잘못하면 밟혀버릴지도 몰랐다. 마곤은 몸을 웅크렸다. 요리사는 급한 마음에 마곤을 타고 넘어가버렸다. 밟히지는 않아서 다행이지만 이대로라면 그를 보내버리고 만다. 마곤은 요리사의 바짓가랑이를 움켜쥐었다. 요리사는 기이한 소리를 내며 계단에 엎어지고 말았다.

"으아아악! 씨발!"

얼굴 어딘가가 깨진 건지 그는 피투성이가 되었다. 하지만 그는 크게 한번 발버둥치더니 짐승처럼 계단을 뛰어올라갔다. 마곤은 그 기세를 당해낼 수 없었다.

"으아이씨!"

마곤은 그를 뒤따랐다.

3층. 윤아와 효연은 효연의 방에 들어가 있었다. 요리사는 먼저 마곤의 방 문부터 걷어차 부숴버렸다. 불이 모두 나가 있었기에 그는 여기저기 부딪혀가며 방안을 직접 뒤질 수밖에 없었다. 안에 아무도 없다는 것을 확인하고 그다음 방문 앞에 선다. 윤아의 방문 역시 발길질 한 번에 박살나버렸다.

마곤은 그의 모습을 뒤에서 보고 있었다. 핸드폰 플래시로 비추고 있어도 그는 광원을 전혀 인지하지 못했다. 보이지 않는다는 것은 거론할 필요도 없는 우위다. 이 우위를 어떻게 살릴 것인가. 그것이 마곤의 싸움의 핵심이다. 마곤은 재빨리 윤아의 방을 지나 효연의 방 문 앞에 섰다. 문은 잠겨 있었다. 어쩔 수 없다. 마곤은 외쳤다.

"안에 있죠? 저 마곤이에요! 작전이 있으니까 문 좀 열어주세요!"

안쪽에선 잠시 침묵이 되돌아왔다. 보이진 않아도 사라지는 것은 아니다. 당연히 만질 수도 있고 소리도 들린다. 하지만 소리를 듣게 되면 인지에 혼란이 오게 된다. 그 반응은 어느 한쪽 정보를 부정하는 것부터 마곤에 대한 정보를 전적으로 차단하는 것까지 다양했다. 지금은 운을 믿어보는 수밖에 없었다.

"마, 마곤이야?"

다행히 윤아는 소리를 알아들었다.

"네! 그리고 문에서 멀리 떨어져주세요! 가능한 방향 바꿔서! 불빛은 모두 죽여주시고요! 그리고 안에 저 사람을 몰아 넣으면 그때 불을 켜주세요!"

확인할 틈은 없었다. 그들이 마곤의 의중을 이해했으리라 믿는 수밖에 없었다. 마곤은 잠금이 풀린 문을 살짝 열고 틈을 만들어두었다.

윤아의 방에서 나온 요리사는 이제 막 복도 끝 효연의 방을 향해 돌아선 참이었다.

마곤은 숨을 크게 들이켜고는 능력을 해제했다.

"여기다! 이 멍청아!"

마곤은 카메라 플래시를 요리사에게 비추며 말했다. 마곤을 발견한 요리사는 비로소 목적이 생각났는지 짐승처럼 인상을 찌그렸다.

"열쇠 나한테 있으니까 와서 가져가봐. 아, 멍청하고 둔해서 무리려나? 아까도 나한테 당했었지?"

"크아아아앙!"

요리사는 괜한 콘셉트의 괴성을 지르며 마곤에게 달려들었다. 거리가 그리 멀지 않다. 시간을 적당히 잰 뒤, 마곤은 플래시를 끄고서 다시 능력을 최대로 발동했다.

요리사는 순간 머릿속이 하얗게 되어 목적을 잊어버렸다. 단지 달려오던 관성대로 나아갈 뿐. 그의 앞에는 닫히지 않은 문이 있었다.

그는 문에 부딪히고는 절뚝거리며 방안에 들어섰다. 그 일직선상 끝에는 창문이 있었다. 마곤은 있는 힘껏 그에게 몸을 날렸다. 중심을 잃은 채로 보이지 않는 공격을 받은 요리사는 다시 깡충거리며 밀려났다. 정신을 차리기 전에, 뒤로 물러났다가 다시 몸통 박치기. 그는 마침내 창문까지 밀려났다.

마곤은 뛰어올랐다. 양발을 높게 차올린 드롭킥. 몸무게를 고스란히 실은 킥에 가슴팍을 정확히 가격당한 요리사는 창문을 깨고서 아래층으로 떨어지고 말았다. 창문 바로 아래는 2층의 지붕이었고, 요리사는 1층까지 굴러떨어졌다.

"헉, 허억. 이거…… 정당방위 맞죠?"

마곤은 두 사람을 돌아보며 말했다. 효연은 윙크하며 엄지를 들어올렸다.

이제 3층에 멀쩡한 방은 없었지만 그래도 윤아의 방은 잠금장치만 휘어 있어서 그곳에 모여 이야기를 계속했다. 현관 옆에 있는 차단기를 올리니 다시 전기가 들어왔다. 전등은 침대 머리맡 간접조명만 켜두었고 그들은 모두 침대 위에 올라가 앉아 있었다. 바람은 그칠 생각을 하지 않았다.

"그 사람, 괜찮을까?"

윤아는 그 와중에도 떨어진 사람을 걱정했다.

"잘 떨어지면 죽을 높이는 아니에요. 2층에 완충지대가 있으니까요. 잘못 떨어지면 죽겠지만."

마곤은 아무렇지도 않은 듯 말했다.

"너…… 괜찮은 거니? 혹시 쇼크받거나 스트레스가 통제 불가능해진다거나……"

윤아는 이번엔 마곤을 걱정스레 쳐다보았다.

"괜찮아요. 그보다 아까 하던 얘기를 마저 해봐요. 금고 말이에요."

"금고…… 그래. 이젠 진짜 열어봐야겠어. 사람을 저렇게 삐뚤어지게 만드는 보물이라면 그게 뭔지 나도 알 권리가 있어. 같이 가자. 내가 데려다줄게."

"네. 이 열쇠 금고가 어디 있는지 아세요?"

마곤은 열쇠를 침대 바닥에 내려놓았다. 윤아는 조금 고민하다가 입을 열었다.

"아빠 성격이라면 금고는 두 개 만들 거야. 뭔가를 숨길 땐 항상 이중으로 장치를 만들거든. 운동회 못 나온다고 말할 때도 항상 두 가지 이상의 핑계를 댔는걸. 내 생각엔, 이 열쇠의 금고 속에 우리가 본 금고의 열쇠가 있을 거야. 열쇠 모양이 그 금고 구멍이랑 비슷했으니까. 응. 아마 그럴 거야."

"네. 그러니까 그 금고가."

마곤이 중요한 부분을 요구하자 윤아는 진중하게 눈을 바라보며 말했다.

"태풍 때문에 바다에 빠지고 섬에 떠내려오고 그렇게 싸움까지 하고. 오늘 이상한 일을 많이 겪어서 힘들겠지만, 이 이야기는 해야 되니까, 조금만 참고 들어줘. 지금까지 네가 모르던 이야기를 해야 할 거 같아. 음, 뭔가를 좀 착각하고 있었다고나 할까. 그래서 조금 충격이 클지도 몰라."

"얜 뭘 뜸을 그렇게 들여?"

효연이 참다못해 끼어들었다.

"언니. 그래도 자기가 믿던 게 사실과 다르다는 걸 아는 건 받아들이기 힘든 일이야."

"뭐 출생의 비밀이라도 말하려고?"

두 사람 사이에서 마곤이 말했다.

"어, 출생의 비밀 같은 거 많이 들어봐서 괜찮아요."

"그러니까 그런 얘기가 아니라!"

윤아가 답답한 듯 말했다.

"됐어. 내가 말해줄게. 넌 말이야. 사실……"

효연이 거침없이 말하기 시작했다. 윤아는 차마 보지 못하고 고개를 돌리고야 말았다. 은은한 간접조명 속에서 마곤의 동공이 커져갔다.

12 비밀

재건은 문을 박차고 들어왔다. 그사이 살해당한 사람은 없는가? 하나, 둘, 셋, 넷. 없군. 좋아. 네 사람은 제각기 따로 앉아 있었다. 태연이나 주유는 물론 일행인 것이 밝혀진 스테파니와 우진도 마찬가지였다. 이런 상황에서 화기애애하게 떠들고 있을 리는 없겠지.

"모두 주목!"

하지만 재건은 네 사람의 기운을 모두 끌어들이기라도 할 듯이 외쳤다.

"이런 황당한 일이. 내가 트릭을 알아냈어요! 하! 이건 반칙이라고!"

네 사람은 그저 고개만 돌려볼 뿐이었다. 재건은 반응 따위는 개의치 않고서 말했다.

"다들 일어나시죠. 내 생각이 맞다면 범인은 이 안에 없어요. 얼른!"

재건은 사람들을 채근해 문밖으로 몰고 나갔다. 재건은 지하실로 앞장섰다. 누구도 좁고 눅눅한 지하실에 다시 들어가고 싶어하지 않았지만 재건의 성화를 이길 수 없었다.

그들은 지하의 보일러실로 들어갔다. 그 안에는 당연히 커다란 보일러가 있었다. 그것은 건물 전체에 끓는 물을 공급하는 시스템이었고 누군가가 점화며 가스 관리를 꾸준히 해줘야 하는 설비였다. 지금 이 기계는 잠들어 있었다. 각자의 방에도 온수가 나오지 않는다는 말이다. 보일러의 크기는 바닥부터 천장까지였고 평소였다면 불길한 소리를 내고 뱃속에서 퍼런 불길을 내뿜으며 각종 계기판을 흔들어댔을 것이다. 사람들은 그 커다란 기계에 저도 모르게 불안감을 느끼곤 했다.

재건도 마찬가지였다. 그래서 보일러 뒤쪽 공간을 발견했을 때 재건은 '오늘의 반성'을 큰 소리로 되뇌었다. 그쪽에는 샤워실처럼 커튼이 쳐져 있고 탈의실처럼 작은 공간이 나 있었다. 하지만 그곳은 샤워실도 탈의실도 아니었다. 한 명이 겨우겨우 몸을 욱여넣어 들어갈 만한 그 공간의 벽 쪽에 철문이 하나 나 있었다.

재건은 커튼을 걷어 보였다.

"뭐야, 이거?"

"설마……"

"오오."

그 공간을 본 사람들은 제각각 감탄사를 내뱉지 않을 수 없었다.

문은 재건이 열어둔 터였다. 그 안쪽에는 지하실 복도보다 넓은 계단이 있었다. 뿐만 아니었다. 계단의 상단 우측에는 난간 없는 전동 리프트가 놓여 있었다. 너비로 보아 휠체어 리프트임이 분명했다. 계단의 끝은 다시 통로였다. 위에서 보더라도 그 통로의 길이가 섬의 반경은 넘어서리라는 것은 충분히 짐작할 수 있었다.

"아까 집사님이 회장님을 찾으러 지하로 내려왔죠?"

"없어진 사람도 있고요."

태연이 말했다.

"어쩌면 없어진 게 아니라 처음부터 이 섬에 없었을 수도 있죠. 아까 우진씨가 들었다던 얘기."

"네? 네에."

재건은 우진을 가리키며 이어 말했다.

"3층에 아가씨가 있다고 하던 얘기 말이에요. 우리가 가본 3층은 아예 아무도 살지 않았다고요. 이런 망할. 멍청한! 이거 서술트릭이잖아요! 당연히 섬이 하나, 집이 한 채라고 생각했지. 아마 다른 섬에 집이 하나 더 있을 거예요. 우리가 있던 집과 같은 구조의 집이."

"집사님은 그럼 회장님이 저쪽 섬에 있다고 생각하고 서둘러 돌아간 거군요."

태연은 매우 차분해졌다.

"그렇겠죠. 범인은 이 통로의 존재를 아는 사람…… 어쩌면 처음부터 저 통로 안에 있던 사람일 가능성이 높아지는군요. 비밀 통로를 오갈 수 있다면 알리바이랑 상관없어질 테니까요."

"집사님인 건, 아닐까요?"

스테파니가 조심스레 말했다.

"아까 말했듯, 집사가 위층까지 올라와 살해하려면 물자국을 남기지 않을 수가 없어요. 일단 집사는 제외하는 것으로 하죠. 오히려 위험해졌을 수도 있어요. 범인은 이 통로의 존재를 아는 사람이니까요. 제가 범인이라면 이 통로를 아는 사람을 모두 살해하고 통로는 들키지 않게 파묻어버릴 거예요. 그러면 완전범죄가 성립하죠. 섬에서 있던 일은 아무도 알지 못할 테고 통로가 트릭에 사용됐다는 것도 알려지지 않겠죠. 누구도 깰 수 없는 알리바이를 획득하는 거예요."

"그럼 어쩔 거예요?"

우진이 물었다.

"가보죠. 우리가 가서 트릭이 들켰다는 것을 알려야 돼요. 그래야 허튼짓을 더 못할 겁니다."

"아니, 꼭 그래야 되나요? 이 섬에 아무도 없다고 하면 여기가 제일 안전하지 않아요? 그냥 여기서 아침까지 기다리자고요."

태연이 말했다.

"흐음. 그래요? 그런데 여기선 다 같이 행동하는 게 좋아요. 우리 피가 튀기는 토의를 해보죠. 그래서 만장일치가 아니더라도 다수결에 따라 정하는 걸로."

재건이 말하자 우진은 손을 들고 말했다.

"난 가보겠어. 여기 있다가 살인자가 또 몰래 들어와서 일 저지를 수도 있잖아."

그러자 스테파니가 말했다.

"그냥 통로 막아버리면 되지 않아? 이 문만 막으면 되잖아. 그러면 안전하지 않겠어?"

"맞아요!"

태연은 맞장구쳤다.

"여길 막더라도 다른 통로가 있으면 어쩔 건데요? 또 살인마가 비상식적인 집착을 발휘해 배라도 타고 오면?"

"이 날씨에 누가 배를 타고 온다고 그래요?"

"여기 그런 놈 하나 있잖아요."

우진은 재건을 가리켰다. 재건은 몸을 비비꼬며 말했다.

"헤헷. 뭘 그런 거 가지고."

"칭찬 아니거든요!"

"칭찬 아니에요!"

태연과 스테파니는 거의 동시에 소리쳤다.

"아무튼, 난 반대예요. 아무리 살인마라 해도 무리해서 여기까지 올 리가 없다고요."

"혹시 모르는 거지."

두 사람은 조금도 양보할 기색이 없었다. 그러던 사이 아무말 없던 주유가 입을 열었다.

"전 찬성입니다. 새로운 섬이라니. 재밌을 것 같네요."

"네? 고작 그런 이유로?"

태연은 어이없어했지만 재건은 이 기세를 놓치지 않았다.

"좋았어! 그럼 결정! 머뭇거리면 이도 저도 안 됩니다!"

태연과 스테파니는 어쩔 수 없이 이들의 결정에 따르기로 했다.

통로는 두 사람이 나란히 걷기에 충분한 너비였다. 그렇게 짧지는 않았으나 섬과 섬을 잇는 통로라면 당연한 길이였다. LED 등이 일정 거리마다 달려 있었지만 그 안은 침침하기만 했다. 단조롭게 이어지는 길은 지루했다. 재건은 앞장서 걸으며 걷는 속도 대비 시간을 재고 있었고 사람들은 뒤를 따랐다.

"거기 말이에요."

중간에서 걷게 된 우진은 앞서거니 뒤서거니 하며 걷는 태연에게 말을 걸었다.

"어쩌다가 이 모임을 알게 된 거예요?"

태연은 우진을 힐끗 보더니 대꾸했다.

"그쪽은 성격이 확 바뀌었네요. 아까 전 소심남은 콘셉트인가요?"

"뭐, 나름 프로니까."

"프로? 풉. 사기꾼 주제에 무슨 프로예요?"

태연은 대화가 귀찮다는 듯이 말했다. 하지만 우진은 단념하지 않았다.

"거기도 뭔가 동기가 있을 거 아니에요. 보니까 수법이 딱 우리 같은 사람인데. 어디서 뭐했었어요?"

"뭐하긴요. 저도 사기치려고 하긴 했지만 그쪽 같은 부류는 아니거든요? 괜히 군침 흘리지 마세요."

"에이, 그럼 그냥 돈 노리고 혼자 준비했다는 말이에요? 일도 안 하고? 아니면 휴가차 나온 건가?"

"저기요. 다시 예전 콘셉트로 돌아가면 안 돼요? 말없을 땐 그래도 좀 귀여운 구석이 있었는데."

태연은 눈을 흘기며 말했다. 우진은 두꺼운 벽에 가로막힌 듯 잠시 걸음을 멈추었다.

"이크. 뒤에 사람 지나갑니다."

뒤따라오던 주유가 우진에게 살짝 부딪혔다. 우진은 달려서 다시 앞서가는 사람들을 따라잡았다.

"댁은 뭐 어떤 거요? 탐정? 진심으로 하는 소리예요?"

재건은 뒤를 힐끗 보고는 말했다.

"이 몸에 대해 물으셨겠다! 인간의 상식으로는 풀 수 없는 미궁 속의 사건, 과학으로는 검증되지 않는 초자연적인 현상, 다른 세계에서 온 존재……"

"아니, 장난은 됐고요. 저 뒤 꼬맹이랑 다르게 댁은 딱히 부정한 적 없잖아요. 그러니까 초능력 말이에요."

"음? 그러고 보니! 난 딱히 내가 사기꾼이라고 고백한 적 없는데!"

"아직도 초능력자라고 주장하는 거예요?"

"그런 셈이죠. 말할 기회가 없었잖아! 마치 내 손가락이 열 개라는 걸 굳이 설명하지 않는 것처럼."

"그래, 그럼 뭔 능력이 있다는 거예요? 설마 추리력 같은 얘기를 하는 건……"

"흥흥! 물론 추리력은 내 브릴리언트! 한 슈퍼 파워이긴 하지만 여러분이 기대하는 그런 건 아니겠죠. 하지만 지금 시점에선 비밀로 해야겠군."

재건은 음흉하게 웃으며 말했다.

"결국 그쪽도 별거 없다는 말이죠."

태연이 말했다.

"뭐라 생각하든 상관없음! 여기서 중요한 건 내 초능력이 아니라 내 추리력이니까요."

"추리력이라 할 것까지 있나요? 지금까지 돌아다니고 떠드는 거 말고 한 것도 없잖아요."

"무슨 그런 섭섭한 말을! 탐정은 확신이 설 때까지 말을 안할 뿐 여러분과는 보는 것이 다르답니다. 이미 여러분이 놓친 단서까지 빠짐없이 관찰하고 기억하고 있죠."

"뭐가 있는데요?"

"헹. 그것은 비밀! 심심하면 프로파일링이나 해줄까요? 직업이나 사는 곳이나 진짜 나이 같은 거. 들어보면 이게 다 마법 아닌가 생각할걸?"

"그런 건 됐고요. 죽어서 고백 못 한 사람 수법이나 그럼 한번 분석해봐요."

"아아! 그거!"

재건은 깡총 뛰어 뒤로 돌더니 뒷걸음질하며 말했다.

"그거도 중간에 말하려 했지만 기회가 없어가지고. 전찬호의 능력은 자칭 독심술. 이것도 사실 심리적 트릭이죠. 그 사람도 아주 능숙한 사기꾼입니다. 알 리가 없다고 생각하는 정보를 묘한 분위기를 풍기면서 떠들어대면 신기해 보이겠죠.

본질은 그 연출입니다. 누구를 고를 것인가, 무엇을 묻게 할 것인가. 아주 간단한 유도와 질문으로 선택하는 게 능력이죠. 마음을 읽는다고 겁을 주면 나서는 사람이 없겠죠. 전 그걸 꿰뚫어보고 가만히 있었지만. 집사가 선택된 것은 우연으로 보이겠지만, 이크, 발을 헛디뎌서. 그렇겠지만, 사실 유도된 거였어요.

그러고는 물었죠. 뭐에 대해서 물을까? 질문을 던진 건 맞지만 실상 가능성을 하나하나 제거해가는 방식이었습니다. 군대에 대한 건 당사자 외엔 아무도 모른다고 보통 생각하기 마련인 것. 하지만 그건 유도된 질문. 바운더리 안에만 들어가면 되는 거고 이번엔 운이 좋았던 거죠. 아마도 전찬호는 회장, 집사, 그리고 여기 참가자들에 대해 막대한 정보를 외우고 있었을 거예요. 어느 정도의 돌발 상황에 대처할 수 있게요."

"아니, 그냥 미리 조사한 거였단 말이에요?"

태연은 황당한 듯 큰 소리를 냈다. 재건은 비틀거리며 다시 똑바로 걷기 시작한다.

"조사야 부수적인 거고, 중요한 건 유도라니까요. 상대에게 기회를 주는 것처럼 보이도록. 상대가 자신에게 주도권이 있는 것처럼 착각하도록."

"그거야 기본이긴 하지만."

우진이 말했다.

"하하! 이 몸 앞에서는 모두 하찮은 장난이었지만! 그런데 저도 하나 묻죠. 거기 사기꾼 커플 말이에요."

우진은 그 표현에 발끈하려 했지만 스테파니가 손목을 붙잡아 말렸다.

"보물에 대해 뭐 알고 있는 거 있나요? 십억은 충분히 큰돈이지만 그것만으로 이렇게 정성 들이는 사람들이 몰려들 것 같진 않은데."

우진과 스테파니는 서로 눈빛을 교환했다. 입을 연 사람은 스테파니였다.

"우리도 정확한 건 몰라요. 그런데 몇몇 정보 판매상이 그걸로 장사를 하더라고요. 임채호 회장한테 뭔가가 있긴 있다는 말이었죠. 걔네가 흘린 것에 따르면 유물이나 자료나 뭐 그런 것 같은데 공개되면 온 나라가 뒤집힐 만한 물건이라고 했어요. 그런데 결국 거래가 되진 않았어요. 회장이 직접 상품으로 내걸었으니까요. 어차피 십억도 걸려 있으니까 그게 무엇이든 상금만으로도 이득이라고 생각했어요. 물론 직접 보물을 훔칠 생각을 한 사람도 있었고요. 그쪽처럼요."

스테파니가 마지막에 재건을 겨냥하자 재건은 팔짝 뛰며

부정했다.

"으아니, 난 도둑은 아니라고요. 어디까지나 이건 호기심에서 하는 일. 보물이 무엇인지만 확인하면 충분하다고요."

"네에, 그러시겠죠."

태연이 빈정거렸지만 재건은 전혀 개의치 않았다.

"그나저나 끝이 보이는군요. 어서 가보죠. 우리 앞에 펼쳐질 것이 무엇인지. 어떤 수라장일지. 저기 출구가 보이네요. 대충 지금처럼 서두르는 걸음으로 삼십 분 정도 걸리네요. 편의를 위해 이 섬을 '나섬'이라고 부르기로 할까요? 우리가 있던 곳을 '가섬'이라고 하고요."

"혹시, 이상한 냄새 안 나요?"

재건의 말을 끊은 태연이 그의 팔을 붙들고서 질문했다.

"냄새? 흠. 뭔가 타는 냄새가 나는 것 같기도 하고?"

"저기서 무슨 일이 있었던 걸까요?"

"가봐야 알겠죠."

"저기!"

태연은 재건의 높은 어깨에 손을 올려 붙잡았다. 일행은 재건과 함께 걸음을 멈추었다.

"냄새가 심상치 않아요. 이거 분명 타는 냄새예요. 위험한 일이 있으면 어떡하죠? 돌아가는 게 좋지 않아요?"

"불이 났으면 여기가 더 위험해질 거예요. 폐쇄된 곳이니까요. 빨리 위로 올라가서 상황을 보는 게 좋을 것 같습니다. 반대쪽으로 도망치다간 도중에 질식하고 말 거예요."

재건의 말이 옳았다. 그들은 다시 전진하기로 했다. 계단으로 다가갈수록 냄새는 짙어졌다. 문에 다다르자 재건이 제일 먼저 뛰쳐나갔다. 역시 그곳은 보일러실이었다. 출발한 곳으로 되돌아나온 게 아닌가 싶을 정도로 똑같은 보일러실이었다. 여분의 휠체어가 비치돼 있는 점도 같았다. 그곳에 불이 난 것은 아닌 듯했다. 재건은 우선 안전장치부터 확인했다. 구조를 정확히 알 수는 없었지만 가섬에서 관찰한 바를 토대로 잠겨 있다는 것 정도는 알아낼 수 있었다.

그들은 다시 지상으로 올라갔다.

그곳은 엉망진창이었다.

집은 불타고 있었다. 비바람 덕분에 크게 번지지는 않았지만 이곳저곳 집기나 카펫 등 가연성 물질이 많았고 여기저기 불타고 있었다.

그뿐만이 아니었다. 1층 바닥엔 남자의 시신이 한 구 놓여 있었다. 우비를 입고 그 안에는 요리사 복장을 한 덩치 큰 남자였고 결코 편하게 숨을 거둔 것으로 보이지 않았다. 그의 곁에는 피 묻은 회칼이 널브러져 있었다. 그가 누구인지는 스테파니가 확인해주었다.

"요리사예요! 몇 번 본 적은 없지만, 우리 섬에 주로 있던 사람 말고 다른 한 명. 분명 저 사람이에요. 그런데 왜……"

"진정하시고, 일단 살아 있는 사람부터 찾죠."

재건은 말했다.

1층의 구조는 가섬과 비슷했다. 한눈에 봐도 회장 방으로 보이는 방, 양문으로 열리는 연회실, 그리고 문간의 평범한 문. 계단 위치도 같고 지하실로 내려가는 비탈길도 같고 2층이 열린 공간인 점도 같았다. 얼핏 지나오면서 본 지하실의 구조도 같았다. 물론 1층 한가운데에 있는 마치 복사한 것처럼 이전 섬에서와 똑같이 생긴 동상에는 아무도 꽂혀 있지 않았다.

재건은 먼저 회장의 방문을 두드렸다. 문은 잠겨 있었으나 안쪽에선 아무 반응도 없었다. 못해도 회장님 방이다. 훤히 오픈되어 바다를 내다볼 수 있는 창문 정도는 있을 것이다. 그 안에서 누군가 산소 부족으로 쓰러져 있으리란 가능성은 미뤄두기로 했다.

그것보다도 요리사의 것이 아닌, 다른 누군가의 핏자국이 1층의 카펫에서부터 계단으로 이어지고 있었다. 싸움이 벌어지고, 요리사는 죽었고, 상대는 연기를 피해 위층으로 올라갔다.

"저기, 말이죠."

우진은 재건에게 귀엣말을 했다. 재건은 의미심장한 인상을 썼다.

"그럼 보고 확인해보시겠습니까? 혹시라도 위험이 남아 있으면 안 되니까."

우진은 홀로 아래층으로 내려갔다. 그것을 본 스테파니가 무슨 일인지 물었지만 재건은 대답을 피했다.

"자, 일단 우리는 위로 올라가자고요. 뭐 두고 온 게 있나 보지."

그들은 계단을 올라갔다. 2층에도 인기척은 없는 듯했다. 여기도 누가 머물고 있을까? 재건은 그보다 3층을 먼저 살펴보기로 했다. 3층에는 회장의 딸이 산다고 했다. 가섬에서 들은 말이었지만 그 말의 진릿값은 나섬에 있으리라. 핏자국 또한 3층을 향해 올라가고 있었다.

3층의 방은 세 개였다. 하지만 모두 들어가서 살펴볼 필요는 없었다. 계단과 가장 가까운 방문이 부서져 있었고 침대까지 들여다보였으며 핏자국이 그 안으로 이어졌기 때문이었다.

침대에 누워 있는 사람은 한설이었다. 아직 살아 있었지만 옷은 피투성이였다. 배에 붕대가 감겨 있었지만 스스로 감은 듯 엉성했고 역시 피로 잔뜩 물들어 있었다.

"여, 살아 있어요?"

한설은 실눈을 뜨고 재건을 보았다.

"회장……님……"

한설은 죽어가는 목소리로 말했다.

"회장님은 나중에 찾고요. 이 집에 누가 또 있나요?"

"아가씨…… 둘, 으윽……"

"둘? 딸이 둘? 아무튼 어디 있죠?"

"송전실……"

"혹시 다른 사람은 없었나요? 요리사가 한 명 더 있지 않아요? 우리 있던 섬에서 음식 나르던 사람."

한설은 대답하지 못하고 눈꺼풀을 붙였다.

"이런. 일단 아가씨 두 분을 찾아봐야겠습니다. 제가 가보지요. 두 분은 집사님을 좀 간호해주시길 바랍니다. 하는 말 들어주고 목만 가끔 축여주는 정도만 해도 괜찮으실 거예요. 아마 응급처치는 스스로 하셨을 테니."

"나머지 한 요리사는 어쩌죠?"

태연이 말했다.

"글쎄요. 아가씨라는 분께 물어보면 뭔갈 알지도요."

"일단 이 집부터 찾아보면 어떨까요? 이 층부터 차례대로. 어느 방에 들어가 있을지도 모르잖아요."

"일단 찾아보기나 하죠."

"저도 같이 가요."

태연이 따라나섰다.

"저 혼자서 지켜야 되나요?"

스테파니가 불안한 얼굴로 물었다.

"뭐, 별일은 없겠죠. 우진씨도 곧 올라올 거고요."

재건과 태연은 집 수색을 시작했다.

재건은 먼저 3층에 있는 방부터 조사했다. 3층에는 방이
세 개뿐이었다. 바닥은 막혔고 지붕과 직접 맞닿아 있어 한
층이라기보다는 큰 다락방 같았다. 두번째 방은 가섭에서 본
3층 방들과 한설이 누워 있던 방과 달리 생활의 흔적이 엿보
였다. 하지만 문 잠금장치가 부서져 있는 것은 같았다. 요리
사와 싸운 흔적일까. 방안에는 침대와 책상, 옷장이 있었다.
아가씨가 있다고 했지. 아마도 이 방이 회장의 딸이 머무는
곳일 것이다. 그 정도 구색은 갖춘 방이었다. 여기저기 어질
러진 짐들이 급하게 이 방을 떠났음을 알려주고 있었다.

"여기가 회장 따님의 방인 것 같아요. 우리 방보다도 사람
사는 방 같고."

태연도 같은 의견인 듯했다. 태연은 남의 방에 몰래 구경
온 것처럼 이곳저곳을 들춰보았다.

"그래도 사람이 숨어 있을 만한 곳은 아니니 다음 방으로
가죠."

"혹시 알아요? 지하 통로 같은 비밀 공간이 있을지."

태연은 말했다.

"흠, 나무 바닥이니까 충분히 가능할지도. 조금만 뒤져볼 까요?"

재건은 바닥 여기저기를 두드리며 공간을 확인했다. 확실 히 일부 공간은 속이 빈 것처럼 들렸고 일부 공간은 울림이 없었다.

"뭔가가 있긴 있군. 다행히 이 방에는 카펫 같은 게 없어 요. 그렇다면 나무 격자 중에서 수상쩍은 녀석을 찾으면 되는 일. 나의 매서운 시각 센서로 보건대, 여기군요!"

재건은 좀처럼 밟기 어려운 구석에 있는 격자를 뒤꿈치로 눌러보았다. 그러자 격자 하나가 지렛대처럼 솟아올랐다. 그 안쪽에서 손잡이가 하나 드러났다.

"이거군! 정말 놀라운 집이야. 이렇게 비밀스러운 공간이 가득하다니!"

손잡이는 단지 뚜껑 손잡이였다. 그것을 당기니 네모난 문 이 통째로 들어올려졌다. 그 밑은 숨기엔 적절한 곳이 아니었 지만 무언가를 숨기기엔 적당해 보였다.

"으으, 너무하잖아! 아무리 비밀 공간이라 해도 이렇게 대 놓고 수상쩍은 게 나오다니!"

그 안에 들어 있던 물건은 안테나가 달린 통신기, 야시경,

일기장, 그리고 어딘가 특수한 목적이 있을 법한 열쇠였다.

"이거였군. 이거였어. 이제 마지막 단서가 모였어. 큭큭큭큭……"

"저기, 진짜로 '큭큭큭큭……' 하면서 웃고 있는데요? 좀 이상해 보여요."

"진실 앞에서 그딴 건 사소한 일! 이제 숨어 있다는 아가씨들을 찾으러 갑시다. 다른 방에 숨었을 것 같진 않지만요. 일단 이건 챙겨둡시다."

두 사람은 다시 움직였다. 나머지 방 하나의 문은 멀쩡했으나 창문이 깨진 탓에 방안이 온통 비로 젖어 있었다. 당연히 안에는 아무도 없었다.

2층 역시 가설과 구조가 같았다. 사용하는 방은 두 개뿐이었다. 빈방은 잠겨 있지 않았고 잠겨 있던 두 방의 문은 부숴서 열어보았다. 각각 장기 투숙객의 숙소인 듯했고 옷이나 집기 등을 통해 유추하건대 둘 다 요리사의 방인 것 같았다.

1층 집사의 방으로 보이는 곳까지 대충 살펴본 결과 집안에는 아무도 없다는 것이 확인되었다. 이제 남은 것은 회장의 방과 바깥에 있는 송전실이었다.

"왜 저기에 가 있는 걸까요?"

태연은 혼자 나가겠다는 재건을 기어코 따라나서며 말했다.

"불이 붙었으니까요. 대충 꺼져가긴 하지만 그래도 연기에 질식될 수 있으니 아예 바깥에 피해 있는 거죠. 아마 집사가 보냈을 거예요."

"집사는 칼 맞은데다 비까지 맞으면 위험하니까 안에 있겠다고 하고요?"

"뭔가 감동적인 장면이 예상되는군요."

"모르죠, 그건."

바람은 여전했지만 빗줄기는 이전만 못했다. 두 사람은 아무런 방수 장비 없이 걸었다. 송전실까지의 거리는 가섬에서의 거리와 비슷했다. 송전실에는 불이 들어와 있어 방향을 잃을 염려는 없었다. 절반 정도 다가갔을 때, 재건은 뛰어난 시력으로 그 안에 있는 누군가를 볼 수 있었다.

"헤에이! 거기! 누구 있죠!"

재건은 손을 흔들면서 외쳤다. 창문으로 동그란 그림자 하나가 쏙 올라왔다. 상대는 재건을 발견하고서 손을 마주 흔들었다.

"오오, 통했군. 갑시다."

그들은 나아갔다. 날이 밝기엔 아직 시간이 필요했다. 태풍이 모두 지나갈 때까지도.

13 고장난 시계

마곤과 윤아, 효연은 눅눅하고 영원히 계속될 것 같은 통로를 걷고 있었다. 물론 윤아는 통로가 언제 끝날지 알고 있었다. 그렇지만 오늘처럼 날씨가 험한 경우가 아니라면 윤아는 배를 타고 이동했고 또다른 섬에 갈 일 자체가 많지 않아 익숙하지 않기는 마찬가지였다.

"이거 언제 끝나는 거야아. 이러다가 안에서 산소 부족으로 쓰러지는 거 아냐?"

효연은 걷는 내내 윤아의 옷자락을 붙들고서 칭얼대기 바빴다. 통로의 대기질이 그리 좋지는 않았다. 습하고, 덥고, 산소 농도도 낮을 것 같았다.

하지만 이 길이 곧 끝날지 모른다는 기대를 저버리고 이제 와서 되돌아가기도 애매했다.

"좀만 참아봐, 언니. 여기서 나이도 제일 많으면서 왜 그렇게 찡찡대?"

"히잉. 나이가 무슨 상관이야아."

마곤은 앞서가는 그들을 보며 두 사람의 관계가 자신과 탐정 사이와 비슷할지도 모르겠다는 생각을 했다.

약 삼십 분에 달하는 지루한 산책 끝에 그들은 '둘째 섬'에 다다랐다. 어느 섬이 첫번째인지는 알 수 없었지만 마곤은 편의상 자신이 있던 곳을 '첫째 섬'이라 부르기로 했다.

둘째 섬의 집은 얼핏 보기에 첫째 섬과 똑같았다. 한가운데에 청동상이 있는 것도 같았고 바닥에 카펫이 깔린 것도 똑같았다. 회장 방의 위치도, 연회실 문도 같았다. 연회실은 닫혀 있었다. 마곤은 저기서 행사가 이뤄지는 거겠구나, 생각했다. 인기척이 없어 빈집에 몰래 들어온 기분이었다. 재건이었다면 발을 들이자마자 필히 "이리 오너라!"라든지 "이 집은 이 몸이 접수한다!" 같은 대사를 외쳤을 것이다.

"아직 그 대회 하는 중일까요? 어쩔 계획이에요? 회장님 만나고 돌아갈 거예요?"

마곤은 물었다. 윤아는 뚜렷한 생각이 없었다. 이동하는 내내 생각해보긴 했지만 어떻게 하든 확실한 이점은 없어 보였다.

"일단 아빠 방에 들어간 다음 금고 열 때까지 아무도 못 만나면 다시 몰래 돌아가는 걸로 할까?"

"마주치면 운명이겠거니 하고요?"

윤아는 싱긋 웃었다.

회장의 두번째 방은 잠겨 있었다. 윤아가 갖고 있던 예비 열쇠로 이 방문 역시 열 수 있었다. 회장의 방은 집요하다 싶을 정도로 똑같았다. 침대며 창문이며 티브이 모델명까지도. 그렇다면 금고 위치도 같을 것이리라 생각할 수 있었고 역시 그러했다.

카펫을 걷어내자 두번째 금고가 모습을 드러냈다. 마곤은 열쇠를 꺼냈다.

"맞을까요?"

"맞겠지."

"얼른 열어봐!"

마곤은 조마조마한 마음을 담아 열쇠를 구멍에 꽂아넣었다. 기분좋은 마찰음과 함께 열쇠는 안으로 쏙 들어갔다. 여기까지는 앞선 금고와 같았다. 이제 그다음이다. 마곤은 숨을 들이켜며 열쇠를 오른쪽으로 돌렸다.

열쇠는 빨려들어가듯 돌아갔다.

찰칵, 하는 소심한 소리가 금고의 철문 안쪽에서 들리고 열쇠는 입구에 단단히 고정되었다. 마곤은 손잡이에 손을 대고 용감하게 당겼다.

그 안에 든 것은 열쇠 하나뿐이었다.

윤아의 예상이 정확히 맞아떨어진 셈이다. 이 금고엔 다른 것이 들어 있을 필요가 없었다. 이 금고는 보안을 위한 이중 장치일 뿐이니까. 바로 열쇠다. 첫째 섬 금고를 여는 열쇠. 마곤이 요리사에게서 뺏어온 것과 똑같이 생긴 열쇠.

"돌아가자."

윤아는 말했다.

"왜? 회장님 안 보고?"

효연이 말했다.

"응. 거기 있는 게 뭔지 알아내고 나서 얘기해보는 게 좋을 거 같아. 결국 그것 때문에 이 이상한 대회를 여는 거고, 이상한 사람들이 몰리고…… 그래서 요리사가 저렇게 이상해진 거잖아."

"그러니까 말이야. 하나밖에 없는 딸이랑 같이 살면서 그런 짓이나 하고."

효연이 쓸데없이 거들었다.

"평생 처음으로 같은 집에서 사는 건데……"

윤아는 점점 수그러드는 목소리로 중얼거렸다.

"어, 야아. 또 시무룩해지면 내가 미안하잖니."

효연은 윤아의 머리를 끌어안으며 말한다.

"바로 돌아가죠, 그럼. 들키기 전에요."

마곤의 말에 효연이 윤아의 머리통을 잡았다가 팍 밀면서 투덜거렸다.

"방금 도착했는데 거길 또 지나가자고?"

"그런데 열쇠는 누가 갖고 있을까요?"

계속 투덜거리는 효연을 질질 끌고 가면서 마곤이 물었다.

"헷갈릴 수도 있으니까, 요리사한테서 뺏은 열쇠는 다시 네가 갖고 있어. 한설 아저씨 만나면 돌려주고."

"그러면 지금 얻은 건 누나가 계속 보관하고요."

"나도 좀 보관해줘. 주머니에 넣고 가져가줘."

윤아는 질질 끌려가는 효연의 투덜거림을 익숙한 듯 무시하며 말을 이었다.

"어쩌면 말이야…… 이걸 이용할 수 있을지도 몰라."

"어떻게요?"

"보물을 인질로 삼는 거야. 정말 귀한 거니까 그렇게 숨겨 놓고 또 그렇게 찾으려는 거겠지? 이걸 갖고 있으면 아빠랑 대화를 할 수 있을지도 몰라. 대체 무슨 생각으로 이러는 건지. 오빠들이랑은 화해할 생각이 없는 건지. 엄마 무덤엔 가줄 건지."

마지막 말. 엄마에 대한 얘기는 마곤 앞에서 한 번도 한 적이 없었다. 하지만 윤아는 눈치채지 못한 것 같았다.

"그래. 보물은 내가 챙길 거야. 아빠가 많이 당황하겠지? 조금 늦긴 했지만 그래도 말 안 듣는 딸 역할 한 번쯤 해줘야지, 안 그래?"

윤아는 왠지 모르게 신이 난 듯한 목소리였다. 마곤은 뭐라 덧붙일 말이 없었다.

그렇게 그들은 기나긴 통로를 지나 다시 첫째 섬으로 되돌아왔다. 마치 같은 일을 반복하듯이 회장 방에 들어갔고, 카펫을 들어 금고를 바라보았다.

"휴. 난 이제 보물이고 뭐고, 빨리 확인하고 방에 들어가 쉴래."

효연은 망을 보듯이 서서 창밖을 바라보며 말했다. 점점 거세지는 바람. 하늘을 가득 메운 구름.

마곤은 핸드폰을 들어 시계를 보았다. 7시 50분. 배터리가 위험한 상태였다. 어쩌면 사진도 간당간당할지 모른다. 5퍼센트 밑으로 내려가면 카메라를 못 쓰니까.

마곤은 서두르라는 의미에서 윤아를 올려보았다. 윤아는 고개를 끄덕거린 뒤 망설임 없이 열쇠를 꽂고 돌렸다.

축하 멜로디 따위는 들리지 않았다. 상자 위로 팝업이 떠오르지도 않았다. 매우 평범하고 현실적인 금고일 뿐이었다. 하지만 무려 보물상자다! 잠입과 폭풍우 속에서의 결투와 비밀 통로를 오가며 찾아낸 보물상자다! 그러니 조금 설레해도 괜찮겠지. 해적이 남긴 보물이나 동굴 속 말하는 램프는 아니지만 그래도 부자 양반이 몰래 꽁꽁 숨겨놓은 보물이 손에 들어오려는 찰나다. 그걸 인지한 순간 나쁜 생각이 들었다. 마곤이 자신의 능력을 쓴다면 여기서 이것을 가로채고서 다음날 구조선이 올 때까지 숨어 있을 수 있다. 사물함 정도 되는 크기의 금고 속에 들어 있을 정도면 몸에 지니고 다닐 수도 있을 것이다. 그때까지 누구도 마곤을 찾지도 기억하지도 못할 것이다.

하지만 안 그럴 것이다. 그래서야 악당이 되고 말 테니까. 악당 따위는 하나도 안 멋있다. 탐정이라고 해서 딱히 정의의 편은 아니지만 그래도 험한 일 하면서 악당까지 될 수는 없지. 말하자면 그것은 마곤 자신이 정한 멋이다. 그 정도 자기최면에 흠뻑 젖은 감성조차 추구할 수 없다면 이런 일 진작 때려치우고 적당한 보호시설에 기어들어가 학교나 다니고 직업교육이나 받았을 것이다.

마침내 금고 문이 열렸다. 꼭 움켜쥔 주먹에 땀이 고였다. 순간이 무한히 늘어나 결코 지나갈 수 없는 시간의 트랩 속에 갇힌 것만 같았다.

하지만 그 순간은 곧 지나갔고 그 안에 든 것의 정체가 드러났다.

그것은 바로……

"이거……"

윤아는 안에 든 것을 집어들었다.

사실, 이 안에 든 것이 회장이 내건 보물이라는 보장은 없었다. 다들 당연히 보물이겠거니 생각했을 뿐이었다. 요리사가 금고의 열쇠를 숨기고 있던 것도 단지 거기에 값나가는 게 들어 있을 거라 생각했기 때문일 수도 있다.

어쩌면 마곤이 그것의 가치를 알지 못할 뿐일 수도 있다. 하지만 얼핏 보기에 그것은 그리 값나갈 것 같지 않은 회중시계였다. 회중시계 자체가 흔한 게 아니니 귀하다면 귀하다고 할 수 있지만 별난 취향을 갖고 있다면 외국에서 구하든 주문제작을 하든 못 가질 물건은 아니다. 그게 골동품이라면 얘기가 또 다르겠지만 그렇게 오래돼 보이지도 않았다.

하지만 윤아에게는 그것의 의미가 남다른 모양이었다. 그것을 보는 눈이 흔들리고 있었다. 순간적으로 여러 기억이 덮치는 듯 윤아는 잠시 굳은 채로 서 있었다.

"아빠에게 받은 게 있어. 이거랑 똑같은 시계였어. 고장난 건데 엄마가 준 거니까 고치지 말고 기념으로 갖고 있으라고 했어."

"점점 알 수 없네요. 왜 그거랑 똑같은 걸 상품으로 내건 거죠? 아니면 이게 보물이 아니라는……"

"그냥 똑같은 게 아냐. 내가 보기에 이건, 그걸 그대로 따라 만든 거 같아. 마모된 부분이 없고, 부러진 부분도 없고. 그런데 멈춰 있는 건 똑같네."

"시간은? 같은 시간에 멈춰 있어요?"

"아냐. 바늘 위치는 달라. 이건 온도계도 겸하는 시계인데, 음? 이건 화씨인데? 내건 섭씨였고. 화씨 124도. 12시 35분 30초."

"이게 보물이든 뭐든, 뭔가 의미가 있을 거 같은데요. 누나한테 준 어머님의 유품이랑 똑같은 시계라니. 그것도 미묘하게 다른 복제품. 도저히 모르겠어요. 분명 중요한 물건이니까 여기 있을 텐데."

윤아는 시계를 꼭 움켜쥐었다.

"가져가자. 모르긴 해도 나랑 관계없진 않을 거야."

마곤은 핸드폰을 들어 보이며 질문했다.

"저, 이거 사진으로 찍어놔도 되나요?"

"응. 찍어놔."

마곤이 사진을 찍고 나자 효연이 말했다.

"역시 네 보호자 불러야 되는 거 아냐? 탐정이라며. 이런 거 막 풀고 '수수께끼는 모두 풀렸다!' 하는 사람 아니야?"

효연이 말하자 윤아는 힘없이 웃으며 다그친다.

"에이, 그런 탐정이 세상에 어디 있어."

순결한 탐정 김재건과 초능력자의 섬 **|** 247

김재건을 실제로 보여주면 어떤 반응을 보일까. 마곤은 마음속으로만 궁금해했다.

그들은 윤아의 방에 다시 모였다.

머리를 싸매도 고장난 시계의 의미를 알 수 없었다. 이런저런 이야기를 나누다가 이건 단지 회장이 개인적 이유로 갖고 있던 거고 보물은 따로 있을 거라는 가설에 무게가 실렸다.

"어쩌면 보물은 이런 게 아닐까? '우승자에겐 내 딸을 주지! 세상에서 가장 소중한 나의 보물이라네! 허허허.'"

효연이 가상의 회장님 목소리를 흉내냈다.

"언니……"

"이제 어떻게 할 거예요? 회장님이랑 만날 거예요?"

마곤은 물었다. 이 시계가 보물이든 아니든 윤아에게는 당사자로부터 해명을 들을 권리가 있었다. 하지만 윤아는 흔들리고 있었다. 이것이 만일 보물이었다면, 보물이라 생각했기에 그만큼의 각오를 굳힐 수 있었다. 그런데 난데없이 엄마의 유품 모작이라니. 의미도 알 수 없고 의도도 알 수 없다. 새로운 상황에는 새로운 각오가 필요하다.

"넌 어떻게 할 거야?"

윤아는 역으로 물었다. 보물의 정체를 밝혀내는 것이 마곤의 목적이라고 했으니 이제 마곤도 새로운 목표를 설정해야 하기 때문이었다. 마곤은 순순히 대답했다.

"으음…… 귀찮긴 하지만, 다시 둘째 섬에 가보려고요. 탐정님한테는 직접 보고하는 게 좋을 거 같아요."

"그래. 그럼 그렇게 해. 난 더 생각해봐야겠어. 맞아, 보조 배터리 빌려줄까? 난 여러 개 있거든."

윤아는 가지고 있던 것을 바로 건넸다.

"아, 고마워요. 위험했는데."

마곤은 그렇게 무장 상태를 확인했다.

"근데 집사님은 그 거리를 매일 몇 번씩 왔다갔다했다는 거예요? 그것도 참 일이겠네요."

"그렇지. 힘든 일도 언제나 흐트러짐 없이 완벽하게 해내는 사람이야. 존경스럽다니까."

그때 갑자기 효연이 놀라 소리쳤다.

"꺅! 누구야!"

문 쪽을 돌아보니 요리사 옷을 입은 남자가 엉거주춤 서 있었다. 마곤은 벌떡 일어나 경계 자세를 취했다. 하지만 아까 맞붙었던 그 요리사가 아니라는 것을 알아채고 긴장을 풀었다. 요리사가 두 명이라는 사실은 조금 전에 들어 알고 있었다.

그는 실실 웃으며 물었다.

"아, 저…… 셰프님 못 보셨나요?"

"헤드 셰프요? 어, 그게……"

윤아는 대답을 못하고 마곤을 쳐다봤다. 윤아는 솔직히 그의 존재를 까맣게 잊고 있었다. 마곤은 생각도 못했고. 그의 상급자가 음모를 꾸미다가 지금은 별채에 갇혀 있다는 말을 전하는 게 그리 간단한 일은 아니었다.

그전에 이 요리사, 드미 셰프가 공범이 아닌지도 확실하지 않았다. 둘이 꾸미고 열쇠를 훔치려 한 것일 수도 있으니 경계해서 나쁠 것은 없었다.

마곤은 슬쩍 윤아에게 다가가서 말했다.

"제가 조금 떨어져 있을게요. 포위하는 모습이 되게요. 그 커다란 요리사랑 같은 편인지 한번 물어봐주세요."

윤아는 동의했고, 마곤은 벽 쪽에 붙어섰다. 윤아는 그를 불러들였다. 마곤이 관찰하기로는 칼이나 여타 흉기가 될 만한 물건은 갖고 있지 않았다.

일단 드미 셰프의 설명으로는 이랬다. 이상하게 오늘따라 헤드 셰프가 자신에게 일을 떠넘겼다. 연회가 있는 날은 일이 많기 때문에 둘이 일을 분담하고도 쉴 틈이 없었다고 한다. 그런데 이번엔 오전 식사 준비나 재료 손질 정도만 해주고 모두 맡겨버린 채로 자리를 비웠다는 것이다. 다행인지 아니면 의도한 건지 오늘 요리는 전부 그가 자신 있는 것들이었고 재료는 정확하게 맞춰져 있었기 때문에 혼자서도 충분히 해낼 수 있었다고 한다.

하지만 뒷정리를 마칠 때까지도 헤드 셰프는 나타나지 않았다. 연락도 받지 않았다. 그는 뭔가 문제가 생겼을 거라 확신하고 서둘러 뒷정리와 설거지를 끝낸 뒤 이쪽 섬으로 넘어왔다. 그런데 섬의 분위기는 을씨년스럽기만 했고 헤드 셰프의 방도 비어 있어서 3층까지 올라와본 것이라고 했다.

"헤드 셰프가 좀 엄하긴 해도 이렇게 일을 전부 떠맡기고 잠적한 적은 없었거든요. 그래서 무슨 일이라도 생긴 게 아닌지 걱정도 되고 해서 와봤는데요, 여기도 셰프는 안 보이고, 무슨 일인지 모르겠네요."

말하는 것을 들어보아 다른 의도는 없어 보였지만 세 사람은 고민만 깊어졌다.

마곤은 먼저 움직이기로 했다. 어차피 여기는 집안일이니까 난 빠져도 상관없겠지. 조금 있으면 회장님도 이쪽 섬으로 돌아올 테고.

마곤은 멋쩍게 웃으면서 손을 흔들고서 슬쩍 방을 빠져나갔다.

사실, 마곤이 둘째 섬에 가려고 한 것은 별다른 이유 때문이 아니었다. 막연한 예감이 있었다. 재건은 마곤에게 다른 능력은 없다고 단언했지만, 마곤은 종종 찾아오는 그 감을 믿었다. 그게 초능력이든, 비과학적 미신이든. 그 예감은 틀린

적도 많았지만 아무런 전조 없이 무슨 일이 닥치는 적은 없었다. 일단 따르고 경계했을 때 손해볼 건 없다는 말이다.

조금 피곤했지만 이번엔 혼자니 속도를 내기로 했다. 지하로 내려간 리프트를 뛰어넘어, 마곤은 침침한 일직선의 통로를 달렸다. 바닷속의 불길한 노이즈가 통로 안으로 스며들고 있었다.

출발했을 때의 시각은 8시 41분이었다.

마곤이 떠나고 얼마 지나지 않았을 때였다. 드미 셰프는 아래층 자기 방에 들어가 있었고 윤아와 효연도 각자의 방에서 하루를 정리하고 있었다. 윤아는 잠시 씻는 것도 미루고 침대에 누워 있었다. 결국 헤드 셰프에 대한 것은 말하지 못했다. 한설이 곧 돌아올 테고 그에게 전달하면 알아서 해줄 것이리라 생각했다. 무엇보다 그가 회장의 금고를 노리고 있었다는 말을 할 수 없었다.

벌써 어제가 아득하다. 사람들이 몰려오느라 한설이 바쁘게 뛰어다니고, 태풍이 한차례 불어닥치고, 아침이 되자 작은 아이가 물에 빠진 새처럼 해안에 떠밀려와 있었고, 그 아이는 요리사에게 공격받았으며, 다 같이 아버지가 숨긴 보물을 찾으러 다녔다.

윤아는 시계를 손으로 받쳐들고서 아버지 생각을 했다. 이

시계가 나와 연관 없으리라 생각할 수는 없었다. 정말 이 시계를 보물로 내걸었을까? 그게 아니라면 보물은 어디에 있을까? 언제나 이해할 수 없던 아버지였다. 이해는커녕 직접 보는 일보다 티브이나 뉴스로 접하는 일이 많아 낯설던 아버지다.

록 페스티벌도 그렇다. 생전 돌봐준 적도 없는 주제에 왜 내 사생활에 간섭하려는 걸까. 그럴 자격이 있다고 생각할까. 솔직히 살날이 얼마 남지 않았다고 생각한다. 그날이 오면 나는 아버지를 위해서 슬퍼할 수 있을까. 학교 다니던 시절, 부모님과의 충돌 문제로 '속 터져!'를 연발하던 또래 친구들이 마냥 부럽기도 했다. 윤아는 스스로 사춘기를 박탈당했다고 생각했다. 어머니는 중학교 때 병으로 돌아가셨다. 그뒤로는 남부러울 것 없을 정도의 아파트에서 혼자 살았다. 투정을 부려볼 부모도, 꼰대짓을 할 부모도 없었다. 정작 필요할 땐 곁에 없었으면서 이제 와 아빠 노릇을 하려는 게 말이나 되나?

이 시계도 그렇고. 도대체 무슨 생각이야? 엄마의 유품이라며 줬던 시계는 집에 두고 왔지만 윤아는 그 생김새를 나사 하나 흠집 하나까지 기억할 수 있었다.

오히려 잘됐어. 그동안 묵혀뒀던 것을 전부 따질 기회야.

아빠와 딸로서 처음으로 전쟁을 벌일 기회야.

개전 준비는 다 됐어.

그렇게 결심을 한 순간.

뭔가 타는 냄새가 나서 윤아는 침대에서 벌떡 일어났다. 불길함이 엄습하고 있었다. 이 집안에서 타는 냄새가 나는 경우는 한정돼 있었다.

윤아는 잠시 고민하다 잘 쓰지 않던 비밀 창고를 찾았다. 한설이 설계자에게 몰래 부탁해 만들어둔, 이 집에서 아버지가 유일하게 알지 못하는 공간이었다. 바닥의 격자를 들어올리고 그 안의 손잡이를 당기면 된다. 시간이 없었다. 조금 열린 틈으로 금고 열쇠를 집어던지고 곧장 밖으로 뛰쳐나갔다.

"언니! 지금 방에 있어?"

효연은 마침 머리를 말리고 있었다.

"무슨 일이야?"

"빨리! 도망가야 돼!"

"뭐어? 난데없이 뭐야? 나 로션도 안 발랐어."

윤아는 아무 말 없이 효연의 손목을 잡아끌었다. 2층으로 내려가니 상황을 확실히 알 수 있었다. 1층에서부터 불길이 올라오고 있었고 이미 2층까지 연기가 가득차 있었다. 1층 여기저기에 불을 붙이고 다니는 사람은 다름 아닌 헤드 셰프였다. 그는 피투성이가 되어 절뚝거리면서 한 손에는 종이를, 다른 손에는 둘둘 만 횃불을 들고 있었다.

"뭐야! 살아 있었어?"

효연은 파자마 소매로 입을 틀어막고 말했다. 하지만 그런 것으론 아무 소용이 없었다.

"아니, 이게 무슨 연기가, 셰, 셰프!"

2층 방에 있던 드미 셰프도 튀어나왔다.

"아빠 방! 거기로 가자. 거기선 안에서 버틸 수 있을 거야! 드미 셰프님! 우리 따라오세요!"

윤아는 바람소리처럼 속삭이듯 외쳤다.

"네, 네?"

드미 셰프는 도무지 상황 파악이 되지 않았다. 헤드 셰프는 어디 있다 나타났고 왜 저러고 있으며 아가씨들은 왜 도망가려 하는가.

아직 헤드 셰프는 그들을 발견하지 못했다. 아래층에서 불을 질러 위층에 가둬버릴 생각인 듯했다. 하지만 습한 날씨 덕에 집은 그리 잘 타오르지 않았다. 통나무로 만든 벽은 물가를 머금어서 불이 잘 옮겨붙지도 않았다. 그 때문에 심통이 나는지 그는 때때로 동상을 걷어차며 소리를 질렀다.

두 사람은 드미 셰프는 내버려둔 채 헤드 셰프가 뒤돌아 있는 순간을 노려 1층으로 달려갔다. 윤아가 열쇠를 손에 쥐고, 곧바로 회장의 방 문에 꽂아넣을 계획이었다.

"아앗!"

하지만 마음이 급했다. 계단은 한 사람이 다니기에도 좁았고 윤아를 뒤따르던 효연은 1층에 다다랐을 때 그만 발을 헛디뎌 넘어지고 말았다.

헤드 셰프는 뒤를 돌아보았다.

"그아아아아아!"

헤드 셰프는 여전히 의미를 알 수 없는 괴성을 지르며 달려들었다. 왼손엔 횃불을, 오른손엔 기다란 회칼을 들고 있었다.

"꺄아아악!"

효연은 피해야겠다는 생각도 못하고 소리를 질렀다. 열쇳구멍을 찾아 허둥대던 윤아의 생각이 양자 스핀처럼 중첩되었다. 문을 먼저 열 것인가, 헤드 셰프를 먼저 막을 것인가.

문득, 놀라운 생각이 떠올랐다. 그 생각이 두 사람을 구해낼 것임이 틀림없었다. 여기엔 운도 하나 따랐다. 윤아는 평소 자기 방 열쇠와 아빠 방의 예비 열쇠를 따로 가지고 다녔다. 지금은 다급한 나머지 두 열쇠를 동시에 손에 쥐고 있었다. 그리고 윤아는 헤드 셰프가 지금 가장 원하고 있던 것, 손에 쥐었다 생각했지만 놓쳐버린 것, 그를 광분하게 만든 것이 무엇인지 알고 있었다.

바로 열쇠. 금고의 문을 여는 열쇠. 윤아는 자기 방 열쇠를 그의 눈앞에 던지며 말했다.

"열쇠 찾고 있었죠? 받으세요!"

헤드 셰프는 본능적으로 반응했다. 그것이 무슨 열쇠인지는 중요하지 않았다. 지금 그 자리에서 자신이 원하는 열쇠를 챙길 필요가 없다는 사실도 인지하지 못했다. 단지 반사적으로 열쇠라는 말에 반응했을 뿐이었다. 그는 칼과 횃불을 떨어뜨리고 열쇠를 받으려 허둥댔다.

그 정도 시간이면 충분했다. 윤아는 방문을 열고서 효연을 잡아 일으켜 당기고 안으로 들어갔다. 이 방문은 닫으면 자동으로 잠겼다. 헤드 셰프는 그사이 속았다는 것을 깨달았지만 이미 늦은 뒤였다. 윤아는 허겁지겁 헤드 셰프를 지나쳐 현관문으로 도망가는 드미 셰프의 모습, 그리고 거대한 헤드 셰프의 손이 뻗어오는 모습을 마지막으로 눈에 담아두며 문을 닫았다. 재계 순위권을 다투는 그룹 회장의 개인 방은 밖에서 불길도 침범하지 못하도록 단단히 잠겨버렸다.

"휴. 살았어."

윤아는 가슴을 쓸어내리며 말했다.

"윤아야아!"

효연은 울먹이며 윤아에게 와락 안겨들었다.

"미안해. 사실 너 잘 몰랐을 때 재벌가 숨겨둔 딸이 학교에 다닌다고 소문낸 거 나야……"

윤아 역시 눈물을 글썽이며 말했다.

"적당히 때려 맞힌 거잖아. 정말인지 몰랐잖아. 그럼 이제 됐어."

두 사람은 얼싸안고 울었다. 혹시라도 불안해하는 분이 있을까봐 묘사하는데, 임채호의 방에 있는 유일한 창문은 곧장 절벽으로 이어지고 위로는 3층까지 수직으로 이어져서 밖에서 침입하는 것은 거의 불가능하다. 마곤이 벽을 타고 오르지 않았느냐고? 그건 순전히 그가 용감하고 날랜 소년이기 때문이었다.

그곳은 안심하기에 충분한 방이었다.

14 한자리에

"쳇. 뭐가 이렇게 복잡하담? 이보세요, 따님들. 전 여러분이 이 사건의 한 축이라는 건 꿈에도 몰랐다고요. 아, 이 말은 어느 정도 진실을 담고 있습니다. 왜냐하면 전 도중에 한 번 잠들었기 때문이죠. 제가 추정한 타임라인에 따르면 아마 두 분이 고생할 때쯤이 아니었을까 싶네요."

"전 딸이 아닌데요."

효연이 재건에게 말했다. 윤아를 막 방에서 재우고 오는 길이었다. 우진과 스테파니가 부주의하게 떠드는 바람에 윤아는 반대편 섬에서 일어난 일을 알게 되었다. 윤아는 힘없이 바닥에 주저앉았고 효연에게 업혀나갔다.

그들은 마곤이 묵던 방에 모여 있었다. 칼에 찔린 한설이 쓰러져 있던 곳이 마곤의 침대 위였기 때문이었다.

"이쪽이야말로 황당하다고요. 직원이 불지르고 칼질하고 난동 피우는 것도 모자라서 살인을 저지르다니. 그것도 방문객과 회장님을! 대체 무슨 일이에요?"

효연은 피곤한 얼굴로 말했다.

"우리도 거기 있다가 방금 왔잖아요."

우진이 말했다.

"맞아, 넌 아까 어디 갔다 온 거야?"

스테파니가 우진에게 물었다. 3층에 올라오기 전 우진은 잠시 자리를 비웠었다.

"아, 그거."

우진은 눈썹을 지그시 내리누르며 말했다.

"보일러 좀 보고 오느라."

"보일러?"

"상태가 약간 이상했거든."

"맞아. 그거 어떻게 된 건가요?"

재건이 물었다. 재건은 우진이 내려가기 직전에 간략한 언질을 들었다.

"제가 보러 갔을 땐 괜찮았어요. 누가 이미 손을 봐났더라고요."

"집사님이 도착하고 바로 체크했겠죠."

"그러니까 그게 뭔데?"

답답해진 스테파니가 조금 힘주어 물었다.

"넌 말해도 이해 못하니까 그러지. 보일러가 작동하고 있었는데 수위가 이상하게 낮았다고. 분명히 여름에도 보일러를 쓰긴 쓸 거고 점검도 계속했을 텐데."

"아니, 알아듣게 얘기하면 되지!"

스테파니가 언성을 높이자 재건이 끼어든다.

"보일러가 파열될 위기였다는 말이죠. 보일러는 물을 끓여서 작동하는데, 끓일 물이 충분하지 않으면 가열된 물이 순식간에 팽창해서 터져버려요. 안전장치는요?"

재건은 두 사람 사이에서 번갈아가며 말을 전한다.

"꺼져 있었죠. 제 생각에, 그 커다란 요리사가 한 게 아닐까 싶은데요. 불지르고 집까지 완전히 날려버리게."

"그러면 자기도 날아갈 텐데요?"

"타이머가 있잖아요."

재건은 입을 다물고 음음, 소리를 내며 잠시 머릿속을 헝클었다. 일이 꼬였더라면 이 집과 함께 날아가버렸을 수도 있었던 효연은 얼굴이 창백해졌다.

"그럼, 그건 뭐 해결된 일이니까 아까 하던 얘기로 돌아갑시다. 마곤은 혼자 가섬으로 갔고……"

"가섬이란 게 둘째 섬 맞죠?"

효연이 확인하듯 물었다.

"여기 기준으론 그렇게 부르나보군요. 네. 우리가 있던 섬이 가섬 혹은 둘째 섬. 헷갈리지 맙시다. 여튼, 마곤은 혼자 거기 갔고 잠시 쉬려는 차, 연기가 나서 내려와보니 퇴치한 줄 알았던 요리사가 불을 지르고 있었다. 여차저차해서 튼튼한 요새인 회장님 방으로 숨어들어서 한 시간가량을 기다렸더니 집사 목소리가 들렸다. 문을 열고 재회하려던 그때, 숨어 있던 요리사가 나타났고 집사의 필사적인 외침에 따라 송전실에 가서 기다리고 있었다. 그리고 체감하기로 한 시간가량 떨고 있었는데 내가 나타나 상황 종료를 알렸다. 이렇게 정리되는 게 맞죠?"

효연은 "네" 하고 답했다.

"아앗, 절 빼먹지 마세요."

혼자 나섬으로 넘어왔다가 어리둥절한 상황을 맞이했던 드미 셰프가 말했다. 그는 먼저 송전실로 도망가 숨어 있다가 차후에 윤아, 효연과 함께 수색하던 재건에게 발견되었다.

"저, 그러면 제가 아까 창밖으로 본 것은, 그 마곤이라는 분이었던 걸까요?"

스테파니가 말했다.

"아마 그럴걸요? 톡으로 얘기했었거든요. 가섬에 가보니까 정전이었다고요. 그래서 여기저기 탐색하다가 송전실까지 가봤다고 하네요. 아마 그때 본 거겠죠. 거봐요! 귀신 따위는 없다니깐."

"내가 뭐라 했나요."

스테파니는 어이없다는 듯 말했다.

"여기 위독하신 집사님이 추가되지 않는다면 시체는 총 세 구. 전찬호, 임채호, 여기 이름 모를 요리사. 요리사야 격투 끝에 죽은 거니 별개라 치고, 제 생각엔 단서가 모두 모인 것 같습니다.

여러분은 선택을 할 수 있어요. 이 자리에서 뒤탈 없게 진상을 밝혀내고 안심하고 내일을 기다릴 것인가, 아니면 추가 범행의 공포 속에서 불안한 밤을 보낸 뒤 느리고 눈치 없는 경찰의 조사를 받을 것인가."

"아니, 범인은 뻔한 거 아니에요? 저 요리사 말고 또 누가 있어요?"

"맞아, 열쇠 훔치고 금고 열려고 불도 지르고 사람도 죽이려고 했다며? 당연히 저 사람 아니야?"

스테파니에 이어 우진이 말했다.

"더 볼 거 뭐 있나요? 다 끝난 일이에요. 이제 진 좀 그만 빼고 쉬자고요."

태연도 말했다.

동료가 범죄에 엮인 일에 대해선 입을 열 수 없었던 드미 셰프도 우물거리고 있었다.

모두 지쳐 있었고 단순하고 명료한 결말을 원했다. 호시탐탐 주인의 보물을 노리던 하수인이 흑막이었다는 결말은 군더더기가 없어 보였다. 하지만 재건은 딱 잘라 부정했다.

"놉! 다시 한번 놉! 가섬에서 정전이 일어난 건 9시. 그런데 추정해보건대 여기 윤아씨와 효연씨가 회장 방에 숨은 것도 그즈음. 만일 요리사가 범인이라면 삼십 분 이내에 가섬으로 가서 이것저것 저질러야 해요. 아무래도 촉박하죠. 게다가 왕복에 필요한 시간을 생각하면 더 그래요.

집사는 9시 30분경, 보조 전력이 돌아오자마자 시체를 발견하고 나섬으로 출발했습니다. 아마도 평소 소요 시간보다 덜 걸렸겠죠. 회장님이 나섬에 있으리라 생각했을 테고, 서둘렀을 테니까요.

그런데 여기 계시던 분들의 증언에 따르면 요리사는 집사가 도착하기 전에 이미 나섬에서 기다리고 있었습니다. 아무래도 빠듯해요. 특히나 격투 끝에 3층에서 떨어졌다면서요? 분명히 몸도 성하지 않았을 거예요. 그런데 삼십 분 거리를 왔다갔다하면서 살인까지 저지른다?"

"그래도 불가능한 건 아니잖아요. 정전도 단지 우연히 일어났던 것일 수도 있고요."

태연이 반론하자 재건은 손뼉을 한 번 치며 말했다.

"아! 우연! 그럴 수도 있죠. 요리사가 가섬에 쳐들어온 것은 단지 그의 광기 때문이고 전혀 계획된 것이 아니었기 때문에 이런 무리한 일을 벌였고 어쨌든 벌어진 일이기 때문에 시간상 불만이 있어도 어쩔 수 없다. 이거죠?"

태연은 마뜩잖게 고개를 끄덕였다.

"그런데 그 가설을 채택하기엔 무리가 있어요. 이미 아니라는 증거가 발견되었거든요. 가섬에 있는 집에서 설비를 엉망으로 만들 간단한 트랩이 발견되었습니다. 가섬의 범죄는 계획범죄예요."

"네에? 어느새 그런 걸?"

스테파니가 놀랐다.

"바로 전에 탐정님이 다 말했잖아요. 제가 송전실에 갔었다고요."

갑작스레 들려온 목소리에 다들 문 쪽을 돌아보았다. 못 보던 아이가 거기 서 있었다. 오직 효연만 그를 알아볼 수 있었다. 자그마한 체구. 쇼트커트에 가까운 머리. 뭔가가 불만스러운 듯한 눈매. 재건의 하나뿐인 제자이자 식객, 마곤이었다.

"마곤아!"

효연은 반갑다는 듯이 외쳤다.

"언제부터 와 있었어? 이 사람들이랑 같이 온 거야?"

"처음부터 있었는데요. 다들 날 신경도 안 써서 그렇지."

마곤은 시큰둥하게 말했다.

"사실 거기서 마주쳤는데 모르는 척했습니다. 여러분을 놀라게 하고 싶지 않았거든요."

재건은 뻔뻔하게 변명한 뒤 자신이 하려던 말을 능숙하게 이어나갔다.

"그렇다면 왜 요리사가 범인이 아닌지 이해하실 겁니다. 가섬에서의 정전은 의도된 것이었습니다. 그런데 불편한 몸으로 이동하는 시간을 감안한다면 역시 그 시점에서 정전을 일으키고 가섬까지 가서 일을 저지른다는 것은 상식적인 시각에서 봤을 때 매우 부자연스럽습니다. 물론 그가 심하게 비이성적이라는 가정, 차단기가 마음대로 통제되지 않았을 가정도 해볼 수 있겠지만 그런 무리한 가정은 일단 제외하죠. 더 합리적인 답과 증거가 있는지 검토해볼 때까지요."

"그러면, 누가 범인이라는 말이죠?"

스테파니가 조심스레 물었다.

"이쪽 섬에 합류하기 전에, 그러니까 우리끼리 있을 때. 전찬호씨도, 회장도 죽고 한설씨는 나섬으로 홀로 달려가느라 방문객 다섯 명만 남았을 때, 우리는 알리바이 검증을 했습니다. 전찬호와 회장이 살해당했을 것이라 생각되는 시점, 9시에서 삼십 분 사이, 정전됐던 그 시간에 우리 다섯 명은 전부 알리바이가 있었죠."

"잠깐만요. 회장님도 그때 살해당한 건가요? 아깐 조금 불확실하다는 식으로 말하지 않았나요?"

태연이 끼어들었다.

"네. 회장은 어느 순간 가섬에서 시체로 발견됐습니다. 그래서 전 범행 가능 시각을 추려봤습니다. 타임 테이블을 작성해볼까요?"

재건은 김이 서린 창문에 손가락으로 글씨를 쓰기 시작했다.

"아, 시각은 대부분 어림치입니다. 이해하기 쉽도록."

　　19:30 파회

　　21:00 정전. 집사, 발전실로

　　21:30 보조 전력 들어옴. 시체 발견. 집사, 가섬 떠남

　　22:00 두번째 시체 발견. 집사, 나섬 도착

　　22:30 통로 발견

　　23:00 재건님, 나섬 도착

"이중 구루회가 끝난 7시 반부터 9시까지를 보자고요. 두 섬을 왕복하려면 최소 한 시간은 소요되죠. 시체가 처음 발견된 순간을 떠올려봅시다. 불이 밝혀지고 시체를 발견하고서 집사님은 뒤도 안 돌아보고 지하로 내려갔죠. '회장이 저쪽 섬에 있다'고 알고 있었으니까요. 그렇다는 건 이 사실을

드러내죠. '집사는 회장과 이 나섬에 왔다가 혼자 돌아갔다.'

즉, 집사든 회장이든 파회 이후 한 번 나섬에 다녀올 정도의 시간은 필요했다는 말입니다.

파회를 대충 7시 반이라 잡긴 했지만 그보다는 늦게 끝났을 테고 이동할 때까지 준비하고 처리할 일도 있었을 겁니다. 더군다나 회장은 왜인지는 몰라도 집사를 따돌려야 했어요. 아무리 유리하게 잡아도 9시 이전엔 시간이 나지 않아요. 집사보다 앞섰든 집사보다 늦게 왔든, 회장은 몰래 가섬에 들어가 숨어 있다가 살해당했습니다."

청중이 이해했건 이해하지 않았건, 재건은 말을 계속했다.

"알리바이가 이래서 중요해진 거죠. 정전이 되자 태연씨는 저한테 전화를 걸었고 그 내역은 녹음돼 있습니다. 난간에 머리를 찧을 정도로 몸싸움을 하고 상대를 아래로 떨어뜨릴 만한 소리는 녹음되지 않았어요. 주유씨는 문서 작성 로그가 남아 있었고요. 스테파니 씨는 통화 기록이 있는데, 전찬호씨의 사망 시각이 확인된 것은 이런저런 우연 덕분이었고, 미리 맞춰 준비할 수 없었다는 점이 확인됐습니다. 우진씨는 방에 설치된 센서로 방밖에 나가지 않았다는 게 확인됐고요."

"그러면 말이죠."

주유가 말했다. 이따금 말문을 여는 그의 목소리는 언제나 밀물처럼 눈 깜짝할 사이에 빈 공간을 채워버렸다.

"의심스러운 사람은 몇 명 남지 않게 되는군요."

그 목소리를 처음 듣고 동시에 눈을 마주쳐버린 효연은 온몸의 털이 곤두서는 것만 같았다. 너무나 차분하고도, 차가웠다. 그의 목소리는 한순간에 효연을 무대의 한가운데에 집어던졌다. 누구도 따를 수밖에 없을 만큼 호소력 짙은 목소리에 압도당하는 경험은 아직 이십대 초반인 효연으로서는 감당하기 쉽지 않았다. 효연은 법정에서 판사가 자신에게 유죄판결을 내리는 순간을 겪는 듯 까마득한 기분을 느꼈다.

"아, 아니에요…… 난……!"

효연의 무력한 부정을 무시하고서 주유는 말을 계속했다.

"본래 우리에게 모습을 보이지 않았던 요리사까지 포함돼 있었지만, 이제 그는 죽었고 범행이 무리라는 게 밝혀졌으니 남은 건 단 세 사람뿐이군요. 저기 저 소년과, 당신과, 그리고 기절한 회장님의 따님이요."

"그, 그래도!"

마곤도 흠칫 반응했다. 마곤 역시 자신에게 딱히 알리바이가 있지는 않다는 것을 알고 있었다.

"혹시 알리바이가 있단 걸 증명할 수 있나요? 9시에서 9시 30분까지."

하지만 주유는 노골적으로 효연을 향해 말했다.

"우, 우린 회장님 방에서……"

"그거야 그쪽 주장이지요. 증명된 게 아닙니다. 시간을 살펴볼까요? 탐정의 제자분. 혹시 마지막으로 나섬을 떠났을 때가 몇시였는지 기억하나요?"

마곤은 질문을 받자 잠시 당황하다가 대답했다.

"8시 41분이요."

"다시 그쪽, 효연씨라고 하셨나요? 효연씨께 묻겠습니다. 저 소년의 증언을 인정하십니까?"

8시 41분. 효연은 긴장한 얼굴로 천천히 고개를 끄덕였다. 마곤은 지하로 내려갈 때 손목시계를 보는 동작을 했고, 그것을 본 효연은 무의식적으로 시계를 보았다. 그러니 그 시각을 정확히 기억했다.

"그렇다면 제자분이 그 시각에 나섬을 떠났다는 것은 인정되는군요. 교차 검증이 되었으니까요. 그런데 이럴 수도 있지 않을까요? 효연씨가 몰래 약간 거리를 두고 뒤를 쫓아 가섬에 잠입했다면? 도착 시각은 9시 10분에서 15분쯤이겠군요. 그곳은 어둠에 잠긴 공간. 몰래 행동할 수 있지 않을까요?"

그의 말투는 객관적으로 듣기에는 느리고 친절하고 사려 깊었다. 하지만 그 자리의 그 누구도 그런 식으로 들을 수 없었다. 효연은 점점 위축되어서 대답했다.

"그, 그건, 윤아가 증명해줄 거예요!"

"따님과 당신은 친구 사이인가요? 어째서 이 섬에 와 있는 거죠?"

"고등학교 후배…… 나는 방학이라 휴가를……"

"후배라. 그렇다면 증언 능력이 떨어지겠군요. 두 사람이 공범일 수도 있으니까요."

"저기요! 어떻게 두 사람이 공범이라는 거예요! 둘이서 짜고 자기 아버지를 죽이기라도 했다는 말이에요?"

스테파니가 갈라진 목소리로 외쳤다.

"그게 그렇게 이상한 추정인가요? 전 미약하게나마 상상해 볼 수 있는걸요. 지금 이 자리에 없는 임윤아씨는 정체를 숨긴 채 살아야 했던 임채호 회장의 혼외자식이죠. 아버지에게 원망이 생기지 않으리란 법은 없습니다. 안 그런가요?"

그는 문을 향해 고개를 돌렸다. 문 바깥에는 어느새 정신을 차린 윤아가 창백한 얼굴로 서 있었다.

"저는 여기까지 하겠습니다. 나머지는 탐정님께서 해주시지 않을까요? 어떻게 생각하시나요? 당신도 뭔가 할말이 있을 것 같은데요. 이 주장을 반박하시겠습니까? 아니면 보충하시겠습니까?"

주유는 재건에게 고개를 돌리며 말했다. 재건은 입을 꾹 다물고 그를 노려보고 있었다.

15 염탐

.

8시 41분.

마곤은 정확히 그 시각에 다시 첫째 섬을 떠났다. 재건 입장에서 보면 나섬에서 가섬으로 이동한 셈이다.

이미 한 번 다녀왔으니 통로를 통과하는 건 세번째다. 짜증이 나기도 했지만 어쩔 수 없었다. 애초에 거기서 돌아오지 말았어야 했다. 그때 잘못 판단한 내 탓이지, 뭐.

마곤은 잠깐 멈춰 서서 핸드폰을 꺼냈다. 그동안 숨어다니느라 잊어버리고 있던 것. 바로 음악이다. 뮤직 이즈 마이 라이프. 음악은 나를 세계와 차단해준다. 마곤은 지구상에서 가장 완벽하게 고립될 수 있었지만, 진정한 벽은 음악을 들을 때 비로소 생겨난다고 생각했다.

이어폰은 망가질지 몰라 가져오지 못했으니 불만족스럽게나마 폰의 스피커로 직접 재생한다. 유튜브 뮤직 오프라인 보관함을 열어 앨범별로 정리된 폴더로 들어간다. 오늘의 선곡은 핑크 플로이드Pink Floyd의 〈더 월The Wall〉. 원래대로라면 팔십 분이 넘는 장황한 길이의 앨범이지만 네 파트로 나눌 수 있었으므로 지금처럼 시간을 쪼개 들을 때 유용하다.

마곤은 첫 곡의 장엄한 기타 리프에 발맞춰 걸었다. 혼자서라면 오가기 힘든 길이라 생각했다. 이곳은 덥고 공기도 안 좋고 습했으며 웅웅거리는 소리로 가득했다. 거기에 어둠으로 수렴되는 듯한 일직선 통로는 걷고만 있어도 어지럽고 어딘가에 홀릴 것 같았다.

"We don't need no education."

마곤은 경쾌한 기타 리듬과 함께 흘러나오는 노래를 따라 불렀다. 트랙 전체에 심오한 주제가 흐르는 앨범이라고는 하는데, 사실 정확한 가사 내용은 잘 모른다. 마곤은 단지 이 앨범의 심각한 분위기가 좋았다. 우린 교육은 필요 없어요. 난 이미 학교에 다니지 않지만.

마곤은 문득 윤아를 생각했다. 본격적인 학교생활인 중고등학교는 문턱도 안 밟아본 마곤으로선 쉽게 상상할 수 없는 삶이었다. 무언가를 감추고서 십이 년 동안 학교를 다닐 수 있을까? 천진난만하게 성적이나 이성 친구, 오늘 점심 메뉴

따위를 주제로 떠들어대느라 바쁜 또래 친구들 사이에서 자기 존재를 견뎌낼 수 있을까?

"All in all you're just another brick in the wall."

당신들 모두 그저 벽 속의 벽돌 하나일 뿐이에요.

하지만 난 아니었지. 윤아도 아니었을 것이다. 그럴 수밖에 없다. 어느 누가 감히 회장님의 따님을 그렇게 대우할 수 있을까. 어느 누가 그를 평범하고 하찮은 그들 또래의 벽돌 하나로 받아들일 것인가.

윤아에게, 효연의 존재는 그래서 특별할 것이다.

마곤은 부모가 누군지도 모른다. 마곤에게는 어리광 한번 부려볼 사람도, 잘못했다고 야단칠 사람도 없었다. 평범한 가정을 보면 괜히 심통이 나기도 했지만 뻔하고 지루한 삶을 살게 될 그들을 부러워한 적은 없었다.

플레인 월드라고. 작전을 시작하기 전에 재건이 한 말이었다. 플레인 월드는 결국 사람을 벽 속의 똑같은 벽돌 중 하나로 만들어버리려 온갖 음모를 꾸미는 곳인지도 모른다. 어느 누구도 태어난 게 죄가 될 수는 없잖아. 그냥 그렇게 태어나버렸는데 나한테 무슨 책임을 지우고 무슨 역할을 더 강요할 수 있단 말인가.

나는 고아에 초능력자다. 이 세상 어디에도 쓸데가 없는 벽돌. 확실히 윤아와는 고민의 지점이 다르다. 하지만 응원하고 싶었다. 섬에다가 저택까지 지어놓고 한가롭게 여흥을 즐기는 부자 놈들은 여전히 얄밉지만, 그래도 윤아가 잘 됐으면 좋겠다. 아버지와 화해하고 행복해졌으면 좋겠다. 부모의 사랑과 애정을 이제 와서 되찾을 수는 없겠지만 나름의 길을 스스로의 힘으로 걸어갔으면 좋겠다.

그 영감탱이 다시 만나면 한마디해줘야지. 쓸데없이 뱅뱅 돌리지 말고 아빠 노릇 좀 하란 말이야! 그게 당신 딸이 가장 바라는 거니까.

손잡고 록 페스티벌에 가주지는 못하겠지만.

〈더 월〉의 첫번째 파트 마지막 곡 〈머더Mother〉의 기타 솔로가 흘러나올 때였다.

갑자기 통로의 모든 전등이 꺼졌다. 마곤은 모든 감각을 잃어버린 것 같았다. 자기 손조차 내려다볼 수 없을 정도로 짙은 어둠이었다. 마곤은 그 자리에 멈춰 설 수밖에 없었다. 이런 바다 속 지하 동굴에서 빛을 잃어버리니 애써 잊고 있었던 두려움이 마음의 틈새를 가득 채웠다. 아무것도 볼 수 없다. 아무데도 갈 수 없다. 이곳은 생존에 적합한 곳이 아니다. 인간은 바다의 압도적인 질량과 어둠 속에서 철저히 무력할 수밖에 없다.

음악이 귀를 뚫고 나가 허공에서 부서졌다. 핸드폰 화면을 켜고 플래시를 실행했다. 길은 그대로였고 그곳은 여전히 걸고 있던 길이었다. 하지만 여전히 심장이 쿵쾅거렸고 습한 더위 속에서 흘리던 땀은 서늘하게 식고 있었다.

다시 걷자. 단지 정전일 뿐이다. 영문은 알 수 없지만. 설마 무슨 일이 있기야 하겠어?

마곤은 발걸음을 재촉했다. 그사이 노래는 끝나 있었다. 새 트랙을 재생하기엔 시간이 애매하다. 앨범은 언제나 처음부터 끝까지. 적어도 한 단락이 끝날 때까지. 마곤이 음악을 듣는 철칙이었다. 빨리 둘째 섬으로 가자. 위로 올라가면 여기처럼 덥지는 않을 것이다.

보일러실의 숨겨진 문으로 빠져나와 지하실 복도를 지나 계단 대신 놓인 비탈을 올라갈 때까지도 마곤은 카메라 플래시에 의존해야 했다. 하지만 불빛 때문에 들킬 수 있었으므로 비탈에 발을 디디면서는 불빛을 가렸고 1층에 도달해서는 기기의 모든 불빛을 꺼뜨렸다.

그리하여 마곤은 다시 완전한 어둠의 저택에 들어서게 되었다. 시계를 보니 9시 10분이 되기 직전. 가만히 귀를 기울여보니 별다른 인기척은 들리지 않았다. 조금 전에 와봤을 때 확인한 1층의 구조는 첫째 섬 저택과 똑같았기 때문에 계단이며 현관의 위치는 알 수 있었다.

어떻게 할까. 재건의 방에 다짜고짜 들이닥칠까. 정전은 어떻게 된 일일까. 김재건을 혼자 풀어놓았을 때 무슨 일이 일어날지 장담할 수 없다. 어쩌면 이미 온 세상을 들썩이게 할 사건을 일으켰을지도 모른다.

어쩌면……

번쩍.

……하고 번개의 하얀빛이 머나먼 천둥소리보다 먼저 건물 안을 가득 채웠다.

"음?"

불길한 기분이 들었다. 그 순간 눈에 들어온 실내의 모습은 기괴하기가 이루 말할 수 없었다. 잠시 유령 그림자라도 비친 것처럼, 마곤은 얼어붙었다. 이명처럼 울려대는 빗소리와 바람소리는 통나무집 안에서 곡소리처럼 맴돌았다.

그냥 기분 문제겠지. 잠시 방향감각을 잃고 서 있던 마곤은 잠시 보았던 현관문 위치를 떠올리고 그쪽으로 움직였다. 나가려는 것이 아니라 단지 움직임을 시작할 기준점을 찾기 위해서였다. 이제 어떡한다? 마곤은 재건에게 전화를 걸어보았다. 하지만 재건은 통화중이었다. 이럴 때 무슨 통화야? 전화할 사람도 없으면서. 할 수 없이 메시지만 남겨두었다.

재건의 방에 들어가려 해도 생각해보니 방의 위치를 모른다. 어떻게 해야 하나. 일단 어디 앉아 있을 곳이 필요했다. 어딘가 적당한 곳이 있을 것이었다. 마곤은 현관 옆 통유리

창가에 다다랐다. 그런데 어쩐지 바닥 카펫의 질감이 눅눅하게 느껴졌다. 현관 근처의 카펫이 젖어 있었다. 문이 열려 비가 들이친 것으로 보였다. 그 말은 누군가가 문을 열었다는 뜻이다. 이 폭풍우에 누군가가 밖으로 나갔단 말인가? 아니면 첫째 섬에서처럼 누군가가 밖에 있었다가 들어왔다는 말인가?

마곤은 잠시 고민했다. 이 섬에는 집사가 있다. 그렇다면 정전 문제를 해결하기 위해 무언가를 했을 가능성이 크다. 회로 차단기 같은 것을 확인하러 문밖으로 나가지 않았을까. 그런데 보통 차단기는 현관 근처에 있지 않나?

마곤은 점검해보았다. 역시 차단기는 첫째 섬과 마찬가지로 현관 옆에 있었다. 까치발을 들어 차단기를 살펴본 마곤은 뭔가 이상하다 생각했다. 차단기가 내려가지 않은 것이다. 그렇다면 정전은 이 집의 문제가 아니다. 마곤은 창밖을 보았다. 송전실에 불이 밝혀져 있었다. 파스텔처럼 희미한 불빛이었다.

"가봐야…… 하나……"

재건은 답장이 없고, 지금 여기서 멀뚱히 서 있을 수도 없고, 어쩌면 저기에 또다른 음모가 도사리고 있을지도 모르고.

마곤은 바로 결심했다.

뭐, 비바람 맞은 김에 한 번 더 맞지.

슬리퍼는 영 불편했지만.

마곤은 용감하게 현관문을 나섰다.

거리는 첫째 섬보다 짧았다. 하지만 힘든 것은 마찬가지였다. 몇 발짝 걷기도 전에 마곤은 흠뻑 젖고 말았다. 뒤돌아서서 잠시 숨을 고르는데 못 보던 건물이 눈에 띄었다.

저택 뒤편에 있는 발전실이었다. 그쪽에서도 불빛을 볼 수 있었다. 역시 그리 강하지 않은 빛이었다. 마곤은 발길을 돌려 그곳으로 먼저 가보았다. 마곤으로서는 그 건물의 용도를 알 수 없었다. 하지만 본채에 더 가깝다는 점에서 더 유의미한 무언가를 찾아낼 수 있으리라 생각했다.

마곤은 비틀거리며 발전실 건물에 접근해 창문으로 안을 들여다보았다. 불빛의 정체는 휴대용 랜턴이었다. 집사는 그 안에 있었다. 선반에 이런저런 공구가 놓여 있는 작은 방이었고 커다랗지만 보일러보다는 작은 발전기가 가운데에 있었다. 뭔가 정비할 것이 많은 모양이었다. 그는 설명서를 옆에 펴두고 스패너를 들고서 발전기와 씨름하고 있었다.

여기에 별다른 음모는 없어 보였다. 그렇다면 송전실 쪽은 어떨까.

영 내키지는 않았지만, 마곤은 다시 송전실로 걸음을 옮겼다. 굳이 가보지 않아도 그 불빛이 집사가 가지고 있던 것과 같은 종류의 랜턴이라는 것은 알 수 있었지만 말이다. 똑같이 생긴 건물. 비슷한 배치의 송전실과 발전실. 여기에 무슨 의미가 있는지는 모르겠다. 설마 이 사건을 일으킬 의도가 담긴 디자인은 아닐 테고. 부자 마음은 알 수 없는 거지만.

투덜투덜하면서도 마곤은 어쨌든 송전실에 다다랐다. 신중하게 능력을 발휘하며 안을 들여다봤지만 아무도 발견할 수 없었다. 선반 위에 랜턴만 놓여 있을 뿐이었다.

헛걸음했군. 마곤은 혀를 차며 좁디좁은 처마 밑에 섰다. 랜턴은 아마 집사가 두고 갔을 테고. 거 참 칠칠맞지 못한 집사로군. 불을 켜놓고서 가다니. 잠깐만 쉬다가 불이 들어오면 집에 돌아가면 되겠다, 생각했다.

아니지. 생각해보면, 이 걷기도 힘든 바람 속에서 랜턴을 잊어버릴 수 있을까? 랜턴을 두 개 가지고 다닌다 하더라도 하나를 굳이 여기다 두고 불을 켜둘 이유도 없다. 그렇다면, 남은 가능성이 있다. 여기에 다시 올 계획이란 것.

마곤은 문을 열어보았다. 뭔가 알 수 없는 계기판이 가득한 방. 착한 어린이는 함부로 만지면 안 되겠지.

눈에 띄는 부분이 있었다. 선반 위로 얇은 판 하나가 어색하게 튀어나와 있고 그 아래 바닥에는 상자가 하나 있었다. 상자 안은 추락 방지용 트램펄린처럼 커튼과 과녁이 있었고 푹 꺼진 과녁 위에는 구형 2G 핸드폰이 놓여 있었다. 그 옆에는 소형 산업용 배터리가 있었다. 핸드폰은 아마도 아슬아

슬하게 지탱해놓은 끈을 끊었을 것이고 연쇄적으로 연결된 스프링 피스톤은 배터리의 스위치를 눌렀을 것이다.

골드버그 장치였다. 핸드폰은 진동하며 상자로 떨어졌을 것이고, 다소 복잡해 보이는 기계는 물리적으로 배터리 스위치를 누르기 위한 장치였을 것이다. 그러면 배터리의 역할은 무엇인가? 커다란 기계 제어장치 한쪽에 작은 문이 열려 있고 배터리에서부터 전선이 이어져 있었다. 얼핏 보기엔 엉성했지만 상관없었을 것이다.

이를 통해 짐작할 수 있는 것은 하나밖에 없었다. 설비를 망가뜨리는 것.

이것은 정전을 일으키는 장치임이 틀림없었다.

정전은 의도된 것이었다.

마곤은 조심스레 장치 이곳저곳을 찍었다. 최초 스위치가 핸드폰이었을 테니 혹시 여기에 단서가 있을지도 몰랐다. 하지만 그 폰은 오직 이 장치를 위해서 준비된 듯 깨끗했고 통화 내역에는 발신번호 표시가 제한된 부재중 수신 기록만 있었다.

마곤은 핸드폰은 제자리에 내려놓고 일어섰다. 마침 본채에 불이 들어와 있었다. 집사가 발전기를 돌리는 데 성공한 모양이다.

조금 기다려보자. 어쩌면 재건이 연락을 해올지도 모르고.

그리고 이것의 의미에 대해 생각해보자. 누가 무슨 목적으로 정전을 일으켰을까. 자꾸만 불길한 생각이 들었다. 생각해서는 안 되는 예감이 별다른 근거 없이 머릿속에서 번져갔다.

설마 별일 있겠어.

마곤은 애써 생각을 떨쳐냈다. 속단하기보다는 이 사실만 재건에게 전해주자.

집사는 본채에 먼저 들를 것이리라 생각했고, 예상대로였다. 하지만 그는 본채에 들어가서 다시 나오지 않았다. 랜턴을 여기 둔 것은 다시 돌아오기 위함이 아니었나? 집사도 이 장치를 봤다면 당연히 정전이 고의로 일어났다는 것을 알았을 것이다. 그렇다면 이 내용을 사람들에게 전달할 테고 적어도 재건은 이곳으로 와 장치를 점검하자고 주장할 것이다. 다시 바람 속을 헤집고 집으로 돌아가기보다 여기서 기다리고 있으면 알아서들 찾아올 거란 결론에 이르렀다.

그래서 마곤은 조금 기다려 보았다. 하지만 집안에 들어간 집사도, 안에 있던 사람들도 이쪽은 신경도 쓰지 않는 것 같았다. 문득문득 창문으로 사람 그림자가 비쳤지만 이쪽을 신경쓰는 것 같지는 않았다.

쳇. 내 짐작은 이렇게 다 틀린다니깐.

할 수 없이 움직이기로 했다. 랜턴은 어떻게 할까 고민하다가 들고 가기로 했다. 해가 남아 있던 첫째 섬에서와는 달리 지금 이 길은 어두워 더욱 발을 딛기 힘들었다. 불빛 때문에 보일 수도 있겠지만 뭐 어쩌겠어. 그런데 이제 모습을 드러내도 상관없지 않을까. 금고에 있는 것도 찾아냈고 통로의 비밀도 알아냈고 뭣보다 김재건이 아무 응답도 없는 게 짜증나기도 하고.

9시 40분을 넘긴 시각이었다. 저택에서 기다리고 있는 것이 무엇인지 마곤은 감히 상상도 할 수 없었다.

16 일기장

　곤란한 상황이었다. 재건과 두 사람은 일말의 연도 없었다. 객관적으로 판단하기엔 무리 없는 상황이다. 재건 역시 마곤이 한동안 혼자서 자유롭게 움직였고 알리바이가 전혀 없다는 것을 알았다. 마곤이 재건에게 모습을 드러낸 것은 두 번째 시체 발견 이후 재건이 혼자 집을 탐색할 때였다. 그때까지 마곤은 재건 주위를 맴돌며 함께 놀라고 함께 혼란스러워했다. 하지만 그것을 다른 사람에게 이해시킬 수는 없었다. 능력을 설명하는 것은 번거로운 일인데다 마곤의 능력은 의심을 배가한다면 모를까 해소하지는 않을 게 분명하다.

　현재 가섬에 있던 다섯 사람과 집사의 알리바이는 확실하다. 그렇다면 소거의 원칙에 따라 나머지 세 사람, 윤아, 효연, 드미 셰프 중에 범인이 있을 수밖에 없다.

8시 41분. 이내 재건은 그 시각이 의미하는 함정을 깨달았다. 섬끼리의 이동에는 약 삼십 분이 소요된다. 만약 달린다면? 덥고 습하고 산소도 부족한 지하 통로에서 서둘러 달린다 해도 금방 지치고 말 테니 결국 소요되는 시간은 엇비슷할 것이다. 그렇다면 마곤이 가섬에 도착한 시각은 9시 10분 전후라고 봐야 한다.

말하자면, 이 특정된 시간의 앞뒤가 가섬으로 이동해 뭔가를 할 수 있는 상한선인 것이다. 살인은 인위적으로 발생한 정전 시간인 9시부터 9시 30분 사이에 이뤄졌기 때문이다. 누군가를 범인으로 지목하지 못한다면. 즉, 이 시간에 맞춰서 가섬으로 이동한 누군가를 지목하지 못한다면 마곤이 가장 유력한 용의자가 되고 만다.

허주유가 노리는 것은 그것이었다. 굳이 마곤을 언급하지 않은 것도 그 때문이었다. 제자를 위기에 빠뜨리고 싶지 않다면 회장의 딸을 공격하라.

재건은 그런 수법을 너무나 잘 알았다.

"이쪽으로 오시죠. 임채호 회장의 따님이시죠?"

재건은 윤아를 향해 말했다. 윤아는 굳은 얼굴로 효연 쪽으로 가 섰다. 앉을 자리가 마땅하지 않았다. 하지만 재건은 시범을 보이듯 바닥에 주저앉았다.

"이제야 알겠군. 진작 알아챘어야 했는데. 댁 같은 사람이 있었지. 사람을 갖고 놀기 좋아하는. 멍청한 집착 때문에 죽어버렸지만. 댁을 보면 꼭 그 사람 생각이 난단 말이야. 하지만 난 이미 수법을 알지. 그러니까 한번 해볼까요? 아무리 개수작을 부려도 진실은 질 수가 없거든."

재건은 주유의 표정이 조금이나마 무너지는 것을 놓치지 않았다. 그 정도 단서면 충분했다.

"차례대로 해보죠. 지금 허주유씨는 원래부터 이 집에 있었던 딸과, 실례지만 두 분 성함이? 예. 임윤아씨와 김효연씨가 범인일지도 모른다는 가설을 제기했습니다. 과연 이 둘의 범행이 가능할까.

일단 드미 셰프님부터. 이 셰프님은 일찌감치 가섬에서 나섬으로 넘어왔습니다. 이후 헤드 셰프로부터 도망가서 송전실에 숨어 있었고, 11시가 넘어 두 아가씨와 합류했습니다. 맞죠?"

"예? 아, 예."

드미 셰프는 대답했다.

"교차 검증을 해보죠. 이때, 윤아씨는 드미 셰프의 행방을 목격했습니다. 지금 증언 가능하십니까? 이 사람은 어디로 도망쳤죠?"

"현관문으로 도망쳤어요……"

"그럼 드미 셰프님은 제외해도 되겠죠? 동선을 고려하면 이 사람이 누구의 눈에도 띄지 않고 다시 가섬으로 갔다가 다시 송전실에서 발견되는 것은 불가능해 보이니까요."

청중은 침묵으로 동의했다. 재건은 추리를 이어나갔다.

"우리 마곤군은 8시 41분에 나섬에서 출발했습니다. 그런데 사람 걷는 속도를 구글 표준 시속 4킬로미터로 잡는다면 오 분만 먼저 출발해도 약 300미터를 앞서가게 됩니다. 뒤따라도 알아채기 어려운 거리죠.

이게 미묘해지는 지점입니다. 마곤이 떠난 직후 헤드 셰프의 습격이 있었죠. 그렇다면 여기서 확인되지 않은 증언은 뭐가 있을까요? '윤아와 효연 두 사람이 회장실에 숨어 있었다.' 아닐까요? 왜냐하면 실제로 그랬다고 증언해줄 헤드 셰프는 사망했으니까요."

"그런……"

"즉, 다소간의 소란 이후에 마곤을 뒤따라서 가섬으로 떠날 수 있는 사람은 두 사람이라는 말입니다. 그간의 증언은 서로 맞춰서 살짝 바꿀 수 있어요. 자초지종은 모릅니다만, 어쨌든 두 사람이 헤드 셰프의 습격으로부터 살아남았다. 이것만이 유일하게 확인된 사실입니다.

그래도 시간이 조금 걸리네요. 조금 빠듯하게 잡아서 9시 45분에서 50분쯤에 출발했다고 생각해봅시다. 어쨌든 불가능한 틈은 아닙니다. 정전 스위치는 이동 도중 누를 수 있었겠죠. 아마 여러 번 통로를 오간 두 사람이라면 시간을 단축할 수도 있을 거예요. 적당히 도착 시각이 9시 15분이라고 치면 나머지 십오 분 안에 일을 처리할 수 있습니다."

불가능한 일은 아니다. 하지만 불가능한 다른 모든 가능성을 제하고 나면 가능한 현실만 남는다. 그 자리의 모든 사람은 무겁게 그 설명을 듣고 있었다.

"불이 들어온 건 9시 30분. 집사는 서둘러 가섬에서 나섬으로 이동했습니다. 하지만 그보다 조금만 빨리 이동하면 먼저 나섬으로 와 회장의 방에 숨어 있던 척할 수 있습니다. 다시 말하지만 두 분 역시 통로 이동이 익숙하실 테니까요. 그때까지만 해도 돌아다니던 헤드 셰프와 마주칠 위험도 있었겠지만, 운좋게 피할 수 있었을 테고요."

"그럼 헤드 셰프가 범인이라도 상관없는 거 아닌가요? 두 사람의 말이 사실이고, 그사이 헤드 셰프가 제 뒤를 따라 가섬으로 갔을 수도 있잖아요."

마곤이 변호하듯이 이의를 제기했다.

"헤드 셰프와 저 둘은 입장이 달라. 헤드 셰프가 범인이려면 미치광이 살인마 가설을 도입해야 해. 헤드 셰프의 목적은 열쇠지 살인이 아니야. 그리고 굳이 시간을 단축하려 뛰어다닐 필요도 없지. 동기 면에서 모순이 많이 생겨. 그런데 이 둘

이라면 동기가 깔끔하게 정리돼. 애당초 살인이 목적이었다
고 한다면."

"그래도 모르는 거잖아요! 그리고 어떻게 십오 분 만에 사
람 둘을 살해한다는 거죠?"

마곤이 외쳤다. 그렇게 말하고 문득 나침반처럼 고개를 돌
려 윤아와 눈을 마주치고 말았다. 마곤은 얼버무리듯이 시선
을 피했다.

"그리고 동기는 여전히 이해가 안 되는데? 왜 자기 아버지
를 죽인다는 거야?"

우진도 한마디 끼어들었다.

"그래요. 이대로라면 아무런 증명도 안 됐을 거예요. 그런
데 말입니다. 이게 발견됐거든요."

재건은 태연에게 눈짓했다. 태연은 방 한구석에 옷가지로
적당히 가려둔 곳을 들췄다. 거기에 있던 것은 바로 윤아의
방, 바닥 밑 비밀 공간에서 발견된 물건들이었다.

야시경, 통신기, 노트, 열쇠.

"이게 뭐예요?"

우진은 쭈그려앉아서 그것들을 살펴보았다.

"임윤아씨 방에서 발견된 물건들입니다. 바닥에 비밀 창고
가 있었지요."

"거긴 집사님밖에 모르는데……"

"죄송하게 됐습니다. 조사하다가 찾아버렸군요. 야시경과 고유 주파수를 쓰는 통신기, 특수 목적이 짐작되는 열쇠, 일기장입니다. 또 죄송한 일이지만 무슨 노트인가 확인하려고 안을 잠깐 봤습니다. 통신기는 말하자면 도청 장치입니다. 어딘가를 듣고 있던 거죠. 지금은 바람소리밖에 안 들립니다. 어디 열쇠인지는 모르겠지만, 야시경은 다들 아시겠죠."

윤아는 얼굴이 파랗게 질려가고 있었다.

"일단 이것들의 용도를 생각해보지 않을 수 없겠죠. 통신기로 어디를 엿듣고 있었을까요? 지금 당장 생각할 수 있는 곳은 저쪽 섬밖에 없을 것 같군요. 야시경은 당연히 어둠에 대비하기 위한 거고요. 일기장은 본인 게 맞는지 확인해주실 수 있나요?"

재건은 묻고서 기다렸다. 윤아는 천천히 고개를 끄덕였다. 그러자 재건은 직접 노트를 집어들고 윤아에게 다가가 건넸다. 윤아는 그것을 훑어보더니 말했다.

"제 거예요…… 그런데 이게 왜……"

"감사합니다. 또 죄송하게 되었습니다만, 이 일기를 미리, 조금 자세히 읽어본 사람이 있습니다. 아, 양해를 구하자면, 그것 역시 고의가 아니었고 전혀 예상하지 못한 곳에서 일기를 발견했으며 사람 마음이란 게 원래 좀 음흉하고 음습한 게 있는 법이라……"

"탐정님?"

마곤이 말을 끊고 나섰다. 재건은 뒤로 물러났다.

"제가 마저 얘기할게요. 전 사실 아까 이 집을 탐색하면서 집사님의 방에 들어갔었어요. 물론 보물의 단서를 얻으려고요. 그런데 집사님 방 책꽂이를 뒤지다가 일기장을 발견한 거예요. 전 이해할 수 없었죠. 왜 집사님이 누나 일기장을 갖고 있는 거지? 뭔가 꿍꿍이가 있는 게 아닐까 하고 사진을 몇 장 찍어뒀어요. 그걸 읽은 거죠. 한번 확인해볼래요? 같은 일기장이 맞는지."

마곤은 충전하고 있던 핸드폰을 분리해 사진첩을 열고서 윤아에게 건넸다. 윤아는 그것을 받아들어 읽고는 다시 마곤에게 돌려주었다.

윤아는 조용히 고개만 끄덕일 뿐이었다.

"제가 이걸 발견한 게 5시 좀 넘어서였고, 탐정님이 누나 방에서 다시 발견한 건 11시 넘어서. 아마도 집사님이 그사이에 이것을 갖다놨을 거예요."

마곤이 말을 마치고 재건이 다시 이어나갔다.

"집사님이 이걸 갖고 있던 의도는 잘 모르겠습니다. 그렇지만 여기에 따르면, 그러니까 제가 마곤에게 전해들은 바에 따르면 윤아씨는 아버지에 대한 원망과 설움을 일기장에 제법 자세하게 적어나갔던 모양이더라고요. 굳이 그 내용을 여기서 공개하지는 않겠습니다.

하지만 전 이게 동기가 될 수 있지 않을까 생각했습니다. 물론 마음이야 왔다갔다하는 거고 일기장만으로 모든 게 증명된다 할 수는 없지만, 저는 이것으로 윤아씨를 의심하기에 합당한 조건이 갖춰졌다고 생각합니다. 동기. 그리고 방법."

재건은 잠깐 멈추고는 호흡을 길게 내쉬었다. 여기서부터는 정리할 것이 많았다.

"조금 더 자세히 말해보죠. 먼저 회장의 동선부터입니다. 구루회가 끝나고 집사님과 회장은 원래 거처인 나섬으로 되돌아왔습니다. 그리고 집사님은 방문객 관리를 위해 다시 가섬으로 돌아갔습니다. 도착한 것이 9시였으므로 출발은 8시 반이었겠죠.

그런데 회장은 무슨 이유에서인지 홀로 가섬으로 이동했습니다. 출발 시각은 8시 30분에서 41분 사이겠죠. 41분에 마곤이 출발하고 이어서 윤아씨가 출발합니다. 편의상 8시 50분이라고 합시다. 도착 시각은 편의상 9시 15분.

9시. 정전이 일어납니다. 9시 10분. 마곤이 가섬에 도착합니다. 그리고 아무것도 모른 채 집 바깥에 나가 집사가 있는 발전실이며 송전실 장치를 둘러봅니다. 9시 15분. 윤아씨가 도착합니다. 윤아씨는 야시경이 있었습니다. 어쩌면 통신기의 이어폰으로 계속 집의 상황을 엿듣고 있었을지도 모르고요.

그 집에서의 행동 순서는 이렇게 됐겠죠. 제일 먼저 주방에서 기다리고 있던 회장을 찾아 찔렀을 겁니다. 그리고 전찬호 씨를 살해했을 거고요. 그다음 주방에서 뒤처리를 했을 거예요. 왜 그런가 하면, 전찬호를 살해한 건 전적으로 우발적인 상황이었기 때문이죠.

전찬호 살해의 동기는? 입막음입니다. 윤아씨는 원래 회장만 살해할 계획이었습니다. 통로의 존재가 드러나지 않으면 완전범죄가 성립하겠죠. 왜냐하면 윤아씨는 다른 섬에 있었고 두 섬은 태풍으로 단절돼 있었으니까요. 그런데 문도 없는 지하에서 부스럭거리고 있던 윤아씨를 쓸데없이 어둠 속을 어슬렁거리고 있던 전찬호가 보고 만 거예요. 나섬에 있었어야 하는 윤아씨는 누구에게도 목격되어서는 안 됐죠. 아마 거기서 살해 장면을 들키지는 않았을 겁니다. 어두웠고, 만일 그랬더라면 한바탕 난리가 났을 테니까요. 그래서 윤아씨는 전찬호씨를 조용히 유인하거나 뒤따랐겠죠. 전찬호는 또 뭔가를 주절주절 떠벌렸을 거고요.

덩치도 큰 전찬호씨를 사슴처럼 가느다란 윤아씨가 어떻게 제압할까 하는 의문이 들지도 모르겠지만, 보이고 안 보이고의 차이는 매우 큽니다. 기습을 했겠죠. 어둠 속에서는 균형을 쉽게 잃었을 거고요.

하지만 아무리 시각적으로 유리하다고는 하나 사람을 죽이거나 기절시켜 난간 아래로 떨어뜨리는 것은 쉬운 일이 아니었을 겁니다. 예상치 못한 시간이 소요됐고, 전력은 언제 들어올지 모르는 상황. 윤아씨는 일단 주방으로 돌아갑니다. 열심히 청소하던 중에 불이 들어왔을 수도 있겠네요. 아무래도 시간이 빠듯했을 테니까요. 하지만 한동안 지하실엔 아무도 들어오지 않았습니다. 집사님만 허겁지겁 나섬으로 달려갔을 뿐이죠.

이제 여유가 조금 생겼군요. 시신을 처리하고, 집사를 뒤따라 나섬으로 이동합니다. 적당한 변명거리를 생각하면서요. 요리사가 부활했을 줄은 예상하지 못했을 테고요. 아마 섬에 도착했을 때 상황은 종료되어 있었을 겁니다. 사악한 요리사는 시체가 돼 있었을 거고 집안에는 불이 붙어 있었을 것이며, 집사는 위쪽 방 침대에, 공범인 친구분은 회장의 방에서 묵묵히 기다리고 있었겠죠."

윤아는 점점 울상이 되어갔다. 재건은 전에 없이 부드럽게 말하고 있었지만 아직 스무 살이 채 되지 않은 윤아에게 이런 공개적인 추궁은 감당할 수 없는 일이었다.

"저기요! 그만 좀 하죠! 지금 무슨 소리예요! 우린 그런 적 없어요! 아니, 대체 무슨, 그게 말이나 돼요? 아버지라고요! 아무리 원망해도, 어떻게, 그게 무슨, 말이, 참, 하아……"

윤아의 얼굴이 벌게지고 호흡이 거칠어졌으며 눈에는 금방이라도 터져나올 것처럼 눈물이 그렁그렁했다. 재건은 눈 하나 깜빡하지 않았다.

"지금 몹시 심리적으로 동요하고 계시는데요. 제가 겪기로 범행이 모두 까발려진 범인들도 똑같은 신체반응을 보이더라고요. 그래서 그건 반론거리가 안 돼요. 중요한 것은 두 분이 범행 당시 알리바이가 없고, 그리고 실제 범행에 쓰였을 증거도 확인됐고, 동기도 드러났다는 사실이에요. 유감입니다. 전 경찰에, 필요하면 법원에서 지금 한 얘기를 그대로 할 거고요. 두 분께 유리하게 해석될 여지는 없을 거예요. 자수하고 최대한 수사에 협조하는 게 형량을 줄일 유일한 방법이라 생각합니다."

―짝.

마침내 효연은 폭발하고야 말았다. 재건의 뺨을 채찍처럼 후려친 건 효연의 오른손이었다. 그 손은 부들부들 떨렸고 볼을 타고 흘러내린 눈물이 입안으로 흘러들고 있었다.

"돼, 됐어! 더는 들어줄 거 없어! 가자! 말이면 다인 줄 알아? 너, 너, 여기서 나가면 가만 안 둘 거야!"

그렇게 말하고 효연은 멍하니 서 있는 윤아의 손목을 잡아끌고 나가버렸다.

재건은 그들이 3층 구석의 방으로 들어가는 것을 보고 다시 말을 이었다.

"이것으로 사건이 해결됐군요. 이제 남은 건 자질구레한 것들이에요. 집사가 일기장을 갖고 있던 이유나, 이건 본인한 테 물어보면 좋겠지만 잘 이겨내셔야 할 텐데. 그리고 열쇠의 목적이나, 보일러실이 이상하게 돌아간 이유나."

"보일러실이요?"

마곤이 먹먹해진 목소리로 물었다.

"응. 보일러가 안전수위 밑으로 내려간 상태에서 계속 돌아가고 있었거든. 지금은 다행히 멈췄지만. 그대로 뒀으면 폭발했을 수도 있었다고. 그런데 좀 피곤하군. 한숨 자고 내일 아침에나 확인해보기로 하지. 뭐, 난 기계랑은 안 친하니까 착각일 수도 있고."

"열쇠는 뭐인지 알아요."

"뭐? 정말?"

"탐정님이 저기 가 있는 동안 뭘 했겠어요? 나도 이것저것 조사한 게 많다고요."

마곤은 말했다. 그리고 회장 방에서 금고를 발견한 일, 요리사가 열쇠를 숨긴 일, 가섬에 가서 열쇠를 찾은 일, 윤아네 어머니의 유품과 그것을 닮은 시계에 관한 것 등을 이야기해주었다.

"너도 참 고생 많았어. 그래서 그 시계는 지금 윤아씨가 갖고 있나?"

"그렇겠죠."

"아쉽군. 추궁하기 전에 말하지 그랬어. 지금은 물어볼 수도 없잖아."

"믿을 수가 없어요. 저런 어린애가 범인이라니. 게다가 아버지를."

스테파니가 중얼거렸다.

"부자들은 우리랑 아예 다른 종족이라니까. 머릿속이 완전히 달라. 그래서 우린 부자들만 노리는 거고."

우진이 그렇게 말하자 태연이 빈정거렸다.

"뭐 의적이라도 되시나보죠? 사기꾼 커플."

"아, 다시 까칠한 김태연씨로 돌아오셨네."

"거긴 좀 원래의 소심쟁이로 돌아가면 안 돼요?"

"이게 내 원래 캐릭터거든요?"

세 사람이 떠드는 동안 재건은 한설에게 가보았다. 스스로 응급처치를 해놓아서 피는 멎은 것 같았지만 붕대며 침대까지 온통 피투성이였고 맥박도 불규칙적으로 뛰고 있었다. 의학적 지식이 전무한 재건이 보기에도 오래 기다릴 수 없을 것 같았다.

창밖을 보았다. 혹시 지금이라면 헬기가 뜰 수 있지 않을까 생각했다. 바람은 여전히 불고 있었지만 몇 시간 전처럼 집을 날려버릴 것처럼 위협적이지는 않았다.

날씨를 보니 풍속은 여전히 초속 10미터 이상이었다. 혹시 몰라 119에 한번 더 전화해보기로 했지만, 대답은 같았다. 하지만 몇 시간만 더 있으면 헬기가 뜰 수 있을 것 같다고. 추정이지만 해뜨기 전에는 될 것 같다고도 했다.

재건은 공지하듯 말했다.

"구조대가 올 수 있는 건 해뜨기 전이라고 합니다. 5시에서 6시 사이면 해가 뜰 테니 그때까지 눈 좀 붙이도록 합시다. 아래층 우리 방이랑 똑같은 곳이 있으니 각자 자리잡으면 될 테고, 전 여기 있겠습니다. 그래도 모르는 일이니까 문단속 잘하고, 가급적 안 나오시는 게 좋겠죠. 어, 불은 다 꺼졌나요?"

마곤은 달려가서 1층의 상태를 보고 왔다. 태풍의 습기를 이기지 못한 불은 자연적으로 모두 꺼져 있었다.

사람들은 하나둘 2층으로 내려갔다. 마지막으로 남은 사람은 주유였다. 그는 재건에게 알 수 없는 미소를 남기고 말없이 방문을 나섰다.

잠시 그 뒷모습을 지켜보던 마곤이 말했다.

"들은 게 또 있는데 지금 말할까요?"

"저 녀석 말이야? 역시 한눈에 보기에도 이상하지? 난 저 이상함을 하루종일 겪어야 했다니깐. 탐정으로서 도저히 용납할 수 없는 불가항력이……"

"아니, 일단 나중에. 상관없죠? 저 사람은."

"물론이지. 최대한 빨리 잠드는 게 좋겠군. 핸드폰 충전도 하고 말이야. 아, 샤워랑 양치는 해야지."

재건은 그렇게 말하면서 가운을 훌러덩 벗어던졌다.

17 추궁

새벽이었다. 바람소리는 확실히 잦아들고 있었다. 이대로라면 해가 뜨기도 전에 구조대가 출발할 수 있을지 몰랐다. 집사는 여전히 인사불성이었지만 살아 있었다.

할일이 많았다.

2층은 여전히 축축하고 어둠에 잠겨 있었다. 복도에 야간등이 하나 들어와 있었지만 이 어둠 속에서는 오히려 스산함만 더해주었다. 1층을 내려다보도록 뱅 둘러싼 복도. 계단으로부터 네번째 방. 그곳이 목적이었다. 결벽증 환자처럼 손수건을 대고 천천히 손잡이를 돌렸다. 소금기 머금은 손잡이가 은밀한 비명을 질렀다.

"이런, 이런. 남의 방엔 무슨 일로?"

깜짝 놀라서 손을 놓는다. 손수건이 바닥에 팔랑거리며 떨어진다.

"짜잔! 방을 잘못 찾아오셨습니다. 고객님 방을 알고 싶으시면 1번을, 아니시라면 2번을 눌러주세용."

재건이었다. 옆에서 들으면 고막이 터져버릴 것 같은 그 경박한 목소리를 어찌 잊을 수 있을까. 꿈에서도 나올 것 같은 그 목소리.

"잘못 누르셨습니다. 서비스 삼아 방을 알려드리겠습니다. 고객님이 가셔야 할 방은, 감방입니다! 웃하하하하하하핫!"

"저기요, 무슨 소리예요? 지금 왜 여기 있는 거죠? 장난치지 마요."

"장난이라니! 전 그렇게 한가한 사람이 아닙니다. 그럴 시간에 애니나 보고 있겠지. 그런데 트릭 궁금하지 않아요? 제가 어떻게 여기로 순간이동을 했나."

"……안 궁금해요. 전 제 물건을 찾으러 온 거고 방을 잘못 찾은 것뿐이에요. 그럼 이만."

"에헤이! 스톱! 아무리 옆방이라지만 방을 잘못 찾을 리가 없죠. 방문의 각도가 다른데."

"상대 안 해줄 거예요."

"그래요? 할 수 없지. 이 안에서 발견된 당신의 지문이면 충분한 증거라 할 수 있겠죠? 문, 그리고 핸드폰."

잠금은 조금 전에 문손잡이를 돌려 풀려 있었다. 잠시 침을 삼키며 서 있던 태연은 어깨로 문을 밀고 과감히 안으로 진입했다. 그렇지만 그 안에서 볼 수 있던 광경은 당황스럽기만 했다.

전찬호의 방에는 아무도 없었다.

"이럴 수가! 자기 트릭에 속아넘어가다니! 너무 부주의한 거 아닌가요?"

재건의 목소리는 방 한구석에 놓인 커다란 블루투스 스피커를 통해서 흘러나오고 있었다. 어둠 속의 방문자, 태연은 그 모습을 보고 잠시 황망하게 서 있었다.

"저도 속을 수밖에 없었다니까요. 아 참, 핸드폰을 확인해 보세요. 이 방에는 지금 와이파이 해킹이 시도되고 있어서 통신 연결중인 핸드폰이 있으면 통제권을 뺏어버린답니다. 정말 놀라운 기술이죠. 폰이 뜨거워지고 있다면 주의!"

태연은 황급히 주머니에서 폰을 꺼내 잠금을 해제했다. 온도를 느껴보고 백그라운드에서 뭔가가 실행중인지 확인하려 했다.

그러던 도중, 갑자기 손에서 핸드폰이 사라졌다. 떨어뜨린 게 아닌가 싶었지만 그런 느낌도, 바닥에 떨어진 물건도 없었다. 무슨 일이 일어난 건지 전혀 알 수가 없었다.

"뼁이지롱! 갑자기 그런 장비를 어디서 구하나요? 폰은 중

거 확보 후 돌려드리겠습니다."

"뭘 한 거죠? 지금 여기 누가 또 있어요?"

"유령이 한 명 있다고 생각하시면 되겠습니다. 자, 태연씨가 여기 나타난 사실, 이 방에서 확보된 지문, 그리고 폰에 담긴, 에, 뭐가 있냐? 어. 어. 네. 저를 속이는 데 썼던 녹음 파일이 있군요. 전찬호와 다른 누구와의 통화 내역 말이죠. 이것만으로도 증거는 충분한 것 같은데, 자백하시겠습니까?"

태연은 잠시 숙고해보았다. 재건의 호언장담과는 달리 저것만으로는 증거가 되지 않는다. 그렇다면 저 탐정이 무슨 얘기를 할지 들어나 보자.

"자백은 내가 뭘 잘못했을 때나 하는 거죠. 지금 어디서 얘기하는지 몰라도 장난 그만하고 나오시죠? 제 핸드폰 돌려주고요."

"좋습니다! 그렇게 나와야죠! 그래야 이 탐정님이 마지막까지 활약할 수 있지 않겠어요? 적당한 데 앉아서 들으시겠어요? 참고로, 이 대화는 이 섬에 남은 모두가 함께 듣고 있습니다. 이 사람들은 일단 모두 나한테 포섭된 상태고요."

태연은 머리가 지끈거리는 것 같았다.

"어떻게 전개할까요? 순차적 플롯? 인과적 플롯? 아, 상황 설명부터 하죠. 전찬호씨가 살해당했을 때 우리는 알리바이를 검토했죠. 그땐 다섯 명 모두 알리바이가 있었어요."

"그랬죠."

"그래서 우리는 외부인의 가능성을 생각했습니다. 여기서 외부인이라는 건 알려진 사람들 외의 사람을 말합니다. 요리사라든가, 다른 섬에 있던 사람들이라든가. 자연스러운 소거법이었죠. 이후 저는 비밀 통로와 제2의 섬이 있다는 것을 알아냈고, 회장과 집사가 두 섬을 오갔다는 사실도 알아냈죠. 가능성은 자연스레 두번째 섬을 향했습니다. 우리는 두번째 섬으로 이동했죠. 여기까지가 우리 시점."

재건의 목소리를 내는 스피커는 잠시 쉬었다가 다시 떠들기 시작했다.

"그다음은 나섬. 그쪽에서 부르기를 첫째 섬이라고 했죠. 여기선 별도의 일이 전개되고 있었습니다. 먼저, 헤드 셰프가 금고 열쇠를 빼돌린 상태였고 내 제자는 집 이곳저곳을 들쑤시면서 보물 찾기를 했죠. 그러다가 회장 방에서 금고를 발견하고, 그 요리사의 이상한 행동을 보고 제압해 열쇠를 빼앗았습니다. 그런데 그 열쇠는 금고와 맞지 않았고, 이 집 따님인 윤아씨의 가설에 따라 가섬에 와서 금고를 열 수 있었습니다. 그 안엔 다른 열쇠가 들어 있었고, 그 열쇠가 나섬에서 본 금고의 진짜 열쇠였죠.

하지만 섬을 오가는 사이 요리사는 부활했고, 광분하여 집에 불을 질렀으며, 윤아씨와 함께 있던 또다른 친구 효연씨는 회장의 방에 숨어 있었다고 합니다. 그리고 가섬에서 사건이 발생하자마자 회장이 위험에 빠졌다고 직감한 집사님은 곧바로 나섬으로 이동했죠. 거기서 요리사를 만나 격투 끝에 부상을 입었습니다. 그사이 마곤은 다시 가섬으로 와 나를 서포트했고, 나섬의 두 여성분은 송전실에 숨어 있었고요. 여기까지가 간략한 사건의 개요입니다."

"네, 그래서요? 조금 전에는 그 두 아가씨가 범인이라고 하셨잖아요."

"그런 줄 알았죠! 아니, 그렇게 될 줄 알았죠! 방에서 단서가 발견됐으니까요. 야시경은 어둠 속에서 행동하려 했다는 심증을 부여하기 좋은 아이템이죠. 통신기의 경우는, 지금 확인이 됐네요. 여기 앉아서 그 섬의 대화 내용을 고스란히 들을 수 있어요. 거기에 범행을 고백하는 듯한 일기장이라니!"

"그럼 확실한 거 아닌가요? 뭐가 문제란 거죠?"

"일이 너무나 완벽하게 끝나버릴 뻔했거든요."

"무슨 말이죠, 그게?"

"아까 보일러실 장치 얘기 했었죠? 아마추어 메카닉을 겸한 박우진씨 말을 들어보니 나섬의 보일러가 터져버릴 위기였더군요. 보일러가 얼마나 드라마틱하게 터질지는 모르겠지만 바로 옆에는 주방이 있고 주방에는 위험한 LP가스도 있죠. 이 집은 목조 주택이고요. 만일 보일러가 터졌다면 평화롭게 끝나지는 않았겠죠. 아가씨 말을 나중에 들어보니 보일러 설정은 대개 자동으로 해놓아서 만질 일이 없다고 하네요. 집사가 매일 경보나 수위를 확인한다고 하고요. 갑자기 그런 문제가 발생할 리는 절대 없대요. 즉, 누군가가 터뜨릴 목적으로 만졌다는 의미."

"그래서요?"

"그러니까, 그 섬에는 시한폭탄이 장착돼 있었고 집사가 아니었다면 모두 날아가버렸을 거라는 거예요. 우린 그 사람들에게서 증언을 들을 수 없었겠죠. 하지만 비밀 창고에 있던 물건들은 어느 정도 보존됐을 거예요. 나중에 조사하는 사람들이 발견하겠죠. 통로의 존재와, 윤아씨 방에 있는 증거. 그리고 사건은 혼외자식이라는 자극적 문구와 함께 알려지겠죠. 세상은 윤아씨를 범인으로 몰아갈 테고, 이미 범인도 비밀도 함께 날아가버린 기이한 사건이 되어 종결되겠죠. 너무나 완벽한 결말. 마치 소설 속 이야기 같은."

태연은 말이 없었다.

"저는 운명이니 천벌이니 하는 말을 믿지 않습니다. 이야기가 그렇게 깔끔하게 마무리되면 뭔가가 이상하다고 여기죠. 무엇보다 '보일러실의 폭발 장치는 누가 마련했나?' 하는 질문이 생겨버리거든요.

범인이라 간주되는 따님들이? 집은 폭발시키고 자신은 어디서 상처 입은 채 발견되어 혐의를 피하려고 했을까? 아무래도 부자연스럽습니다. 불확실한 작전이에요. 집을 터뜨리다니. 자기가 진짜 잘못될 가능성이 높아요. 그러면 보물을 노린 요리사? 아까 우진씨가 그렇게 추측하긴 했지만 역시 아니죠. 만일 보일러실을 폭발시킬 생각이었으면 굳이 불을 지르지 않았을 거예요. 좀더 꼼꼼히 폭발 환경을 조성해놓고 타이머 시간도 좀 멀찌감치 떨어뜨려놨겠죠. 집사? 말이 안 되죠.

새로운 수수께끼. 지금까지의 해석과 따로 노는 사례.

그렇다면 사건을 처음부터 검토해볼 필요가 있겠죠. 알리바이를 검증할까요? 그건 아무래도 어려워 보였습니다. 다섯 명의 알리바이는 제법 탄탄했거든요. 하지만 이러면 어떨까요? 그 시각. 알리바이를 검토하도록 했던 범행 추정 시각을 재검토해본다면?

우린 막연히 이렇게 생각했죠. 정전이다. 뭔가 음모를 꾸미기 좋은 상황이다. 범행은 이때 발생했을 것이다. 그래서 그전까지의 상황을 아무 의심 없이 받아들였습니다. 바로 전찬호씨가 살아 있다는 상황 말이죠.

한번 검토해볼까요? 정전 당시, 전찬호씨가 살아 있다고 여긴 근거가 뭐였죠? 누구 대답해보실 분?"

재건은 말을 멈추었다. 목소리가 조금 멀어지는 게 느껴졌다. 주변에 사람들이 있는 듯했지만 아무도 대답하지 않았다.

"아, 아무도 대답 못하는군요. 정전 직후 복도에 나와 있던 사람은 저와 김태연씨밖에 없었으니까요. 이때, 집사님은 인원 점검을 했죠. 부르면 각자 대답을 해달라고요. 순서대로 불렀으니 정확히 기억나네요. 박우진씨는 노크했고, 스테파니 씨는 대답을 했죠. 전 밖에 있었고, 전찬호씨도 노크를 했고, 태연씨도 밖에 있다가 안에 들어갔고, 허주유씨는 대답을 했죠. 인정하시나요?"

사실의 인정. 심문 대상자가 인정한 사실을 토대로 한 추궁. 조금 전 윤아가 받아야만 했던 압박이었다.

태연은 작게 "네" 하고 말했다.

"그런데 조금 전에 태연씨는 그렇게 말했죠. '방을 잘못 찾았다'고요. 전 그 말을 믿지 않지만, 중요한 사실은 두 사람의 방은 귀퉁이에 맞물려 있고 문도 나란히 있다는 점이에요.

만일 정전이 되어 코앞도 구분하기 힘든 어둠 속이라면 슬쩍 옆문으로 들어가도 아무도 눈치채지 못하겠지요."

지금 그곳은 전찬호의 방. 전찬호가 자랑하던 블루투스 스피커 혼자 떠들고 태연은 그저 듣고 있을 수밖에 없었다.

"만약에 그랬다면 전찬호씨의 방에 주인이 없더라도 '노크'가 가능하다는 거죠. 그리고 그게 가능한 사람은 이미 밖에 나와 있다가 방안으로 들어가는 행위를 한 김태연씨. 당신뿐입니다."

태연은 아무 말도 하지 못했다. 대신 스피커로 술렁이는 소리가 들려왔다.

"왜 이런 가정이 필요할까? 불가해하게 느껴지는 이 사건을 설명할 수 있는 유력한 가설이 만들어지기 때문입니다. 전찬호씨는 정전 당시 이미 방안에서 죽은 상태였다는 것. 범행 추정 시간을 조작한 거죠."

360도 스피커는 마치 그 공간을 베어온 것처럼 실감나는 소리를 전해주었다. 태연은 침대에 풀썩 쓰러졌다. 아무 대꾸가 없어도 저 수다스러운 남자는 지치지 않고 말을 늘어놓았다. 잘못 생각했다. 잘못 생각해도 단단히 잘못 생각했다. 그저 평범하게 말 많고 자의식 과잉인 남자일 거라 생각하고 그를 선택했다. 하지만 그는……

"전 탐정이죠. 제가 하는 말은 대부분 헛소리지만 헛소리는 안 한다고요. 아하! 이것도 헛소리가 되겠군. 하지만 헛소리라고는 할 수 없지. 난 헛소리는 하지 않으니까! 계속해보죠. 당신은 나를 이용했습니다. 나섬을 발견할 때까지 그걸 못 알아챘다는 게 다 황당할 정도군요. 이 탐정님이 가짜 알리바이의 증인이 되다니!

정전이 일어나기 전, 저는 확실히 당신한테 유도되어 바깥으로 나왔죠. 그때 말했죠? 깨어난 저한테, '남자 방에 들어가기 싫다'고요. 따를 수밖에 없는 유도였죠. 전 그 말을 듣고 바깥으로 나왔습니다. 복도에서는 바로 왼편 방에서 전찬호가 떠드는 소리를 들을 수 있었고요. 누군가와의 통화 소리였죠. 전 당연히 그때 전찬호가 살아 있다고 간주했고, 예상 사망 시점의 상한선이 늦춰졌습니다. 그 시점에서 어떻게 그것을 의심할 수 있었겠습니까?

바로 지금처럼, 미리 녹음돼 있던 목소리가 블루투스 스피커를 통해 재생되고 있었다고 어떻게 짐작하겠습니까?

전찬호는 제가 깨어났을 시점에 이미 살해당했던 것입니다. 전 거기에 꼼짝없이 넘어갔습니다. 아주 간단한 심리적 트릭입니다. 저와의 대화 과정이 곧 트릭이었던 거죠. 저는 속고 있다는 사실조차 인식하지 못했던 거예요. 심리적 착시 효과. 비슷한 표현으로 뭐가 있을까요? 셰퍼드 소리? 에스컬레이터 효과?

아무튼, 제 제자가 뺏어버린 핸드폰에는, 아 참, 거기엔 지금 제 제자가 은신하고 있습니다. 이 통화는 그 녀석을 통해 이뤄지는 거고요. 아무튼 거기에는 그 트릭의 증거가 남아 있었다고 하니 증명은 된 것이라 생각합니다. 바로 전찬호 한 명의 통화만 일방적으로 들리는 녹음 파일.

이 점에서 이어 생각해봤는데요, 전 살해 동기가 따로 있지 않을까 추측하고 있습니다. 아마도 전찬호씨 혼자서 통화하는 것처럼 편집된 파일은 실제 그의 통화를 녹음한 거겠죠. 옆에서 육성을 녹음했든, 통화 소리를 녹음해서 편집했든 어느 정도 접점이 있는 상태에서 사전 접촉을 하지 않았으면 그 파일을 만들 수는 없었겠죠."

재건은 동의를 구하듯 잠시 말을 멈추었지만 태연은 반응이 없었다. 재건은 다시 말을 시작했다.

"말하자면 계획된 살인이라는 거죠. 그런데 왜 굳이 여기서? 겸사겸사겠죠, 뭐. 진짜 목적은 회장이었을 테니. 왜 하필 섬에서 살인사건이 일어나나? 클로즈드 서클 미스터리는 항상 이 문제를 고민해야 합니다. 안 그러면 이 세계가 작가의 변덕스러운 취향에 따라 왔다갔다하는 부실한 곳이라는 것을 들키고 말 테니까요. 애초에 회장이 목적이었다고 본다면 이 무대보다 적절한 곳은 없겠죠. 어느 누가 도시 한가운데에서 감히 임채호 회장을 암살하나요? 그런데 여기는 경비도 없고 보는 시선도 없고 감시 카메라도 없지요.

거기에 자신은 절대 걸리지 않을 거라는 확신만 있다면 완벽하겠죠.

이제 남은 것은 회장을 살해한 방법이죠? 회장을 살해할 동기가 있다는 건, 회장과 인연이 있었다는 말이겠지요. 아직은 확신이 없지만 생각난 걸 모두 떠들어볼까요? 아니면 먼저 말해줄래요?"

태연은 말이 없었다.

"말이 계속 없으시군요. 차근차근 가죠. 임채호 회장은 언제 살해당했나? 전찬호를 살해한 시점은 내가 실려온 후와 깨어나기 전 그사이일 겁니다. 아마도 복도가 조용할 때 방을 방문해서 살해한 뒤, 블루투스 트릭을 만든 뒤, 시간 조작의 증인이 되어줄 날 찾아왔겠죠.

그러면 임채호 회장은? 정전 이전인가, 이후인가? 이후라고 가정해봅시다. 나섬으로 갔던 회장이 가섬에 와서 살해당하려면 적어도 집사님보다는 먼저 이 섬에 도착해야 합니다. 시간적으로 가능할까요? 전 조금 전에는 시간상 무리라고 했죠. 모임이 종료된 시각이 7시 반이라고 가정하더라도, 나섬에 다녀오면 준비 시간, 체류 시간, 계단 오르내리는 시간, 한숨 돌리는 시간, 눈 피하는 시간 등등까지 해서 9시 이전까지 돌아오는 것은 무리로 보입니다. 그런데 우린 여기서 한 가지 간과한 것이 있습니다.

바로 회장의 휠체어입니다. 전동 휠체어에 대해 알아보니 최고 시속 12킬로미터까지 나온다 하더라고요. 게다가 쉴 필요도 없죠. 걷는 속도가 시속 4킬로미터라고 해도 그건 이론상의 얘기입니다. 사람은 등속운동을 하지 않으니까요. 즉, 휠체어는 걷는 것보다 세 배 이상 빠르게 이동할 수 있습니다. 삼십 분 거리를 십 분, 넉넉하게 잡아도 십오 분이면 이동할 수 있다는 말이죠.

이렇게 생각해봅시다. 회장은 가섬의 누군가와 몰래 만나기로 약속이 돼 있었습니다. 그 약속은 은밀한 거래일 수도 있고 협박일 수도 있고 다른 무언가일 수도 있죠. 회장과 집사는 구루회가 끝나고 7시 30분 이후…… 아무리 늦게 잡아도 8시 이전엔 나섬으로 출발했을 겁니다. 왜냐하면 집사가 다시 가섬에 나타난 게 9시였으니까요.

나섬에 도착한 뒤, 회장은 뭔가 구실을 붙여서 집사님을 따돌리고 지하로 들어왔겠죠. 집사님이 출발한 시간과의 차이는 크지 않아도 됩니다. 왜냐하면 조금만 먼저 출발해도 한참 앞서갔을 테니까요. 엔진소리? 걸어보셔서 알겠지만 통로엔 바닷속 소음과 내부에서 끝없이 반사되는 소리로 웅웅거려서 늘 시끄러운 상태입니다.

제 생각에 회장은 9시보다 훨씬 일찍 가섬에 도착했을 겁니다. 아마 8시 40분쯤이 아닐까 생각되는데요, 구체적 시간은 별 의미 없겠죠. 그게 가능한 일이라는 것이 중요한 거지. 그리고 제 생각에, 살해당한 시점은 9시 이전입니다. 그 이유는 범인 입장에서 그편이 안전하기 때문이죠. 어둠 속에선 아무래도 행동이 제약되니까요. 손전등이라도 켰다가는 행동을 들키고 말죠. 게다가 알리바이가 있잖아요? 태연씨는 저와 통화중이었는데 어딘가를 왔다갔다하는 소리는 들리지 않았습니다. 누군가를 찔러 죽이고 물청소까지 했다면 더 신경쓰이는 소리가 들렸겠죠. 알리바이를 더 완벽하게 만들기 위해서 살인 시점을 9시 이전으로 당기는 것이 중요했습니다.

정확한 행동 순서는 이렇습니다. 먼저 비교적 넉넉한 시각에 전찬호의 방에 들어가 살해합니다. 돌 같은 걸로 머리를 내려치거나 했을 것이라 생각합니다. 도구는 창밖에 버렸겠고요. 그리고 저를 이용해 생존 시각을 조작합니다.

회장과는 랑데부 시간을 미리 정해두었습니다. 아마 다 같이 있을 때 남몰래 얘기했든가 했겠죠. 제가 일어난 게 8시 즈음이고 그때면 회장과 집사는 열심히 나섬으로 이동하고 있었겠죠. 나를 깨워 전찬호의 목소리를 들려준 뒤 약간의 시간이 났을 겁니다.

제가 허주유씨 방에 들어갔다가 다시 제 방으로 돌아간 게 8시 반경. 약속 시간은 아마 그때부터 9시 사이였겠죠. 당신은 눈을 피해 지하로 내려갔고 약속대로 나타난 회장은 살해당했습니다. 휠체어는 다른 여분 휠체어 옆에 두고 물청소를 하고 냉장고 처리를 했습니다. 그리고 다시 조용히 방으로 되돌아온 거죠. 그리고 정전이 됐습니다.

정전을 어떻게 일으켰는지 자세한 설명은 생략하겠습니다. 제자가 목격한 바에 따르면 핸드폰을 이용한 물리적 타이머를 썼다 하더라고요. 그것도 조사해보면 뭔가 나오겠지만 제 생각엔 명의 같은 건 치밀하게 준비했을 것 같습니다. 중요한 건, 정전은 인위적으로 일어난 일이라는 거죠.

정전이 되자, 당신은 복도로 나왔습니다. 아무래도 상황을 보기 위해서였겠죠. 그리고 마침 그때 집사가 도착해 인원 체크를 했습니다. 여기서는 임기응변이라 생각합니다. 집사는 방마다 인원 점검을 했고 이때 전찬호의 생존을 어필하지 못한다면 계획은 무너졌겠죠.

좋은 기지였다고 생각합니다. 전찬호의 방에 들어가서 대신 노크를 한 것은.

그렇게 위기를 넘기고, 그 자리에서 저와 통화를 해서 '정전된 시간 동안 자신은 아무것도 하지 않았음'을 어필합니다. 통화를 하면서, 시체를 끌고 나와 난간에 핏자국을 남기고서, 그대로 청동상을 향해 떨어뜨리면 되는 일이었습니다. 저와 태연하게 잡담을 하면서요. 이때 들리는 사소한 소리들은 바람소리와 빗소리에 묻혀버렸겠죠. 어렵지 않은 동작이니 통화하면서 할 수 있었을 거고요. 하, 이 몸을 알리바이 공작에 써먹다니 쬐애끔 자존심이 상하는 일입니다.

이후는 아시는 바와 같습니다. 아마도 제가 지하 통로를 발견한 것은 계산 외였을 겁니다. 그쪽 입장에서는 깔끔하게 나섬이 폭발해 거기 있던 사람들이 전멸하고 차후 조사로 비밀 통로가 발견돼 그곳 사람들이 오가면서 범행을 저질렀다는 게 되고, 일기장과 야시경이 증거로 채택되고, 이런 걸 생각했을 거예요.

맞아, 통로를 발견했을 때 이동하지 말자고 주장하셨죠. 지하에서도 한 번 돌아가자고 말하지 않았나요? 생각해보니 윤아씨 방에 있는 비밀 창고를 발견한 것도 태연씨의 암시 덕이었네요.

기왕 들켰으니 비밀 통로의 존재를 아는 사람도 언젠가 모두 해치울 계획이었겠죠. 하지만, 요리사가 음모를 꾸미고 있었고 나섬 사람들과 싸움을 벌이다 불을 냈고, 불이 나면 보일러실이 위험해질 것이라 생각한 집사님이 보일러실의 발화 장치를 손본 것은 당신도 어떻게 할 수 없던 일이었을 겁니다. 그래서 우리가 살아남은 것 같고요.

여기 윤아씨껜 죄송하다는 말씀을 드립니다. 윤아씨는 이렇듯 자기도 모르는 사이 살해된 뒤 살인범으로 지목당하는 역할을 맡고 계셨습니다. 그래서 어쩔 수 없이 제가 무리해서 범인으로 몰아붙였던 거예요. 태연씨가 안심하고 증거를 없애러 그 방으로 오도록이요. 지문이라든가, 혹시라도 남아 있을지 모르는 혈흔이라든가. DNA라든가.

하지만 나는 극적인 걸 좋아하죠. 제 예상이 맞다면 마곤의 핸드폰에 연결된 블루투스 페어링을 끊고 나면 우선순위에 따라 태연씨가 갖고 있던 핸드폰이 연결되겠죠. 한번 끊어볼까요? 분명 태연씨는 전찬호와 아무 연이 없다고 말했죠. 그가 갖고 있던 블루투스 스피커와는 아무런 접점이 없어야 해요. 과연 그럴까요? 만약에 또로롱 하고 그쪽 핸드폰에서 소리가 난다면, 그런데 혹시 듣고 있어요?"

재건은 문득 자기가 계속 혼자 떠들고 있었다는 사실을 깨달았다.

18 도주

피곤하다니까.

질색이라고. 그런 남자.

뭐가 잘났다고 그렇게 떠들어대는 거야? 내 꼴이 뭐가 되느냐고. 그렇게 하나하나 까발려대면. 도대체가, 몇 주 동안 계획하고 준비하고 연습한 보람이 없잖아. 매번 한반도를 비껴가는 태풍 일정이랑 맞추는 것도 힘들었는데.

이미 중간부터 듣는 둥 마는 둥이었다. 그렇게 대단하신 탐정님이 하는 말씀이니 대충 다 맞겠지. 하나, 이 방에 되돌아온 이유는 제외하고 말이다. 이 방에 돌아온 것은 증거를 없애기 위해서가 아니었다. 아니, 맞다. 증거라면 증거지만 그건 혹시나 하는 마음에서 같이 곁들인 이유였고, 사실은 전찬호가 남긴 블루투스 스피커를 챙기고 싶었다.

이거 너무 쿨한 아이템이잖아? 가격을 찾아보니 삼백만 원이 넘더라고. 거실에 두면 딱이라고 생각했는데.

이제 그 꿈은 물거품이 되었다. 물론 희망을 버린 것은 아니다. 난 마지막까지 필사적으로 싸울 테니까. 내 핸드폰을 가져간 녀석. 제자라고 했지? 분명히 어둠 속에서 내 눈을 피해 숨어 있을 것이다. 가까운 곳에서 폰을 들고 통화로 나를 저쪽 섬에 있는 탐정과 연결해주고 있겠지.

녀석은 어디 있을까? 옆방에서 폰을 들이대고 있을까? 아니다. 그러면 목소리가 제대로 전달되지 않을 것이다. 아마도 가까운 어딘가에 숨어 있겠지. 적당한 곳이라고는 침대 밑 말고는 생각나지 않는다.

태연은 몸을 일으켰다. 그리고 침대 밑으로 재빨리 고개를 들이밀었다. 그 안에는 아무도 없었다.

침대 밑이 아니라면 어디지? 당연히 그는 마곤에게 별난 능력이 있다는 사실을 전혀 고려하지 못했다. 바로 침대의 발밑에 쭈그리고 앉아서 핸드폰을 백그라운드 통화 모드로 해둔 채 트위터를 뒤적이고 있는 소년이 있으리라고는 상상도 못했다.

따라서 바닥으로 내려오며 마곤을 밟아버린 것은 단지 서로 침대에서 내려오는 방향이 다르기 때문에 발생한 우연이었다.

"으읍!"

마곤은 능력을 사용하는 도중 다양한 돌발 상황에 대한 훈련이 돼 있었다. 실수로 누군가와 부딪쳤을 때가 그랬다. 설령 누군가와 접촉했다 하더라도 능력이 제대로 발동중이라면 상대는 의식하지 못할 수 있다. 물론 상대에 따라 다르다. 상대가 위화감을 크게 느끼거나 마곤을 의식하며 집중하고 있으면 능력은 깨지고 만다.

그런데 태연은 누군가가 이 방에 숨어 있으리라 생각하고 있었고 신경이 매우 날카로워져 있었다. 그래서 마곤을 밟았을 때 인식할 수 있었던 것이다. 순간적으로 손이 협탁 서랍으로 갔다. 그 안에 든 것은 수갑이었다. 녀석의 오른손과 내 왼손에 하나씩. 찰칵.

마곤은 무슨 일이 일어났는지 곧바로 이해할 수 없었다. 어디서든 숨어들 수 있고 누구에게든 안전한 능력이기 때문에 들키는 상황은 그리 많이 겪어보지 못했다. 더군다나 수갑이라니. 뜬금없잖아.

태연은 마곤을 잡아끌고 방밖으로 나갔다. 마곤은 멀뚱히 수갑을 찬 채 끌려나갔다. 핸드폰은 태연과 부딪쳤을 때 떨어뜨리고 말았다. 재건은 방의 상황은 전혀 알지 못한 채 여전히 떠들어대고 있었다.

간신히 침착함을 되찾은 마곤은 태연에게 물었다.

"웬 수갑?"

"아, 그 사람, 이런 취향이라."

"그 사람이라뇨?"

"뭐, 짐작하고 있는 거 아니야?"

"글쎄요. 저는, 그런데 어디 가는 거죠?"

"바람이 꽤 약해졌지? 비는 이제 안 오고."

1층까지 내려간 태연은 천을 덮어둔 동상을 지나 현관문으로 가서 문을 열었다. 창문을 두들기던 바람도 이제는 얌전해져 조금 전에 비하면 산들바람처럼 느껴졌다. 아직 쾌적한 기상이라 할 수는 없었고 바다는 여전히 오징어잡이 배 하나 보이지 않아 어두컴컴했지만.

"어…… 설마 같이 헤엄치자고요?"

"내가 네 탐정같이 보이냐!"

"모르죠! 삼십 분씩이나 통화했다면서요! 비슷한 족속인지 누가 알아요!"

"잔말 말고 따라와!"

"가고 있거든요? 안 따라갈 수 있나요? 나보다 키도 크고 수갑도 채웠는데."

"거참 쫑알쫑알 말 많네! 너야말로 그 탐정이랑 똑같네. 쉴 틈도 없이 떠들어대잖아."

"네엣? 제가, 탐정님이랑요?"

마곤은 지나친 충격에 그만 제자리에서 망부석처럼 얼어붙고 말았다.

"그런 걸로 하나하나 충격받지 말라고!"

앞서가다가 멈춰선 마곤 때문에 넘어질 뻔한 태연은 묶여 있는 팔을 확 잡아당겼다.

"아."

마곤은 문득 깨달았다.

"그 사람이라면, 설마 회장 말하는 거예요?"

"흥. 뭐야? 다 아는 거 아니었어?"

"전 탐정이 아니니까요. 잠깐, 그러면 혹시 회장을 둘째 섬으로 불러내 살해할 수 있던 것도……"

"그래. 내가 그쪽 방에 갔다가 들키면 곤란하다고 하니까 좋다고 달려오더라고."

"그 팔십 먹은 할아버지랑? 에엑!"

"나라고 좋아서 그런 줄 알아!"

"복수, 인가요?"

임채호 정도 되는 위치에 떳떳한 방법만으로 오를 수 있지는 않다는 것쯤은 마곤도 알고 있었다.

"오 년간의 소송 끝에 부모님이 자살했어. CH그룹에 납품하던 업체였는데, 특허도 빼앗기고 소송도 지고 빚만 잔뜩 생기고. 난 합의하자고 말했는데 절대 질 수 없다고, 질 리가 없다고 하던 아빠는……"

"아, 저, 뭐, 죽일 만했네요. 그런데 저는 상관없는 사람이니까 그만……"

"전찬호도 뭐 상관없는 인간인 줄 알아? 그 사람, 임비원이 고용한 탐정이야. 제 아빠가 가진 보물을 훔치려고 섬에 잠입한. 형제가 하나같이 엉망진창이라니까. 그 집은 좀 패가망신해봐야 돼. 내 핸드폰 갖고 있지? 내가 죽으면 그거 열어서 뒤져봐. 재미있는 거 많을 테니까. 비밀번호는 '1234'로 해놨어."

"저기, 지금 죽으러 가는 거예요? 이대로라면 저도 같이 가게 될 거 같은데요?"

"왕자의 난이라고 들어봤지? CH그룹 오너 집안에서 일어난 계승 다툼. 결국 맏이인 임비원이 이겼지만 둘째인 임비두도 만만찮게 비열한 놈이야. 자기 형이 전찬호를 보낸 걸 알고 날 여기 보낸 것도 그놈이고. 하지만 어느 쪽 하나 마음대로 하게 둘 것 같아?"

"그러니까 이건 좀 풀고 얘기하자고요……"

그들은 벼랑 밑 해변까지 다다랐다. 길이 나 있지 않아서 바위를 타고 내려가는 게 여간 힘든 일이 아니었다. 얼떨결에 슬리퍼를 신고 나오긴 했지만, 맨발바닥과 미끌거리는 슬리퍼 밑창 사이에서 버티기 위해선 종아리를 잔뜩 긴장시켜야 했다. 게다가 한 손은 태연에게 붙잡힌 상태였다.

파도가 얼굴까지 쏟아지는 바위 해안에 다다랐을 때 겨우 말라가던 잠옷은 다시 흠뻑 젖어 있었다. 그곳에 있던 것은 기껏해야 레저용으로나 쓸 수 있을 것 같은 모터보트였다.

"설마 이걸로?"

"안 죽는다니까."

"아직 바람이 이렇게 부는데!"

"넌 더 심한 바람도 뚫고 왔으면서."

"아니, 그건 미친 짓이었고요!"

"어차피 미쳤으니까 괜찮잖아!"

"안 괜찮아요!"

두 사람은 힘을 합쳐 보트를 물에 띄웠다. 보트는 밧줄에 매여 있었다. 물살에 너울거리기는 해도 배에 오르는 데는 문제가 없어 보였다. 지난밤에 비하면 훨씬 얌전한 바다다. 게다가 시간이 지날수록 태풍은 힘을 잃거나 지나가버릴 것이었다.

"그럼, 이거 타고 육지로 가는 거예요?"

"응. 그런데 남해로 가는 거 아냐."

"네? 그럼 어디로?"

"이대로 더 멀리 갈 거야. 대만이나 중국으로. 가다보면 어디든 나오겠지."

"네엣? 진짜 미쳤어!"

"그럼 내가 어딜 갈 수 있겠어? 무려 임채호 회장을 죽였다고! 한국에 가는 순간 오천만 명이 일제히 내 얼굴을 알게 될 거야."

"아니, 그래도! 모터보트로 어떻게 바다를 건너요!"

"너넨 했잖아!"

"거리가 다르잖아요!"

하지만 태연은 막무가내였다. 꼭 붙잡은 마곤의 손을 놓아줄 생각이 없어 보였다. 복수를 위해 온갖 못할 짓을 한 여자다. 마곤은 이 여자가 허튼소리를 하는 게 아니라는 것을 알 수 있었다. 그의 눈은 여전히 불타오르고 있었다. 매서운 바람도 빗방울도 파도의 물방울도 그 불을 꺼뜨리지 못했다.

"맞아요. 설명에서 빼먹은 부분이 있어요. 여기 정답이 옆에 있으니까요."

재건은 우진 쪽을 돌아보며 말했다.

"네? 무슨 말이에요? 뜬금없이."

우진은 말했다. 그는 창가에 기대앉아 있었다. 침대 발치에는 스테파니가 서 있었다.

"전찬호씨의 생존 시점 말이에요. 9시까지라고 확인해준 게 하나 더 있지 않나요?"

통화 상대가 아무 반응이 없어서 재건의 말은 이제 방에 있는 사람들을 향하고 있었다.

"박우진씨 말이에요. 분명히 정전 직후 전찬호씨가 찾아와 책을 돌려줬다고 했죠."

재건은 우진을 가리켰다.

"아, 그랬지."

"아니, 자기 증언도 까먹으면 어떡해요? 범인이었으면 어쩌려고."

"그러네. 그러고 보니. 그야, 뭐……"

"대답하기 곤란하면 제가 말해드릴까요?"

우진이 얼버무리자 재건이 말했다. 우진은 뭐라 반응하려 했지만 재건의 활력을 따라잡을 수 없었다.

"정답은 '거짓말을 했다' 입니다. 실제로 본 게 아니었을 거예요. 아마 방문 앞에 책을 갖다놓은 것을 보고 가져다놨겠거니 했겠죠."

"내가 왜 그랬는데요?"

우진은 마치 학생을 떠보는 선생님처럼 말했다.

"뭔가 켕기는 게 있던 거죠. 단서는 이후에 나왔잖아요. 두 사람이 동료 사이인 것."

재건은 스테파니까지 함께 조명하며 말했다.

"방을 비우면 센서가 작동한다 하셨죠? 그렇다면 스테파니

씨 쪽에서 방문했겠군요. 정전 이후에 두 사람은 같이 있던 거예요. 그런데 책이 있었으니 전찬호씨가 왔다고 생각했겠죠. 스테파니 씨 역시 알리바이가 준비돼 있었죠. 누군가와의 통화 기록이요. 이것 역시 우연이긴 하지만 미리 준비한 거겠죠. 밤중에 박우진씨와 함께 있으려고요. 둘이 함께 있었다는 사실을 들키면 곤란하겠죠. 트릭 중에 두 사람이 짜고 한 게 있을 테니까요."

재건은 다시 우진을 정확히 가리키며 말했다.

"그러니까, 딱히 필요한 변명은 아니었다는 말이죠. 원래는 전찬호와 만났다는 사실을 통해 방에 혼자 있었다는 것을 어필하고 싶었겠지만 그가 살해당한 것은 의외의 일이었고, 경황이 없던 와중 미리 준비한 말의 필요성이 사라졌다는 사실은 깨닫지 못한 채 그냥 말해버렸다는 것."

"뭐, 그렇게 되겠죠."

우진이 순순히 인정하자 스테파니가 물었다.

"그런데 탐정님은 언제 알아챈 거예요? 김태연이 범인이라는 걸."

"아, 그건……"

재건이 설명하려는 순간, 침대에 누워 있던 한설이 신음을 냈다. 사람들은 대화를 멈추고 그에게로 달려갔다.

"아저씨!"

윤아가 제일 먼저 옆자리로 가 무릎을 꿇었다. 집사는 윤아를 힘겹게 올려보더니 다시 눈을 감고 신음을 흘렸다.

"정신이 드셨군요. 살아난 건가요? 시체가 늘어나면 곤란하거든요."

재건은 다가가 말했다. 침대 곁에 서 있던 스테파니는 팔꿈치로 재건을 찔렀다. 한설은 눈꺼풀을 들어올리는 것도 힘겨워 보였다.

"면목이 없습니다. 아가씨. 회장님을…… 지켜드리지 못해서……"

"아니에요. 아저씨는, 할 만큼 했어요. 범인은 알아냈으니까……"

윤아는 다시 눈물을 글썽이며 말했다.

"그런데 얘기 듣고 있었어요? 집사님은 회장님 일은 모를 텐데."

재건이 물었다. 집사는 전찬호의 시신이 발견되자마자 나섬으로 달려왔고 그뒤로는 죽 이곳에 있었다. 회장의 일은 모를 수밖에 없다.

"정신은 오래전부터 들어 있었습니다. 이건 제 책임……으윽."

"아, 말은 하지 마세요. 곧 구조대가 올 거니까 좀만 더 버티세요. 그럼 두 분이 이야기 나누시게, 아니지, 방금 내가 말하지 말라고 했지. 그럼 윤아씨가 일방적으로 이야기 하시게 우린 자리를 비켜드리죠."

재건은 스테파니와 우진과 드미 셰프의 등을 떠밀었다.

"그나저나 여전히 저쪽에선 아무 대답이 없는데요. 적어도 중계해주는 녀석은 한마디해야 되지 않나? 아, 아, 거기, 안 들리니?"

재건은 지향성 마이크에 대고 다시 말했다. 하지만 여전히 저쪽에서는 반응이 없었다.

"이거 어쩐다. 무슨 일이 있는 건가?"

"가보는 게 좋지 않아요?"

스테파니가 말했다. 재건은 음, 하고 고개를 끄덕이고는 다시 방에 고개를 들이밀고 말했다.

"으음, 저기, 주인아씨. 또 방해해서 미안한데요, 저쪽 섬까지 가는 좀 빠른 방법 없나요? 차원 포털이라든지, 대형 투석기라든지."

"배가 하나 있어요. 작은 모터 요트인데, 벼랑 밑에 묶어났을 거예요. 그런데 지금 배를 띄우는 건……"

"맞아, 배가 하나 있었지. 소리 들어보니 바람은 많이 잠잠해진 거 같은데 한번 가볼게요. 혹시라도 녀석이 들켰다면 위험해질 수도 있으니까요. 물론 당할 리 없는 녀석이지만. 혹시, 키는?"

"아마도, 아저씨 열쇠꾸러미 속에······"

재건은 한설이 벗어놓은 겉옷 주머니를 뒤져 열쇠뭉치를 찾아냈다. 재건은 그중 수상해 보이는 열쇠 몇 개를 골라냈다.

"배는 저쪽 섬에 갖다놓지요. 잠깐 빌릴게요!"

그렇게 말하며 재건은 아래층으로 달려내려갔다.

"우와아아앗!"

"붙잡아! 너 빠지면 같이 빠지니까!"

"배가 뒤집히면 잡아도 소용없잖아요!"

"걱정 마! 안 뒤집혀!"

"지금 한 1미터는 수직 하강한 거 알아요?"

"죽기밖에 더하겠어?"

"잠깐! 말이 달라졌잖아!"

"너 그렇게 하나하나 태클 걸래?"

"그러면 놔주든가!"

"이미 늦었으니까 붙잡기나 해!"

그들은 둘이 간신히 들어앉을 수 있을 만한 보트 위에서 넘실대는 파도와 씨름하고 있었다.

방향은 육지의 반대쪽. 태연은 진심이었다. 마곤이 섬에 들어올 때는 이보다 더 거센 파도와 바람을 꿰뚫어야 했지만, 그래도 그때는 목적과 예상되는 거리가 있었다. 하지만 망망

대해를 건너 중국이라니. 물론 서남쪽으로 향한다면 멀리 가봐야 남중국해이고 언젠가는 뭍에 닿을 테지만 그전에 배가 뒤집히면 아무 소용이 없다. 고무에 바람 넣어 띄운 작은 보트로 가면 어디까지 간다는 말인가?

"난 말이야. 할 만큼 했어. 그게 얼마나 수치스러운 일인 줄 알아? 처음엔 그냥 정보만 얻고, 치부를 찾아내서 사회적으로, 공론화하고, 방송도 나오고, 그래서 모두가 문제를 알 수 있게 하려고, 그러려고 했어. 그냥 나 하나만 더러운 년 되면 되는 거니까. 욕먹을 거 알고서 거기에 비서로 들어간 거라고. 그런데, 그런데. 그런데!"

태연은 핸들을 쾅 내리치며 말했다.

"그걸 임비두가 먼저 알아버렸어. 둘째아들 말이야. 약점을 잡히고, 그 자식, 그런 짓을…… 난 이제 상관없어. 그 새끼가 그걸 공개하든 말든. 임채호는 이제 뒈져버렸으니까, 살아서, 반드시 살아서 그 새끼도 죽여버릴 거야. 반드시 살아남을 거야."

"누나…… 울어요?"

마곤은 자기 얼굴에 튄 미지근한 물방울을 느끼고 물었다.

"빗물이야!"

"하지만 목이 메었는데요."

"닥쳐! 쪼그만 게! 너도 죽여버린다!"

"진정 좀 해요. 복수도 이렇겐 곤란하다고요. 일단 확실히 자기 생명부터 보전한 다음에……"

"시끄러!"

배는 다시 한번 높이 튀어올랐다. 파도가 그들을 감당 못할 높이까지 띄워 올렸다가 다시 쿠션처럼 받아주었다. 보트는 물위를 헤집듯이 달렸고 바닥이 수면을 헤집을 때마다 부서진 바다의 가루가 머리끝까지 쏟아졌다.

정말로 이대로 끝까지 가버리는 게 아닌가 싶었다. 더이상 항의할 의욕도 나지 않아 물에 빠지지 않는 일에 온 힘을 쏟기 시작했을 무렵.

빛이 내려왔다.

요트는 아무래도 부자의 취미 중 하나였던 것 같다. 트럭만한 크기에 고래처럼 생긴 선수와 반쯤 열린 지붕이 있고 좌석도 네 개가 있으며 공간도 넉넉해 보였다. 아마 잔잔한 바다에 띄워놓고 낚시나 즐길 요량으로 준비해둔 것이리라 재건은 생각했다.

바람은 여전히 날카로웠고 파도도 울렁이고 있었지만 재건이 타고 온 낡은 모터보트보다 세 배는 커 보이는 이 요트는 별 무리 없이 띄울 수 있을 것 같았다.

요트는 물위에 떠서 흔들리고 있었다. 배를 몰아본 적은 없다. 당연히 면허도 없다. 그렇지만 불가능을 가능하게 하는 탐정 김재건에겐 어떤 새로운 탈것도 문제없었다.

"원래 액션 히어로는 아무거나 잡아타는 법이니까!"

배니까 닻이 있겠지. 있군. 리모컨을 눌러보니 닻이 말려 올라왔다. 말뚝에 묶인 줄은? 풀어버리자. 다행히 구멍에 맞는 열쇠가 있었다. 그럼 어떻게 전진한다? 왠지 만져보고 싶게 생긴 손잡이가 있어 만져보니 배가 움직이기 시작했다. 간단하군. 가자.

확실히 지난 항해보다는 수월했다. 통로의 방향을 통해 가섬의 방향을 추정할 수 있었다. 섬은 역시 가시거리 안에 있었다. 어둠 속이지만 희미하게 건물의 불빛이 보였다. 재건은 파도를 뛰어넘으며 최고 속도로 달렸다. 걸어서는 삼십 분이 걸렸지만 이렇게 탈것으로는 금방이다. 파도 위로 날아가는 기분도 짜릿했고 어둠 속으로 끌려들어갈 것 같은 한밤중 바다 특유의 색도 좋았다.

가섬. 처음 재건이 표류해온 작은 모래톱에 적당히 배를 댄 뒤 닻을 내리고 훌쩍 뛰어내린다. 집으로 들어가려면 좁은 언덕길을 올라야 했지만 기운이 넘쳤다. 신고 온 슬리퍼는 뛰다가 벗겨져버렸다. 하지만 상관없었다. 어차피 부잣집인데 뭘! 어디서 이렇게 마음껏 신발을 잃어버려보나!

재건은 1층 시체를 지나 2층으로 올라갔다. 곧장 스피커가 있던 전찬호의 방에 들어갔다. 대화는 그곳에서 이뤄졌을 터. 그곳엔 아무도 없었다. 마곤의 핸드폰만 바닥에 떨어져 있었다. 집안에 별다른 인기척은 없었는데. 재건은 방을 하나하나 뒤지기 시작했다. 계단 앞 박우진의 방에서부터 스테파니의 방, 자신의 방, 건너뛰어 태연의 방. 마지막으로 허주유의 방.

그는 창가에 서 있었다.

"헬기군요. 구조대가 오는 모양입니다."

재건은 잠시 어지러움을 느꼈다. 이자는 누구지? 분명히 이번 일과 깊숙하게 엮인 자인데. 머릿속이 희뿌옇다. 마치 데자뷔가 저 사람 위에 덕지덕지 발라져 있는 것 같다. 재건은 머릿속 논리회로가 꼬여버렸다는 것을 알아챘다. 여기저기가 단선되어 있었고 불탔으며 뭉개져 있었다. 재건은 자기 뇌의 작동 방식을 잘 알았다. 애매한 기억은 가장 합당한 시나리오로 메워진다. 불확실함을 싫어하는 것은 재건의 표면적 자아만은 아니었다.

하지만 재건은 그것이 올바른 인식을 방해한다는 것을 알았다. 그렇게 해서 뇌가 형편 좋게 이해한 현실이란 결국 실제 현실과 동떨어진 것일 수밖에 없기 때문이다.

다행히 재건은 그러한 인식상 단절 상태를 많이 겪어왔다. 덕분에 단절을 단절로 이해할 수 있는 훈련도 할 수 있었다.

마곤 덕분이었다.

마곤의 능력은 말하자면 상대의 인식에 간섭하는 능력. 분명히 뇌는 마곤이 그 자리에 있어야 하는 것을 알고 있지만 볼 수는 없다. 그러면 뇌는 제멋대로 마곤이 빠진 자리에 다른 것을 채워넣는다. 눈에 보이지 않으니 근래의 기억에서도 사라진다. 마곤과 엮인 일, 마곤과 접촉한 일, 마곤이 저지른 일 모두 '마곤이 없는' 사건으로 재조립된다. 그러다가 능력이 풀리고 마곤을 보게 되면 '아, 내가 왜 얘 생각을 못했지?' 하게 되는 것이다.

재건은 마곤의 능력을 알고 있었으므로 훈련에 써먹을 수도 있었다. 마곤에게 능력을 발휘하도록 한 뒤 마곤을 기억해내는 훈련이었다. 쉽지는 않았다. 애초에 마곤을 떠올려야 한다는 생각 자체를 할 수 없었기 때문이었다.

하지만 머리에 힘을 줘서 생각하면 못할 일도 아니었다. 분명 존재하고 심지어 눈앞에 있지만 인식만 못할 뿐이니까.

그래서 재건은 알 수 있었다. 당혹감. 애매함. 부자연스러움. 그를 봄으로써 닥친 모든 감각이 바로 그때와 같았다.

누군가가 있지만 인식에서 사라진 느낌.

잡히지도 않고 심지어 형체도 희끄무레한 무언가를 잡으려고 손을 휘젓는 느낌.

"많이 힘드신 모양입니다."

그는 천천히 뒤돌아섰다.

"누구야! 넌! 분명히 이 집에 같이 있었는데!"

"아, 거기까지는 기억하시는 겁니까? 조절을 약간 잘못했나보군요. 걱정 마십시오. 금방 없애드리겠습니다."

그는 한 발짝 앞으로 다가왔다.

"오지 마! 네놈 짓인 거 알아. 이 김재건님을 우습게 보지 말란 말이지. 그래, 넌, 확실해. 초대객 중에 있었고, 중간중간 이상한 소리를 했고, 조금 전까지 저쪽 섬에 같이 있었어."

그의 얼굴에 놀라움이 떠올랐다.

"대단하네요. 아무리 제가 찌꺼기를 남겨드렸다지만, 거기까지 기억하실 줄은. 그건가요? 당신이 갖고 있는 별난 힘."

"헹. 그딴 시시한 힘이 아니라 이 김재건님의 초월적인 의지와 추리력이다! 알겠군. 간섭계지? 상대 기억을 조작하는 능력이야. 인식보다는 기억 자체를 건드리는 것 같군. 사건과 사건 사이에 끊긴 부분이 너무 많아. 그냥 그 부분만 싹 기억에서 지워진 느낌이야. 바로 네놈과 연관된 기억만."

—짝.

그는 무심결에 박수를 쳤다. 조롱이나 도발이 아닌 순수한 경의로서의 박수였다.

"정확해요. 제 능력은 '상대에게서 잊히는 능력'이에요. 당신과는 마지막으로 대화를 나누고 싶어서 조금 남겨드렸는데, 보통은 그것만으론 절 기억해내지 못하거든요."

"무슨 꿍꿍이지? 이 섬엔 무슨 일로 온 거야? 초대객을 조작해 날 불러낸 것도 네놈이지?"

"그렇게 되겠죠. 음. 이건 별로 대단한 추론은 아니네요. 꿍꿍이라 해봤자, 물론 저에겐 목적이 있었지만 별로 대단한 건 아닙니다. 여기엔 휴가차 왔지요. 부자의 별장이면 뭔가 대단한 게 있겠지 하고요. 겸사겸사죠. 당신을 한번 만나보고 싶었거든요. 그리고……"

허주유는, 천천히 입꼬리를 올려 미소를 지었다.

"어차피 잊어버리실 텐데 무슨 상관인가요?"

"맘대로 하게 둘 줄 알고!"

"어차피 발동 조건도 모르시잖아요."

"그야 두들겨패서 알아내면 그만!"

"그럴 시간이 있나요? 먼저 와서 보고 있었는데, 제자분이 범인씨에게 잡혀간 거 같은데."

"뭐라고?"

"보트를 타고 나가더라고요. 바람은 많이 가라앉았지만 걱정되는군요. 뭐, 구조대가 뜨긴 했지만요."

그는 바깥으로 고개를 돌렸다. 멀리 하늘에 불빛이 떠 있었다. 해양구조대의 헬리콥터였다.

"이 자식."

재건은 이를 악물었다. 마곤이 납치되어 바다로 나갔다면 그 사실을 구조대에 알려야 했다. 이자를 상대하고 있을 여유는 없었다.

"언젠가 기회가 되면 다시 뵙기로 하죠. 그간 즐거웠습니다. 풍파 조심하시길."

하지만 재건은 결심했다. 어쩌면 지금 가장 중요한 것은 이자의 정체와 목적을 밝혀내는 것일지도 모른다. 재건은 성큼성큼 다가가 손을 뻗었다가 침대 밑으로 삐져나온 캐리어에 발이 걸려 넘어졌다. 사건 전에 방문했을 때도 봤던 여행 가방이었다. 그것은 재건의 발에 걸려서 침대 밖으로 더 밀려나와 그 내용물을 보여주었다.

"이건……"

재건이 본 것은, 검은 천을 사이에 두고 차곡차곡 포개진, 다양한 표정을 한 탈이었다.

탈.

그 순간, 재건의 머릿속을 어떤 기억이 가로질렀다.

지난 꼭두각시 사건에서 전체 그림과 어긋난 사건이 하나 있었다. '바이탈 큐'라고 불리던 범죄 조직의 똘마니가 오래된 시신으로 발견되었다. 살인사건이었다. 시신은 본드로 기도가 막혀 있었고 얼굴엔 탈이 달라붙어 있었으니까. 그것은 마치 과시하듯 시신을 전시해둔 사건이었다. 언젠가 그의 끔찍한 몰골이 발견되길 바라면서.

제각기 다른 표정으로 웃고 있는 탈바가지.

아무 근거도 없었지만, 재건의 머릿속에서 그 사건과 눈앞의 남자, 그리고 캐리어 속에 차곡차곡 포개진 탈 사이에 긴밀한 끈이 이어지고 있었다.

설마 그때부터였던가. 도대체 이자는 누구란 말인가.

"큭" 하고 목구멍에서 삐져나오는 웃음소리가 들렸다.

"여기까지입니다. 더 시간 끄는 건 당신한테도 저한테도 안 좋을 것 같군요. 당신에 대한 정보는 감사히 받아가겠습니다. 기억하실는지 모르겠지만요."

무슨 소리인가. 재건은 순간 길을 잃었지만 그늘진 남자의 얼굴 속에서 잠시 묻어두었던 의문 하나를 끄집어냈다. 연회 때 술을 마시고 기억이 끊긴 일. 지금까지 재건은 한 번도 술 마시고 정신을 잃거나 기억이 끊긴 적이 없었다. 그때 갑자기 모든 기억이 사라진 건 부자연스러웠다. 정보라니? 재건은 태연의 말을 떠올렸다. ……그때 내가 뭐라고 말했다고?

재건은 그의 얼굴을 황망하게 올려다볼 뿐이었다.

마곤은 묶이지 않은 손을 번쩍 들었다. 헬기는 확실히 그들 쪽으로 다가오고 있었다. 태연은 다급히 전조등을 껐지만 이미 늦은 뒤였다. 구조대의 헬기는 쏘아붙이는 듯한 전등으로 그들을 비췄다.

하지만 설마 추격해 납치하기라도 하겠어? 저들은 아마도 섬에 갇힌 사람들을 구조하러 출동했을 것이다. 도망치는 작은 보트를 쫓기보다 섬에 빨리 가서 부상자를 수송하는 것이 우선일 것이다.

태연은 속도를 줄이지 않았다. 이대로 헬기와 엇갈려 어둠 속으로 숨어들면 된다. 아직 해가 뜨려면 시간이 좀 남았다.

"아앗! 너 뭐하는 거야!"

하지만 그는 마곤이 자신의 허리를 감싸고 있다는 사실을 간과하고 말았다. 마곤은 태연의 허리를 붙잡고 몸을 기울였다. 보트는 파도에 흔들려 기울어졌고 한순간에 뒤집히고 말았다.

두 사람 다 보트를 손에서 놓쳐버렸다. 태연은 본능적으로 마곤의 머리를 움켜잡고 발버둥쳤지만 마곤을 물속으로 집어넣는 꼴이 되고 말았다. 마곤은 물속에서도 태연의 허리를 놓지 않았다. 태연은 간간이 머리를 내밀었지만 두 사람의 행동은 서로를 심연 속으로 끌어당기고 있었다.

"사, 살려……"

태연은 한마디 말도 채 뱉어내지 못하고 물속에 잠기고 말았다.

19 아버지와 딸

하늘은 먼짓조각 하나 남기지 않고 깨끗했다. 태풍이 모든 것을 쓸고 가버린 것 같았다. 구름도, 한 아이의 유년기도. 윤 아는 멍하니 조용한 하늘을 내다보고 있었다. 그곳은 섬에서 가장 가까운 목포의 종합병원 1인실이었다. 윤아네 일가는 개인 지정 병원이 있었지만 한설의 상태가 위급하여 일단 가까운 병원에 입원하기로 했다. 윤아는 다친 데도 없으니 검사받으며 조금 쉬는 용도면 충분했다.

"폭풍 전야 같네. 표현은 조금 이상하지만."

윤아는 말했다. 윤아의 곁은 마곤과 재건이 지키고 있었다. 임채호 회장이 죽었으니 세상은 이제 윤아를 가만히 놔두지 않을 것이다. 더군다나 얼마나 자극적인 사건인가. 숨겨둔 혼외자식. 회장의 별난 취미. 고립된 섬. 태풍. 살인사건. 아직은 형제들에게도 알리지 않았다. 알리고 싶지 않았다. 지금이 아니면 조용히 아빠를 추모할 시간이 없을 것 같았기 때문이었다.

한설은 수술 후 회복중이었다. 다행히 재건과 혈액형이 맞아서 수술은 무리 없이 진행됐다. 어젯밤부터 온갖 일을 겪은 데다 피까지 기증한 재건은 널찍한 보호자석에 자빠져 자고 있었다. 마곤은 그 옆 보조 소파에서. 두 사람 다 처음 입고 왔던 옷으로 갈아입은 상태였다. 물론 옷의 상태는 말이 아니었다. 윤아는 적당히 사이즈를 보고서 비서진에게 옷을 준비해달라고 했다. 재건은 정장에 운동화. 마곤은 후드티에 반바지. 저 운동화는 어디서 잘못 갈아 신고 온 거겠지. 김재건 같은 자라면 충분히 가능한 일이다.

회장이 섬에 고립되자 목포까지 내려와 대기중이던 비서과 직원들이 이 비보를 전해받은 최초의 사람들이었다. 사건을 정식 공표하는 일은 비서실장을 겸한 한설이 의식을 차린 뒤에 하기로 했다.

재건은 얼굴에 감촉을 느끼며 눈을 떴다.

"으음. 낯선 천장. 아니, 뭐야 이거. 관짝도 아니고."

재건은 허우적대며 일어나 얼굴에 뒤집어씌워진 옷가지를 치웠다.

"아, 선물, 이에요. 감사의 표시로…… 옷이 엉망이라……"

그것은 재건이 입던 것과 비슷한 군청색 블레이저와 바지, 셔츠, 벨트 그리고 구두였다. 하나같이 고급 원단에 섬세하고 복잡한 무늬가 새겨진 옷들이었다.

"으아니, 이게 뭐람!"

"사람을 시켜 부탁하느라 할 수 없이 기성품으로 고르게 했어요. 마음에 안 드셔도 양해 부탁드려요. 나중에 퇴원하면 그때 맞춤으로 제대로 해드릴게요."

"그게 아니라! 이건 구두잖아요! 이건 신종 수치플레이인가요? 우스꽝스러운 복장을 입히고서 보고 즐기려는 부자들의 변태스러운 취미?"

"네? 어, 구두가 마음에 안 드세요?"

"마음에 들고 안 들고의 문제가 아니라 이건 있을 수 없는 일이거든요. 그런데 원래 신던 신발은 쭈글쭈글해지고, 흠, 냄새나고, 미역이랑 모래가 잔뜩 껴 있고. 어쩔 수 없지. 한동안 또 슬리퍼로 지내는 수밖에."

재건은 벌떡 일어나 병실의 개인 화장실로 달려가 옷을 갈아입었다. 윤아의 눈썰미는 정확해서 품과 길이가 정확히 맞았다. 구두는 끝내 신지 않았지만.

"흠. 옷은 좋군요. 그런데 맞춤이라니, 설마 또 사줄 생각이었어요? 난 이걸로 충분한데."

"마음에 드셨다니 다행이네요."

"신발이 없다는 게 아쉽지만. 뭐, 어때. 아얏!"

재건은 돌연, 윤아의 얼굴을 향해 주먹을 뻗었다. 바람을 가르는 소리가 나고 머리카락이 휘날렸지만 윤아는 눈 하나 깜빡하지 않았다.

"아, 모기가 코앞에."

재건은 손을 펼쳐 그 안에서 뭉개진 모기 시체를 보여주며 말했다. 윤아는 고개를 끄덕였다.

"그런데 집사님 수술 끝나지 않았어요? 한 시간 정도면 된다던데."

"아, 아저씨 나왔어요. 아직 마취 상태라 깨어나면 알려준다고⋯⋯"

"그런가. 그렇군. 그럼 다 같이 병문안을 가봅시다. 움직여도 되죠?"

"네? 네에⋯⋯"

"마무리지을 게 있거든요. 태연씨는 경찰이랑 같이 있나? 지금 입원중이에요?"

"네⋯⋯"

"그럼 서두르자고요. 경찰 끼면 설명하기 귀찮아진단 말이야. 몇 가지 전달할 게 있으니까 듣고 경찰한테 말하든 말든. 일어나, 이 녀석아."

재건은 마곤이 누워 있는 소파를 발로 툭툭 치며 말했다.

둘째 섬에서 온 남자. 종잡을 수 없는 사람.

농담 따먹기 하듯이 이 사건을 종결시켜버린 사람.

윤아는 침대에서 내려섰다.

수술은 잘 끝났다고 한다. 침대엔 '절대 안정' 팻말이 달려 있었고 간호사는 보호자 외 면회를 금지했지만, 재건이 귀담 아들을 리가 없었다.

"저는 그 섬에 초대되어 가게 되었지만, 다른 협잡꾼들과 마찬가지로 다른 목적이 있었습니다. 아마 이 녀석이 말했겠죠. 바로 보물 말이에요."

잠이 덜 깬 마곤은 창가에 기대서서 하품을 했다.

"그래서 이 녀석은 저랑 따로 움직이면서 보물을 찾아다녔죠. 뭔가 착오가 있어서 각자 다른 섬에 가게 됐지만요."

"맞아요. 그런데 제가 먼저 발견한 건 일기장이었죠. 집사 아저씨 방에서요. 여기, 윤아 누나의."

마곤은 윤아 쪽을 힐끗 보며 말했다. 아직 마곤은 일기를 엿봤다는 사실을 윤아에게 직접 말하지 못했다. 어떻게든 얼굴 맞대고 사과해야 할 일이라고는 생각하지만, 그건 중학생 나이의 마곤에게는 버거운 일이었다.

"그 일기장은 다시 제 방에서 발견됐고요. 솔직히 영문을 모르겠어요. 그걸 왜 아저씨가 갖고 있던 거죠? 왜 다시 제 방으로 돌아온 건가요?"

윤아는 마치 원망하듯이 말했다. 재건은 급하지 않게 대답했다.

"한 가지만 확인할게요. 그 방의 비밀 창고 말인데요, 자주 쓰는 건가요?"

"아뇨. 거의 쓰지 않아요."

"그 안에 또 들어 있던 것은 통신기, 야시경, 열쇠였죠. 이 중 직접 집어넣은 게 있나요?"

"열쇠요. 둘째 섬 금고에 들어 있었던, 첫째 섬 금고를 여는 열쇠였어요."

"그것을 넣어둔 건 언제?"

"불이 났을 때예요. 마곤이가 마지막으로 둘째 섬으로 떠나고, 셰프님이 불을 질렀을 때, 그때 막 생각나서 넣었어요."

"그때 안에 뭐가 들어 있었는지 봤나요?"

"아뇨…… 급하게 넣느라."

"그렇군요. 역시 야시경이랑 통신기는 미리 들어 있었다고 봐야겠네요. 문제는 일기장이죠. 이건 추론이 좀 필요한데 여기 일기장을 갖고 있던 본인이 누워 계시네요. 정신을 차리면 좋으련만. 어라? 깼어요?"

한설은 눈꺼풀을 부르르 떨며 의식이 돌아왔다는 것을 알리는 얕은 신음을 흘렸다. 윤아는 그의 곁으로 다가가 손을 감쌌다.

"눈 떠볼 수 있어요? 말까지는 안 해도 돼요. 아직 어지러울 테니."

재건이 말하자 한설은 눈을 1밀리미터 정도 밀어 떴다가 감았다.

"그럼 이렇게 해요. 집사님은 수긍만 해주시면 됩니다. 맞으면 한 번, 틀리면 여러 번 눈 깜빡. 아셨죠?"

—깜빡.

"아마 그건 심리 트릭이었을 거예요. 김태연씨는 미리 일기장을 구해서 섬에 가져온 뒤 집사님이 발견하기 좋은 자리에 놔뒀을 거예요. 어쩌면 나섬에 직접 와서 뒀을지도 모르죠. 목적은? 딸이라면 아버지에 대해 자연스레 가질 수 있는, 게다가 이토록 비정해 보이는 아버지라면 특히 더 격양되어 적었을 원망의 메시지를 전달하려고요. 혹시라도 살아남았을 경우 불리한 증언을 유도할 계획이었겠죠. 추론이긴 하지만, 여기서 확인하려는 건 집사님이 윤아씨의 일기장을 우연히 예상 못한 곳에서 발견했다는 것. 맞나요?"

—깜빡.

"네. 집사님은 일기장을 윤아씨가 가져다뒀을 거라 생각했을 거예요. 그래서 자기 방에 일단 일기장을 두었고, 마곤이 그걸 발견한 거죠. 집사님은 적당한 타이밍에 돌려주려 했지만 직접 돌려줄 용기는 나지 않았을 거예요. 그걸 읽으려는 유혹을 뿌리치기는 어려웠을 거고, 아마도 이런저런 속내를 봐버렸을 테니까요. 그래서 일단 비밀 창고에 넣어둔 거겠죠.

일기장을 비밀 창고에 넣어둔다는 것은 아가씨의 프라이버시엔 일절 간섭하지 않겠다는 의사표시가 되겠죠. 그리고 더불어, 일기장을 발견한 게 자신이라는 것을 알리는 효과도 있을 테고요. 얼핏 듣기로 그 비밀 창고의 위치는 집안사람들 중 집사님만 안다고 했으니까요."

—깜빡.

"그리고 그것은 집사님의 행동 하나를 더 설명해주지요. 시체가 발견되자마자 집사님은 곧바로 나섬으로 달려왔습니다. 그때 무슨 생각을 하고 있었나요? 스스로 그럴 리는 없다고 굳게 믿었지만, 그럼에도 혹시나 하는 생각, 이 통로의 존재를 아는 몇 안 되는 사람들에 대한 생각, 바로 윤아씨가 아버지를 살해할지도 모른다는 생각이 있지 않았나요? 제 생각엔 조금 더 침착할 수 있었을 텐데 집사님은 뒤도 안 돌아보고 현장을 내팽개치고 달려갔죠. 생각할 수 있는 최악의 상황을 걱정하느라."

집사는 눈을 느리게 한 번 감았다가 떴다.

"다행히 걱정하던 일은 안 일어났지만 나섬에서는 예상치 못한 일이 일어나고 있었습니다. 헤드 셰프가 폭주해서 불을 지르고 있었던 거죠. 집사님이 가장 먼저 한 일은 아마도 보일러실 점검이었을 거예요. 왜냐하면 불이 났다면 더 큰 피해, 가스폭발의 위험이 있기 때문이죠. 헤드 셰프가 날뛴 것은 김태연씨에게도 악재였습니다. 원래 김태연씨는 보일러실의 타이머를 조작해서 나섬을 통째로 날려버릴 생각이었습니다. 그런데 불이 났기 때문에 집사님은 보일러를 점검했고 폭발을 막을 수 있었죠. 맞나요?"

　　─깜빡.

　"뒤의 일은 알려진 대로. 헤드 셰프는 죽었고, 집사는 부상을 입었고, 회장 방에 숨어 있던 두 사람은 불길을 피해 송전실에 가 있었습니다. 이후로 가섬 사람들이 도착했고요."

　"궁금한 게, 언제부터 그 사람을 의심한 거예요? 거기서 그냥 대화하면서?"

　　마곤이 물었다. 마곤은 정전 직후 가섬에 도착했고 첫번째 시체가 발견된 직후부터 재건의 주위를 맴돌았다. 대화 내용은 거의 다 엿들었지만 그중에서 태연을 범인으로 지목할 만한 것은 없었다. 적어도 마곤이 듣기로는.

　"사소한 거긴 한데 말이야."

　　재건은 대답했다.

　"내가 과식해서 잠깐 기절한 적이 있었는데 그뒤에 무슨 일이 있었는지 태연씨한테 들었거든. 그런데 그때 말했어. 자긴 투시력으로 회장 등에 있는 점도 맞췄다고. 보통 그런 초능력 사기는 사전에 얻은 정보를 활용하거나 적당히 때려 맞히는 거거든. 그런데 등에 난 점을 때려 맞힐 순 없잖아."

"에엑? 그래서 의심한 거예요?"

"이상하잖아! 아무리 최첨단 첩보 장비를 쓴다 해도 저 노인의 등짝까지 볼 기회는 별로 없었을걸? 여기 모인 사람들은 대개 보물에 대한 정보를 어느 정도는 알고 오는 거니까 둘이 뭔 관계가 있었을 거라 의심해볼 수 있지. 그리고 회장은 여기까지 혼자 와서 살해당했어. 집사를 따돌리고 말이야. 그렇게까지 할 이유가 뭐가 있겠어? '그거' 말고."

마곤은 못마땅한 얼굴을 했다. 하지만 그것은 마곤의 평소 얼굴이었으므로 재건은 다시 말을 이었다.

"그리고, 아버지를 잃었는데 범인으로 몰린 딸이 있잖아? 빨리 결론지어야지 하고 서둘러 마무리한 거지."

재건은 씩 웃어 보였다. 윤아는 어두운 얼굴로 고개를 끄덕였다. 납득되지 않는 설명은 없었다. 이것으로 끝이었다. 아버지는 업보대로 돌아갔고, 궁금한 것도 억울한 것도 없었다.

그때, 병실 바깥이 떠들썩해졌다. 열려 있는 병실 문을 누군가가 몸으로 막아섰고 그 앞으로 시커먼 사람들의 무리가 먹구름처럼 몰렸다.

"못 지나가! 환자가 있단 말이에요!"

홀로 용감하게 문을 막아선 사람은 효연이었다. 그도 환자복을 입고 있었다. 홀로 병원 주위를 어슬렁거리다가 냄새를 맡고 달려온 기자며 방송국 취재진들을 발견하고 도망쳐온 것이었다.

"저기 있다! 임채호 회장 딸!"

"임채호 회장이 살해당했다는 게 사실인가요?"

"범인은 잡혔나요?"

"범인은 구루회 참가자였나요?"

재건은 불쾌한 표정을 지으며 그들을 돌아보고는 고개를 저으며 말했다.

"대체 누가 말을 흘린 거야? 곤란하다니깐."

재건은 성큼성큼 문 앞으로 다가갔다. 수많은 카메라와 마이크가 좁은 미닫이문과 효연에게로 집중되어 있었다. 더는 버티기 힘들어 보였다. 양팔과 뒤꿈치로 막아서고 있었지만 뒤에서부터 밀어붙이는 인파를 홀로 밀어낼 수는 없었다.

"실례. 섬에선 별로 얘기 못 나눴죠?"

재건은 효연의 귓가에 대고 말했다.

"좀 거들어요! 혼자선 못 버티니까!"

"뒤에서 엉덩이라도 밀어달란 말이에요? 그것보단 그쪽이 조금만 더 고생해주는 게 좋을 거 같은데."

"뭐라고요? 아씨, 진짜!"

"아씨? 친구한테 아씨라고 불러요? 되게 고전적이다."

"닥치고 뭐라도 좀 해!"

재건은 슬리퍼를 벗어들었다. 그리고 팔을 문밖으로 뻗어 눈앞에 보이는 기자들의 이마를 차례대로 후려친다.

짝. 짝. 짝. 짝.

경쾌한 그 소리에 소란은 잠시 소강상태. 그 모습을 본 사람들은 어이가 없어 질문을 던지는 것도 몸을 밀치는 것도 잊어버렸다. 아주 잠시였지만.

재건은 그 틈을 놓치지 않고 문을 쾅 소리 나게 닫아버린 뒤, 뒤로 돌아 말했다.

"휴. 얘기, 마저 할까요?"

재건의 이런 행동에 당황하지 않을 수 있는 사람은 마곤뿐이었다.

"얘기 다 안 끝났다고요. 가장 중요한 게 남았잖아. 보물!"

재건은 보조 침대 위로 뛰어올라서는 말했다.

"보물? 그런 건 없었어요. 금고에 있던 건 그냥 고장난 시계였다고요."

마곤이 말했다.

"마곤한테 다 들었어요. 거기 있던 건 윤아씨가 어머니 유품으로 받은 시계랑 똑같이 생긴 회중시계였다면서요? 두 시계는 전부 멈춰 있었고요."

"네. 이제 그게 무슨 의미인지 알 수 없게 됐지만요."

윤아는 말했다.

"포기하면 안 되죠! 지금 세계에서 가장 위대한 탐정과 함께 있는데! 혹시 그 어머니 유품이라는 시계가 가리키고 있던 게 뭔지 기억하나요?"

"네…… 수도 없이 보고 무슨 의미인지 생각했으니까요. 섭씨 33도. 12시 56분 30초."

"그럼 이번에 발견한 시계는?"

"어, 그건 제 병실에……"

"그건 사진 찍어놨잖아요!"

마곤이 말하며 핸드폰을 꺼냈다. 사진에 남아 있는 숫자는 화씨 124도. 12시 35분 30초였다.

재건은 두 숫자를 핸드폰에 받아 적고 이런저런 검색을 해본 뒤에 결과를 제시한다.

재건이 내민 것은 구글맵이었다. 검색창에는 방금 재건이 받아 적은 숫자가 조금 다른 방식으로 적혀 있었다.

33°56'30"N 124°35'30"E.

"이건……"

재건은 핸드폰 화면을 윤아의 얼굴 앞에 들어 보였다. 뒤에서 화면을 힐끗 넘보고는 적당히 지도를 축소해서 그것이 가리키는 위치를 보여준다. 그곳은 이곳 목포에서 어느 정도 떨어진 한국 영해 내 바다 가운데였다.

"좌표입니다. 한국에서 쓰는 표준 지리 좌표계라고요! 윤아씨가 가지고 있던 시계가 가리키는 것은 북위 좌표예요. 섭씨의 범위가 대충 북위 90도 밑으로 정해지니까 그렇게 고정해둔 거죠. 12시는 00시니까 생략. 지리 좌표는 분과 초로 세분화하죠. 그래서 온도는 북위, 분과 초는 말 그대로 분과 초. 이걸 가리키는 거였다고요!"

"그럼 금고 안에 있던 시계도……"

"그 시계는 화씨 온도를 가리켰죠. 화씨의 범위는 100단위로 넘어가고 경도의 범위는 180도까지니까 얼추 맞출 수 있죠. 나머진 동일. 이게 바로 보물의 정체였다고요! 아무것도 없는 해양을 가리키는 이유가 뭐겠어요?

아직도 안 사라진 보물에 대한 전설 중에 그나마 로망 끄트머리라도 남아 있는 건 바로 침몰한 보물선에 대한 거죠. 뭐, 가끔 들어봤을 거예요. 돈스코이호라든지, 남중국해 해적들의 보물선이라든지, 송나라 시절 무역선이라든지. 물론 우리나라에서 떠도는 소문 같은 건 대부분 투자를 노린 사기였습니다. 그렇지만 이 넓은 바다의 역사 속에 보물선 하나쯤 있어도 이상할 건 없죠. 영감님이 발견한 게 뭔지는 모르겠습니다. 어쩌면 거기에 유전이라도 있을지도 모르죠. 아틀란티스일지도 모르고요. 그렇지만 거기 뭔가 대단한 게 있다는 건 확실하지 않을까요?”

재건은 신이 나서 떠들었지만 윤아는 여전히 미심쩍은 표정이었다. 문 바깥에서는 또다시 와글와글한 소리가 들려왔다. 기자 무리가 경찰들에게 해체되고 있는 모양이었다.

“그런데 이건 상품으로 내건 보물 아니에요? 그게 제가 갖고 있던 거랑 함께 좌표를 만든다니, 좀 이상한데요.”

“이것참, 뭘 모르시네. 당연히 이 대회는 블러핑이죠! 회장은 애초에 상금과 상품을 내줄 생각이 없었다고요! 모르겠어요? 보통 이런 거 하면 사기꾼이나 몰려오지 누가 진짜 초능력자가 오리라고 기대하겠어요?”

“하지만……”

“어머니의 유품. 그리고 그것과 똑같은 디자인의 시계. 이 두 개가 짝이라는 건 너무나 명백한 사실이에요. 그런데 유품으로 준 것을 뺏을 리가 있겠어요? 그러니까 이건 원래 윤아 씨한테 주기로 돼 있던 거예요. 대회는 구실이죠.”

“왜 그런 구실을……”

“그야 자기 딸과 함께 있고 싶으니까!”

재건은 목청껏 외쳤다. 온 병실이 쩌렁쩌렁 울릴 만큼 큰 목소리였지만 윤아는 전혀 그런 것을 느낄 수 없었다.

"요령 없는 영감이라니까! 한평생 일하고 음험하게 뭔가를 꾸미며 정신없이 살아온 인간이라고요. 유명한 말도 있잖아요. '네가 해봤어?' 아, 이건 임 회장 말이 아닌가? 아무튼, 평범한 사람은 상상도 못할 만큼 일과를 무언가로 가득 채우고 살아온 사람이잖아요. 그런 사람이 딸이랑 아무것도 안 하고 그냥 같이 지낸다는 것을 상상이나 할 수 있겠어요? 그야말로 부자의 삐뚤어진 심성이지. 그래서 말도 안 되는 대회까지 열면서 딸이랑 가까이 있으려 한 거라고요. 그러다가 적당히 물려줄 생각이었겠지."

윤아는 아무 말도 할 수 없었다.

"그런데 어차피 이것도 추론이고요. 기왕 추론하는 김에 다른 가능성도 생각해볼까요? 전 임 회장의 자식들 사이에 상속 문제로 갈등이 심했다고 들었거든요."

"네에……"

"그 사람들 사이에 낀 윤아씨는 어떤 대우를 받았나요? 존재조차 알려져 있지 않았던 동생이 갑자기 발견됐다. 제 생각에 탐욕스러운 오빠들이 가만 놔뒀을 것 같진 않거든요."

"……"

"아버지 입장에선 자식들이 징글징글했겠죠. 왕자의 난이라니! 의좋아야 할 가족 사이에 소송하고 언쟁하고, 어휴, 진절머리가 났겠죠. 그래서 두 자식 놈보다 아직 세상 때가 덜 묻은 딸에게 떡 하나라도 더 챙겨주고 싶었을지도 몰라요. 하지만 장남, 차남이 그걸 용납할 리가 없겠죠. 그래서 준비한 건 아닐까요? 누구도 딴소리 못하게 자신의 유산 중에서 특별한 보물을 물려줄 방법을 말이에요."

윤아는 재건이 무슨 소리를 하려는지 알 수 없었다. 재건이 뭔가를 숨기고 있었기 때문이었다.

"이제 고백을 좀 해볼까요? 사실 전 초능력자입니다. 여기 마곤 친구도 마찬가지죠. 그런데 이 초능력이란 게 그리 대단한 게 아니랍니다. 나름 유용하지만요. 제가 가진 능력은 다름 아닌 '초능력자를 알아보는 능력'입니다. 전 곁에 초능력자가 있으면 바로 여기, 심장에서부터 느낄 수 있습니다. 다만 상대가 무슨 능력자인지는 몰라요.

제가 보장합니다. 윤아씨는 초능력자입니다. 처음 봤을 때부터 느끼고 있었습니다. 그런데 무슨 능력인지는 추론해서 알아낼 수밖에 없었죠. 일단, 윤아씨는 일상에 아무런 문제를 느끼지 못합니다. 자기가 능력자라는 자각도 없어요. 제가 옆에 있으면 능력이 증폭되고 잠재돼 있더라도 금방 드러나기 마련인데 겉으로 보기에 아무런 변화가 없었어요. 그 말은 아무런 표면 증상이 없는 능력이라는 말이죠. 발동되더라도 유익한 효과만 내거나 있어도 없어도 그만인 효과를 내거나.

그런 능력엔 뭐가 있을까. 전 구조대를 만나고서 마곤과 은밀히 많은 대화를 나눴습니다. 윤아씨에 대해 마곤이 보고 느낀 것을 최대한 들어둘 수 있었어요. 그것을 통해 저는 막연한 가능성 하나를 생각해냈고 몰래 검토해봤습니다. 가설이 맞아떨어지더라고요. 적어도 지금까지는요.

그게 뭐냐! 먼저 단서. 마곤은 처음에 이상하게 생각했다고 합니다. 어린아이가 폭풍 속을 표류해왔는데 그 아이가 하는 말에 아무런 의심도 하지 않는 윤아씨를요. 그뒤로 마곤은 윤아씨에게 허락을 받아가면서 집안을 들쑤셨죠. 수상한 그림자를 보고서 송전실에 가겠다는 마곤을 믿어줬고, 회장 방에 몰래 들어갔다는 말도 대수롭지 않게 여겼고, 보물을 찾으러 들어왔다는 말에도 그러려니 했어요.

아니, 부잣집 딸이잖아요! 부자일수록 외부인을 경계하고 그래야 하는 거 아닌가요? 이해가 안 되더라고요. 더 이해할 수 없던 것은 절 만나고서 아무런 설명도 듣지 못하고 범인으로 몰렸는데도 큰 동요가 없었다는 거였죠. 물론 그건 연극이었지만 그땐 연극인 줄 몰랐잖아요. 어째서 그랬던 거죠? 마음이 몹시 튼튼해서?"

재건은 물음으로 설명을 마쳤다. 윤아는 답을 찾을 수 없었다. 단지 그때는 별다른 감정이 생기지 않았고 거기에 별다른 의문을 품지 않았기 때문이었다.

"전 그때 윤아씨가 능력을 발휘하고 있다는 것을 느낄 수 있었습니다. 사실 불안하긴 했죠. 그 자리에서 무슨 힘을 쓰고 있는지 몰랐으니까요. 하지만 아무 일도 없었습니다. 겉으로는요. 그런데 그게 사실 윤아씨 안에서 일어나는 일이었다면? 윤아씨가 가진 슈퍼 파워가 감정을 통제하고 있던 거라면? 모든 소동이 끝나고 마곤에게서 몰랐던 이야기를 듣고 저는 한 가지 가능성을 생각했습니다. 윤아씨가 가진 능력. 그것은 바로……

'타인의 선의를 알아보는 능력'입니다.

'남의 말을 무조건 믿는 능력'은 아닐까 생각해봤지만 거대 요리사 같은 위협에서 도망친 것을 보면 그건 아니라고 결론 내렸습니다. 윤아씨는 오직 타인의 선의에만 반응해요. 얼핏 불합리해 보이는 대우라 하더라도 그것이 선의에 기초하고 자신을 이롭게 하는 것이라면 아마 윤아씨는 편안함을 느낄 거예요.

아버지가 서운하게 했지만 윤아씨는 여전히, 마지막까지 아버지를 신뢰했죠? 어느 면을 보더라도 좋은 아버지라고 할 수는 없었지만, 윤아씨는 오직 아버지의 선의, 즉 사랑만 알아봤기 때문에 아버지에게 실망하지 않았습니다.

지금 제 말을 이렇게 경청하는 이유도 제 선의를 알아보기 때문입니다. 보통은 이런 연설을 할 땐 말을 제대로 안 듣고 방해하고 자기가 말하려 하거든요. 그런데 윤아씨는 끝까지 제 이야기를 듣고 있습니다.

조금 전에는 모기를 보고 주먹을 휘둘렀잖아요. 아, 그건 실례. 그것도 테스트였어요. 제 생각이 맞다면 윤아씨는 아무런 위협도 느끼지 않을 테고. 그리고 결과는, 딱 제 생각대로였습니다.

이렇게 한번 생각해봅시다. 여기서부터는 제 가정입니다. 만약에, 아버님께서 윤아씨의 이런 성향을 알았다면 어땠을까요?

네. 이제 짐작할 수 있을 거예요. 아버지가 만약에, 가장 아끼고 가장 중요한 보물을 넘겨주고 싶은 자식이 초능력자라는 사실을 알게 된다면 어떻게 할까요? 자식에게 그렇게 시간을 못 내는 아버지니까 당연히 보고는 집사님한테 들었겠죠. 그런데 그걸 알았다면 그것을 구실로 써먹을 수도 있지 않을까요? 초능력자를 모집하는 대회를 열어서, 몇 회 정도 돌려서 이슈를 만든 다음에, 뭔가 계기를 만들어서 딸을 초능력자라고 인정한 다음에 상금과 보물을 상속하는 거죠. 왜 그러냐 하면 사악한 아들들이 욕심을 낼 테니까요. 물론 그것만으로 아들들의 불만이 모두 해소되지는 않겠죠. 하지만 적어도 서툰 아버지의 소통 방법은 될 수 있지 않을까요? 말하자면 이건 한가한 갑부의 장황한 상속 쇼고 옆에서 그것을 본 추리 노동자는 꽉 쥔 주먹을 부들부들 떨며 혁명 의지를……
엥, 내 말이 너무 심했나?"

윤아는 침대에 얼굴을 묻었다. 한설은 윤아를 내려다보다
눈을 감아 양쪽 볼을 타고 흐르는 눈물을 꼭 쥐어짰다. 다시
눈을 떴을 때 깜빡이지 않을 수 있도록.

최근 크리스토퍼 리브 주연의 '슈퍼맨' 시리즈를 다시 봤습니다. '다시'라고 하기엔 좀 애매한 게, 어릴 적 안방극장으로 본 이후로 처음 보는 것이었지요. 생각보다 이 시리즈에 저의 많은 것이 담겨 있었다는 것을 알고 조금 놀라기도 했습니다. 어쩌면 '탐정 김재건' 시리즈도 무의식 속에 남아 있던 이 영화의 영향을 받은 게 아닌가 하는 생각도 드네요.

제가 왜 '탐정'을 택했을까요? 이건 망설임 없이 말할 수 있을 것 같아요. 초등학생 시절, 아무도 없는 도서관에서 먼지에 난반사되는 햇빛 사이로 손을 뻗어 집어든 책이 다름 아닌 에드거 앨런 포의 작품이었거든요. 중학생 때쯤 '셜록 홈스' 시리즈는 다 떼었고, 애거사 크리스티 작품들을 친구와 나눠

읽었고, 그뒤로도 꾸준히 미스터리 세계를 탐닉했습니다. 그렇지만 그게 직접적인 이유는 아닌 것 같아요. 전 파고든 게 많았으니까요. 그중 가장 먼저 탐정을 택한 이유는 다른 작품에서 캐릭터의 입을 통해 슬쩍 밝혔습니다.

탐정은 놀라운 것들을 찾아내는 존재니까요. (무슨 말인지 궁금하신 분은 『너와 명탐정의 교차점』을 읽어보세요!)

사실, 이야기 속 탐정들은 제가 말하는 '탐정'의 의미와 반대인 경우가 많습니다. 탐정은 질서를 되찾는 존재이고 혼란을 수습하는 존재예요. 탐정에게는 이성을 사용해 혼돈 상태에 숨겨져 있는 질서를 찾아낼 수 있을 거라는 굳건한 믿음이 주어지지요. 저에겐 그것이 진정한 경이로 비쳤습니다. 그것은 글을 쓰는 행위와도 같아요. 소설은 한글 자모 스물네 자의 조합으로 이뤄집니다. 이십만 자의 글자가 마구 내던져졌을 때 그것이 한 편의 소설이 될 확률은 얼마나 될까요? 굳이 계산해보지 않을게요. 하지만 소설가가 키보드 앞에 앉는다면 그 확률은 '1'이 됩니다. 전 실패하지 않을 자신이 있으니까요.

그런데 탐정이 사건을 마냥 기다리지 않고 눈을 부릅뜬 채 온 세상을 휘젓고 다닌다면? 이미 벌어진 사건을 수습하는 데 그치지 않고 스스로 사건을 불러일으키고 말썽에 휘말려 영화 같은 활극, 짜릿한 모험과 마주한다면? 그런 질문들이

이 시리즈의 출발점이었습니다. 사실 김재건은 어느 순간 불쑥 등장한 존재였습니다. 아무 계획도 없었고 단지 당시에 쓰던 이야기의 주인공과 반대되는 성격의 라이벌 탐정이 필요해서 등장시켰죠. 그런데 이제는 그야말로 제 의사와도 상관없이 혼자서 이 사건 저 사건 물어오는 것만 같이 느껴집니다. 캐릭터가 자유롭게 행동할 때, 작가는 가장 편안히 글을 쓸 수 있어요.

'오직 나만이, 오직 이 설정으로만 쓸 수 있는 이야기를 쓰자!' 하고 글쓰기를 시작한 것이 이 작품이었습니다. 그리고 그 다짐은 지켜졌다고 감히 평가합니다. 정말이지 온갖 흥미로운 것을 원 없이 넣었다고 생각해요. 물론 아직 보여주지 못한 것이 많아요. 전 아직도 세상엔 짜릿한 모험이 부족하다고 생각해요. 거기에 더해 '그 사람이라면 답을 찾아낼 거야' 라는 막연한 기대감을 갖게 해주는 주인공도 필요하다고 생각해요. 그렇지만 전 한 번도 슈퍼맨을 동경한 적이 없었어요. 왜냐하면 슈퍼맨은 슈퍼 파워를 타고났으니까요. 개인적으로는 비겁하다고 생각해요. 하지만 탐정은 다르죠. 스스로 그렇게 되기로 결정한 존재니까요.

슈퍼맨 하니 말인데, 전 최고의 슈퍼맨을 헨리 캐빌이라고 생각하고, 최고의 슈퍼맨 무비는 〈맨 오브 스틸〉이라고 생각합니다. 또 기왕에 말이 나왔으니 말인데, 후속작인 〈배트맨

대 슈퍼맨: 저스티스의 시작〉, 〈저스티스 리그〉는 반드시 감독판*으로 보세요. 극장판과 감독판은 완전히 다른 영화입니다. 이 사례들은 같은 스토리라인이라도 관점에 따라 매우 다른 결과물을 낼 수 있음을 입증하고 있습니다. 감상 가능한 플랫폼을 찾지 못했다면 저에게 개인적으로 물어봐도 좋아요. (초록 엔진에서 검색하면 바로 만날 수 있어요.) 그리고 부디 유튜브 리뷰 영상이나 떠돌아다니는 댓글 따위의 얄팍한 감상평은 일절 참고하지 않으시길 권합니다. 오직 자신의 심장만을 믿으세요. 그것이 제가 동경하던 무수한 영웅적인 주인공이, 그리고 제가 추구하는 주인공들이 전해주는 가장 중요한 교훈입니다. 아, 딱 하나, 제가 쓴 리뷰는 조금 참고하셔도 좋아요! 여기서 누가 부정할 수 있겠어요? 저는 지구상 가장 뛰어난 잭 스나이더 감독의 주석가거든요.

잠깐 딴소리로 샜나요? 하지만 뭐 어떤가요. 작가 후기란 세계에서 가장 배타적인 신성불가침의 글쓰기 공간이지요. 여기서는 온갖 얘기를 주제에 구애받지 않고 할 수 있어요. 작가란 얼마나 멋진 직업입니까!

• 각각 〈배트맨 대 슈퍼맨: 저스티스의 시작(얼티밋 에디션)〉, 〈잭 스나이더의 저스티스 리그〉를 가리킨다.

본문은 한참 전에 완성되었지만, 이 후기를 쓴 시점은 2025년 새해의 초입입니다. 이리저리 실없는 소리를 늘어놓기는 했으나 슬픈 마음이 아직 채 가시지 않은 나날이 이어지고 있어요. 가슴 아픈 사고가 일어났죠. 그 이야기를 하지 않고 이 시절을 넘어가는 것은 활자 권한을 쥔 자의 책임 회피라고 생각해요.

　2024년 12월 29일 발생한 제주항공 2216편 사고 희생자 백칠십구 인의 명복을 빕니다.

박하루

순결한 탐정 김재건과 초능력자의 섬

초판 발행 2025년 3월 5일

지은이 박하루
책임편집 박을진 ǀ **편집** 김유진 황문정 ǀ **외주교정** 유혜림
표지디자인 이보람 ǀ **본문디자인** 유현아
저작권 박지영 형소진 오서영 조경은
마케팅 정민호 서지화 한민아 이민경 왕지경 정유진 정경주 김수인 김혜원 김예진
브랜딩 함유지 박민재 김희숙 이송이 김하연 박다솔 조다현 배진성
제작 강신은 김동욱 이순호 ǀ **제작처** 영신사

펴낸곳 (주)문학동네 ǀ **펴낸이** 김소영
출판등록 1993년 10월 22일 제2003-000045호

주소 10881 경기도 파주시 회동길 210
대표전화 031-955-8888 ǀ **팩스** 031-955-8855 ǀ **전자우편** elixir@munhak.com
인스타그램 @elixir_mystery ǀ **X(트위터)** @elixir_mystery

ISBN 979-11-416-0829-3 03810

엘릭시르는 출판그룹 문학동네의 장르문학 브랜드입니다.

잘못된 책은 구입하신 서점에서 교환해드립니다.
기타 교환 문의 031) 955-2661, 3580